KB144853

인디언의
속삭임

일 년 열두 달
인디언의 지혜와 격언
인디언의
속삭임
김욱동
세미콜론

평화를 외치는 것만으로 충분하지 않다.

평화롭게 행동하고

평화롭게 살고 평화롭게 생각하라.

—인디언 격언

책머리에

기원전을 나타내는 머리글자 'B.C.'는 '예수 그리스도 이전(Before Christ)'을 뜻한다. 기원후(Anno Domini)의 약어 'A.D.'와 대립되는 말이다. 다문화주의에 힘입어 종교 중립적 입장을 취하기 위하여 'B.C.' 대신 'B.C.E.'를 쓰기도 한다.

북아메리카 대륙에서 오랫동안 살아온 토착 원주민들에게 'B.C.'는 크리스토퍼 콜럼버스(크리스토포로 콜롬보)가 아메리카 대륙에 나타나기 전의 시기(Before Columbus)를 뜻한다. 우리는 역사 시간에 콜럼버스가 1492년에 아메리카 대륙을 발견했다고 배웠다. 하지만 아메리카 대륙을 '침략'했다고 기술해야 더 옳다. '침략'이라는 말이 지나치다면 '도착'이나 '첫발을 내디뎠다.'라고 해야 할 것이다.

물론 콜럼버스가 대서양을 건너 1492년 10월 12일에 도착한 땅은 오늘날의 북아메리카 대륙이 아니라 바하마 제도 산살바도르 섬이었다. 미국과 중앙아메리카 몇몇 국가에서는 10월 12일을 콜럼버스의 날로 기념한다. 미국에서는 10월 두 번째 월요일을 국경일로 지정하여 미국의 건국과 번영에 헌신한 이탈리아계 미국인들의 공헌에 감사하고 그들의 희생을 기리는 행사를 벌이기도 한다.

베네수엘라를 비롯한 몇몇 중앙아메리카 국가들에서는 사정이 다르다. 기념일은커녕 콜럼버스를 비난하는 목소리가 여간 높지 않다. 인류 역사에서 가장 큰 학살을 촉발한 침략자일지언정 존경할 만한 인물은 아니라는 것이다. 오히려 10월 12일을 '원주민 저항의 날'로 바꾸자는 운동이 일어나는 실정이다. 1억 명에 이르던 원주민들이 300만 명으로 줄었으니 콜럼버스의 아메리카 상륙은 유럽 인들에게는 축복이었을지 몰라도 원주민들에게는 저주의 시작이었다. 아메리카 원주민들과 유럽 개척자들과의 관계는 피로 얼룩진 역사였다. 회유와 약속, 살육과 배신의 역사였다.

이 책 곳곳에서 '인디언' 또는 '토착 원주민'이라는 용어를 사용했지만 정치적으로 적합한 용어는 아니다. 정치적으로 좀 더 정합한 용어로 사용한다면 '원주민 미국인(Native American)'이라고 해야 한다. 따지고 보면 인디언이라는 용어 자체가 오해와 무지의 산물이다.

콜럼버스는 스페인 이사벨라 여왕의 후원으로 산타마리아호를 비롯한 범선 세 척을 이끌고 인도를 찾아 항해에 나섰다. 중앙아메리카 섬에 도착한 그는 이곳을 동인도로 착각하면서 그곳 원주민들을 '인디언'이라고 불렀다. 그는 죽을 때까지 자신이 도착한 땅이 인도라고 믿었던 것이다. 콜럼버스가 '발견한' 아메리카는 주인 없는 빈 땅이 아니라 오래전부터 2000여 원주민 부족들이 저마다 터를 잡고 살고 있었다. 그러므로 인디언들이야말로 아메리카 대륙의 주인이라고 할 수 있다. 오늘날 미국에서는 '인디언' 대신 '원주민 미국인'이라는 명칭을 사용하려 한다. 캐나다에서는 '첫 번째 민족(First Nation)'이라고 부른다. 남아메리카에서는 여전히 스페인 어로 인도인을 뜻하는 '인디고'라는 용어를 사용한다.

하루가 다르게 생태계 위기를 피부로 느끼는 요즈음, 인디언에 대한 관심도 높아지고 있다. 인간을 자연을 일부로 생각하면서 자연과 더불어 살고자 노력해 온 인디언들의 세계관과, 그것에 기반을 둔 삶의 방식에서 현대인들이 배울 것이 적지 않기 때문이다. 옛날 인디언들은 친구나 낯선 사람을 만나면 서로 "미타쿠예 오야신(Mitacuye Oyasin)!"이라고 인사를 하였다. 우리 모두 서로 연결되어 있다는 뜻이다. 상호 연관성에 대한 이러한 관심이야말로 파괴된 자연을 되돌리고 심각한 위기에 놓여 있는 생태계를 회복하는 데 한몫을 할 수 있을 것이다.

물론 인디언들을 생태주의자, 자연주의자, 환경주의자로 지나치게 치켜세우려는 것은 아니다. 지금 알고 있는 인디언에 관한 지식이나 정보는 과장된 경우가 적지 않다고 지적하는 학자들이 있다. 인디언들의 생활 방식이나 세계관을 지나치게 찬양하는 것은 마땅히 경계해야 할 일이지만, 그렇다고 그들이 그동안 자연과 동료 인간에 보여 준 태도를 깎아내리는 것도 옳지 않을 것이다.

국내에서도 그동안 인디언에 관한 책이 여러 권 소개되었다. 그러나 원문을 모르는 독자들이 믿고 읽을 수 있는 텍스트를 찾아보기란 여간 어렵지 않다. 이름 표기부터 부정확하거나 틀린 곳이 적지 않다. 연설이나 글이 엉뚱한 사람의 것으로 둔갑한 것도 있다. 누군가가 잘못 번역한 것을 원문을 제대로 확인하지 않고 계속 옮기다 보니 원전에서 점점 멀어질 수밖에 없는 것이다.

『인디언의 속삭임』은 『소로의 속삭임』에 이어 펴내는 책으로, '속삭임' 시리즈의 첫 책이 출간된 지 벌써 몇 해가 훌쩍 지났다. 그 사이 지구 환경은 더 악화되었으면 악화되었지 개선된 것 같지 않다. 하루가 다르게 지구촌 곳곳에서 경고음이 울려온다. 기상 이변 현상만 보아도 종말을 향하여 치닫고 있는 것은 아닌지 두려움이 앞선다. 인디언들은 자연을 개발할 때 앞으로 다가올 일곱 세대를 염두에 둔다고 했는데 우리는 몇백 년은커녕 한 치 앞도 보지 못하는 것 같다. 『인디언의 속삭임』이 세상에 나오기까지 수고를 아끼지 않은 세미콜론 편집부에도 이 자리를 빌려 감사를 드린다.

해운대에서

김욱동

차례

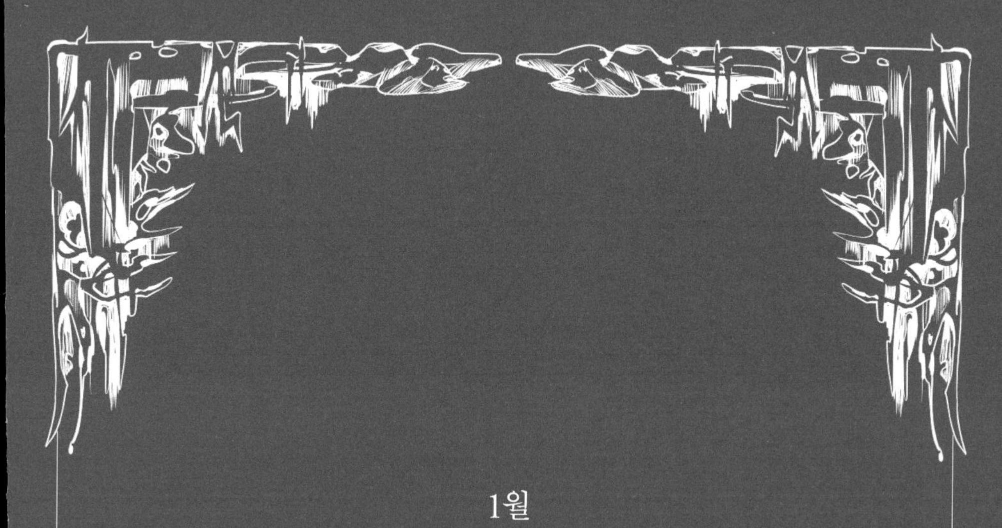

1월

•

땅이 어는 달

삶이란 무엇인가?

삶이란 무엇인가?

그것은 한밤중에 반짝이는 반딧불.

그것은 한겨울에 들소가 내쉬는 숨소리.

그것은 풀밭을 가로질러 지나가다

저녁노을 속에 묻혀 버리는 작은 그림자.

19세기 말엽 캐나다 동부에서 활약한 블랙 피트(Black Feet) 족 인디언 원주민 크로푸트(까마귀 발)의 말이다. 전사(戰士)요 웅변가요 지도자였던 그는 캐나다 정부와 조약을 맺는 과정에서 실수로 자기 부족에게 속한 땅을 캐나다 정부에 양도한 인물로도 악명 높다. 그러나 크로푸트에게는 '부족의 아버지'를 뜻하는 '마니스토코스(Manistokos)'라는 별명이 붙어 다녔다. 그는 부족의 지도자로서 아버지처럼 큰 존경을 받았다. 그는 블랙 피트 부족이 편히 살아갈 수 있도록 자연과 환경을 보호하는 데 앞장선 것으로 유명하다.

북아메리카 대륙에 살았던 인디언들은 백인 개척자들 못지않게 삶에 대하여 깊이 생각하였다. 철학자들의 현학적이고 세련된 사유는 아닐지 몰라도 나름대로 삶의 본질에 대하여 깊이 고민했음을 알 수 있다. 대지에 굳건히 발을 딛고 살아가던 그들은 삶의 본질을 추상적인 명제가 아닌 구체적인 이미지로 표현했다. 말로 한 연설문이나 글로 쓴 작품은 마치 한 편의 시처럼 가슴 뭉클한 감동을 준다.

크로푸트는 먼저 "삶이란 무엇인가?"라는 질문을 던지고 스스로 답하는 수사법을 구사한다. 그는 삶이란 "한밤중에 반짝이는 반딧불"이라고 말한다. 짧은 일회적 삶을 이렇게 반딧불에 빗대어 말하는 솜씨가 여간 놀랍지 않다. 인간의 삶도 반딧불이의 삶처럼 덧없고 속절없기 때문이다. 한여름 짧게 살다가 사라지는 것이 반딧불이의 삶이다. 흔히 '물반딧불이'로 일컫는 수생인 반딧불이는 알에서 성충까지 자라는 데 보통 1년에서 길게는 2년이나 걸리는데 성충 기간은 겨우 10~15일밖에 되지 않는다.

크로푸트는 인간의 삶을 "한겨울에 들소가 내쉬는 숨소리"에 빗댄다. 세상에 태어난다는 것은 '위대한 정령'이라는 초월적 존재자한테서 숨을 받는 것이고, 세상을 하직한다는 것은 그가 도로 숨을 거두어가는 것이다. 영어로 '첫 숨을 쉬다(draw first breath)'가 태어나는 것을 뜻하는 반면, '호흡을 그만 두다(give up breath)'는 죽는 것을 뜻한다.

성경에서 '영혼'이나 '혼' 또는 '생명' 등으로 번역하는 히브리 어 '네페쉬'의 본뜻은 생명의 요체이자 표현인 '숨'이나 '숨결'이다. 그러므로 한겨울에 들소가 내쉬는 숨소리건 인간의 숨결이건 다 같이 생명을 뜻한다.

그런가 하면 크로푸트는 인간의 덧없는 삶을 "풀밭을 가로질러 지나가다/ 저녁노을에 묻혀 버리는 작은 그림자"에 빗댄다. 햇빛이 있을 때만 나타나는 그림자는 풀밭을 가로질러 갈 때도 태양이 뉘엿뉘엿 서쪽을 향하며 저녁노을이 지면 어둠 속에 묻히기 마련이다. 그래서 윌리엄 셰익스피어(William Shakespeare, 1564~1616년)는 「맥베스(Macbeth)」에서 "인생은 걸어가는 그림자/ 무대 위에서 자신에게 주어진 시간만큼은 자랑스럽게 떠들어 대지만/ 그것이 지나가면 잊히는 가련한 배우에 지나지 않는다."라고 했다.

삶이 덧없다고 생각하는 것은 인디언만은 아니다. 중국 고전 『한서(漢書)』 「소무전(蘇武傳)」에서도 '인생여조로(人生如朝露)'라고 말한다. 즉 삶이란 아침 이슬과 같다는 말이다. 성경에서도 삶이 얼마나 속절없는지 노래한다. 다윗은 "인생은, 그 날이 풀과 같고, 피고 지는 들꽃 같아, 바람 한 번 지나가면 곧 시들어, 그 있던 자리마저 알 수 없는 것이다."(「시편」 103편 15~16절)라고 노래하였다. "주님께서 생명을 거두어 가시면, 인생은 한 순간의 꿈일 뿐, 아침에 돋아난 한 포기 풀과 같이 사라져 갑니다."(90편 5절)라고 말한다. 삶에 대한 생각은 동양과 서양을 굳이 가르지 않고 마찬가지였다.

내 뒤에서 걷지 말라

내 뒤에서 걷지 말라

나는 그대를 이끌고 싶지 않다.

내 앞에서 걷지 말라

나는 그대를 따르고 싶지 않다.

다만 내 옆에서 걸으라

우리가 하나가 될 수 있도록.

유트(Ute) 족 인디언이 전하는 금언이다. 멕시코 개척자들이 도착하기 전 유트 족은 오늘날의 유타 주의 동부 지방을 비롯한 콜로라도 주 서쪽 지방, 애리조나 주, 뉴멕시코 주와 와이오밍 주 일부에서 살았다. 모르몬교로 유명한 '유타' 주의 이름은 바로 이 부족의 이름에서 따온 것이다. '유트'나 '유타'는 흔히 유트 어로 '산에 사는 사람들'을 뜻하는 말로 잘못 알려져 왔다. 그러나 실제로 이 말은 '태양의 땅'을 뜻한다.

우선 방향성을 가리키는 '앞'과 '뒤', '옆'이라는 낱말을 주목해 봐야 한다. 여기서 '앞'과 '뒤'라는 말은 단순히 지리적 위치를 가리키지 않는다. '앞뒤를 가리지 않다'느니 '앞뒤가 다르다'느니 할 때처럼 오히려 추상적 개념에 가깝다. 전자는 신중히 이것저것 생각하지 아니하고 마구 행동하는 것을 말한다. 후자는 말이나 행동이 서로 맞아떨어지지 않는 것을 가리킨다. 또한 '앞뒤가 막히다'라고 하면 융통성이 없고 답답하다는 뜻이다. '걷다'라는 말도 비단 두 발로 걷는 것만을 뜻하지 않는다. 삶의 길에서 도리를 지키는 것을 일컫는다. 정도(正道), 즉 올바른 길을 걷는 것을 말한다.

유트 족의 금언에서는 동료 인간보다 앞서서 걷지도 말고 그렇다고 뒤처져 걷지도 말고 오직 옆에서 그와 나란히 걸으라고 한다. 동료 앞에 서서 그를 이끌거나 동료 뒤에 처져 그를 따르는 것은 살아가는 데 그렇게 좋은 방법이 아니기 때문이다. 다른 사람의 앞에 서서 그를 이끌려면 그럴 만한 자격이 있어야 할 것이다. 맨 앞에 서서 다른 사람들을 이끄는 지도자가 된다는 것은 그만큼 힘든 일일 것이다. 남을 인도하는 지도자가 그럴 자격이 있느냐 없느냐의 문제는 접어 두고라도 남을 계도하다 보면 혹여 우쭐한 생각이 들어 남을 낮추어 보거나 얕잡아 볼 수도 있다.

이솝 우화 한 토막이 떠오른다. 어미 게는 새끼 게에게 걷는 법을 가르친다. "자 , 나를 따라서 이렇게 걸어 보렴." 새끼 게는 어미 게가 하는 대로 자꾸만 옆으로 걷는다. 그 모습을 바라본 어미 게가 다시 말한다. "엄마를 잘 보렴, 이렇게 똑바로 걷는 거야. 그렇게 옆으로 걷는 게 아니란 말이야." 어미 게는 자기도 옆으로 걷는다는 사실을 모른 채 새끼 게를 나무라기만 하는 것이다.

유트 족 인디언들이 동료의 옆에서 걷도록 해 달라고 바라는 것은 그와 나란히 발걸음을 맞추기 위해서다. 이렇게 나란히 걸을 때 비로소 평등 의식이 생기면서 동료를 자신처럼 배려하고 아끼게 된다. 핵심은 "우리가 하나가 될 수 있도록."이라는 마지막 구절에 있다. 동료와 함께 나란히 걸을 때 '너'와 '나'는 '우리'가 되고 '하나'가 될 수 있다.

이 금언에서는 유트 족 인디언의 세계관을 읽을 수 있다. 그들은 위아래의 수직적 질서보다는 좌우의 수평적 질서를 훨씬 더 소중하게 생각한다. 인디언들은 사회적인 신분이나 계급의 차이 없이 모두가 평등하다. 모든 개인은 독립적인 존재로 존중받으면서 사생활의 자유를 최대한 보장받는다. 추장 제도가 있지만 추장은 왕국의 제왕이나 현대 국가의 정치 권력자와는 크게 다르다. 부족의 안녕과 관련된 중요한 문제를 논의하고 결정할 때는 모든 부족민이 직접 민주주의 방식으로 자신의 견해를 표현한다. 추장이나 원로들은 이 전체 부족 회의에서 나온 부족민들의 의견에 따라 최종적인 결정을 하고 그 결정을 실행할 의무를 질 따름이다.

알제리 태생의 프랑스 작가 알베르 카뮈(Albert Camus, 1913~1960년)도 이와 비슷한 말을 했다고 전해진다. "내 앞에서 걷지 말라. 나는 너를 인도하지 못할지도 모른다. 내 앞에서 걷지 말라. 나는 너를 따라갈 수 없을지도 모른다. 다만 내 옆에서 걸으면서 내 친구가 되어라." 웬만한 인용 사전에도 카뮈가 이 말을 한 것으로 적혀 있다. 그러나 카뮈 연구가들이나 전기 작가들은 카뮈가 이러한 말을 한 적이 없다고 지적한다. 카뮈는 어디에선가 유트 족 인디언의 금언을 읽고 이 말을 생각해 낸 것인지도 모른다. 우연의 일치라고 보기에는 표현이 너무 비슷하기 때문이다.

카뮈는 유대 인 어린이들이 부르는 동요에서 힌트를 얻었을 수도 있다. "내 앞에서 걷지 말라. 나는 너를 인도하지 못할지도 모른다. 내 앞에서 걷지 말라. 나는 너를 따라갈 수 없을지도 모른다. 다만 내 옆에서 걸으면서 내 친구가 되어라. 그리고 우리 함께 하셈의 길을 걷자." 본디 '이름'이라는 뜻의 '하셈(Hashem)'은 유대교에서 하느님을 지칭하는 말로 사용한다. 특히 '나의 주님'이라는 뜻의 공식적인 호칭 '아도나이(Adonai)'라는 말을 피하고 싶을 때 사용하는 말이다. 흥미롭게도 자연이나 어린아이들에 대한 태도에서 인디언들과 유대 인들은 비슷한 점이 적지 않다.

대지는 우리 어머니시다

위대한 정령은 삼라만상에 살아 계신다.

그분은 우리가 숨 쉬는 공기 속에도 계신다.

위대한 정령은 우리 아버지시다.

하지만 대지는 우리 어머니시다.

어머니는 우리를 기르신다.

우리가 대지에 심는 모든 것을

우리에게 다시 돌려주신다.

와바나키 알곤퀸(Wabanaki Algonquin) 족 추장 빅 선더(큰 천둥)의 기도다. '큰 천둥'은 알곤퀸 어로 '베다기'라고도 부른다. 와바나키 알곤퀸 족은 캐나다와 미국 동부 지방에 살고 있던 원주민이다. 북아메리카 대륙에 살았던 인디언의 기도는 그들의 삶의 방식이 흔히 그러하듯이 단순하고 소박하다. 특히 빅 선더의 기도는 더욱 더 그러하다. 똑같거나 비슷한 낱말이나 표현을 되풀이하여 사용하는 것이 중요한 특징이다. 그래서 그의 기도를 읽고 있노라면 최면에 걸린 듯한 느낌을 받기도 한다.

'위대한 정령'이란 북아메리카 대륙의 인디언의 신앙 체계에서 초월적 존재자를 가리키는 말이다. 수(Sioux) 족 인디언들은 '와칸 탄카(Wakan Tanka)'라고 부르고, 알곤퀸 족 인디언들은 '기치 마니투(Gitche Manitou)'라고 부른다. 위 기도에서 빅 선더는 '위대한 정령'이 삼라만상, 심지어 그들이 숨 쉬는 공기 안에도 존재한다고 말한다. 한마디로 '위대한 정령'이 존재하지 않는 곳이 없다시피 하다. "위대한 정령은 우리 아버지시다."라는 첫 구절에서 엿볼 수 있듯이 그는 천상에서 자연과 인간의 모든 일을 주관하는 존재이자 신비스러운 힘의 원천이기도 하다. 그러나 '위대한 정령'은 기독교에서 말하는 초월적 존재와는 조금 다르다.

한편 빅 선더는 "대지는 우리 어머니시다."라고 말한다. 이렇게 만물을 낳고 기르는 대지를 어머니로 간주하는 것은 비단 북아메리카 인디언들만이 아니다. 고대 그리스 시대나 로마 시대에서도, 중국이나 한국을 비롯한 동양 문화권에서도 지모신(地母神), 즉 대지를 어머니로 간주하였다. 가이아(Gaia)는 그리스 신화 속 대지의 여신이다. 1970년대 제임스 러브록(James Lovelock, 1919년~) 같은 과학자는 지구가 자정 능력을 갖춘, 살아 숨 쉬는 유기체라는 점에서 지구를 '가이아'

라고 불렀다. "어머니는 우리를 기르신다./ 우리가 대지에 심는 모든 것을/ 우리에게 다시 돌려주신다."라는 마지막 구절에서도 볼 수 있듯이 어머니인 대지는 만물의 생장과 깊이 관련되어 있다. 인간은 어머니 대지의 몸에서 태어나 대지의 젖을 빨아먹고 자라기 마련이다.

대지를 어머니로 간주하는 것은 비단 와바나키 알곤퀸 족 인디언만이 아니다. 거의 모든 인디언 부족이 이렇게 생각하고 있다. 예를 들어 호피(Hopi) 족 인디언들도 빅 선더처럼 "우리는 위대한 정령의 정원에 피어 있는 꽃이다. 우리는 뿌리가 같으며 그 뿌리는 어머니 대지다."라고 말한다. 호피 족 인디언들의 세계관에서 위대한 정령이 존재하는 우주는 정원이고, 그 정원에 활짝 피어 있는 아름다운 꽃은 자신들이며, 꽃이 피어나는 뿌리는 어머니 대지다. 대지의 어머니를 묘사하는 방법이 아주 구체적이어서 직접 피부에 와 닿는다.

푸에블로(Pueblo) 족 인디언 마을에는 '키바(kiva)'라는 성스러운 집이 있다. 일반적으로 둥글게 원형으로 짓지만 부족에 따라서는 네모로 짓기도 한다. 반 지하실에 가까운 둥근 집으로 땅 밑을 파고 통나무를 가로질러 올려놓고 그 위에 잔 나뭇가지를 덮고 진흙을 발라 만들었다. 중앙에 통로를 두어 사다리로 출입한다. 키바 안 바닥에는 지하 세계로 연결되는 것을 상징하는 구멍을 만들어 둔다. 키바는 신성한 곳이자 '우리 어머니 대지'를 상징하는 곳이다. 오늘날에도 푸에블로 족 인디언들은 이 집에 들어감으로써 어머니 자궁 속으로 다시 들어가는 상징적 의례를 거행하고 있다. 그곳은 세상에서 상처 받

은 인디언들이 마음의 상처를 치유 받는 성스러운 곳이기도 하다.

대지를 어머니로 간주하거나 지모신(地母神)을 섬기고 존중하는 문화일수록 평화를 사랑하고 자연을 보존하려고 노력한다. 모계 사회는 여신 문명의 시대라고 할 수 있다. 서로 돌보고 배려하는 생활 방식이 지배하던 사회였다. 한편 부계 사회는 살벌한 경쟁 위주의 승자 독식의 생활 방식이 지배하던 사회였다. 자연 파괴와 환경 오염은 대부분 부계 사회에서 남성들이 자행해 온 것과 크게 다름없다. 빅 선더의 기도에서도 대자연에 대한 깊은 경외심을 읽을 수 있다.

대지를 잘 보살펴라

대지를 잘 보살펴라.

그것은 네 선조가 네게 주신 것이 아니라

네 후손이 네게 빌려준 것이니.

우리는 선조로부터 대지를 물려받지 않는다.

다만 우리는 그것을 우리 후손한테서 빌려올 뿐이다.

예로부터 전해 오는 인디언 속담이다. 언제 어느 부족에 속한 인디언이 말했는지는 알려져 있지 않다. 오래전부터 전해 오던 인디언의 지혜를 누군가가 새롭게 다듬었을 것이라고 추측할 따름이다. 1971년에 미국의 저명한 환경 운동가 웬델 배리(Wendell Berry, 1934년~)가 『예측하지 못한 황야(*The Unforeseen Wilderness*)』에서 비슷한 말을 한 적이 있다. '켄터키의 레드리버 계곡에 관한 에세이'라는 부제가 붙어 있는 이 책에서 배리는 자연을 보존하고 환경을 장기적인 관점에서 바라봐야 한다는 점을 역설하며 우리가 우리 문화에 속한 예외적인 사람들이나 우리보다 덜 파괴적인 다른 문화권에 속한 사람한테서 그것을 배울 수 있다고 말한다. "나는 지금 이 세계가 자신의 선조한테서 물려받은 것이 아니라 자신의 자녀들한테서 빌려 온 것이라는 사실을 잘 알고 있는 한 사람의 삶에 대하여 말하고 있다." 배리는 말한다. "의무감 때문이 아니라 세계와 자신의 자녀들을 사랑하기 때문에 세계를 파괴하지 않고 소중하게 생각하려고 노력"해 왔다는 것이다.

앞에서 인용한 속담이 인디언의 통찰력 있는 지혜를 담고 있는 것만은 틀림없다. 우리는 자원을 선조한테서 물려받아 사용하다가 후손에게 다시 물려주는 것으로 생각하기 쉽다. 실제로는 후손이 사용할 것을 빌려서 사용한다고 보는 쪽이 맞다. 석탄이나 석유를 비롯하여 천연가스, 혈류암, 타르 샌드(또는 오일 샌드) 같은 화석 연료를 한번 생각해 보라. 화석 연료는 오래전 지구상에 서식했던 유기체의 잔존물이 만들어 낸 에너지 자원이다.

화석 연료는 만들어지는 데는 수백만 년이 걸리기 때문에 거의 재생이 불가능한 자원과 다름없다. 지구 온난화의 주범이라는 사실을 접어 두고라도 화석 연료는 무척 소중한 자원이다. 미국 에너지 관리청 통계 자료에 따르면 인류가 사용하는 주요 에너지 자원 중 석유는 36.0퍼센트, 석탄은 27.4퍼센트, 천연가스는 23.0퍼센트를 차지한다. 원자력 에너지를 많이 사용하는 것 같지만 실제로는 전 세계 전력의 14퍼센트 정도를 공급하고 있을 뿐이다. 전 세계 주요 에너지 소비에서 화석 연료가 차지하는 비율이 무려 86.4퍼센트에 이르는 셈이다.

인류가 불을 다스리기 시작한 이래 석탄과 석유 같은 화석 연료와 원자력으로 이어지는 에너지 개발과 이용의 역사는 곧 인류 문명의 역사와 궤를 같이한다. 산업 혁명이라는 근대 문명의 거대한 수레바퀴를 돌린 원동력이었던 화석 연료는 앞으로 2~3세대가 쓸 만한 양밖에 남지 않았다. 비관적으로 보는 학자들은 앞으로 몇십 년이면 화석 연료가 모두 고갈될 것이라고 내다본다.

지금 과학자들은 태양력이나 풍력 등 새로운 에너지 개발에 박차를 가하고 있다. 또한 바이오매스(biomass), 지열, 파력, 해양 온도차 등을 이용한 대체 에너지 개발을 활발히 진행하고 있다. 그러나 안타깝게도 아직 만족할 만한 단계에 이르지 못하고 있다. 화석 연료가 모두 고갈되기 전까지 인류가 획기적인 새로운 대체 에너지를 개발하지 못한다면 현대 문명이라는 기관차는 하루아침에 멈춰 서게 된다. 우리 후손은 다시 중세 암흑시대로 되돌아갈 수밖에 없을 것이다.

주로 화석 연료를 언급했지만 우리가 후손에게서 빌려 쓰는 것은 천연자원에 그치지 않는다. "대지를 잘 보살펴라."라고 말한다는 점을 잊어서는 안 된다. 이 '대지'에는 자연환경과 생물 자원도 포함되어 있다. 이 또한 선조에게서 물려받은 것이 아니라 후손에게서 잠시 빌려 쓰고 있다는 사실을 깨달아야 할 것이다.

동양 작품에서도 비슷한 것을 찾아볼 수 있다. 송나라 시인 범중엄(范仲淹)의 칠언절구 「서선시문인(書扇示門人)」('부채에 적어 제자에게 보인다')이 바로 그것이다. "한 줄기 청산, 아름다운 경치./ 조상의 땅 후손에게 물려주신 것./ 후손들아 얻었다고 기뻐만 하지 마라./ 다시 거두어 갈 사람 뒤에 있는 것을.(一派青山景色幽/ 前人田地後人收/ 後人收得休歡喜/ 還有收入在後頭)" 아름답고 소중한 자연을 후손들한테서 잠시 빌려 쓰고 있다는 표현이 흥미롭다. 다만 지금 살고 있는 사람들이 여전히 조상한테서 땅을 물려받았다고 생각한다는 점이 인디언 속담과 다르다. 생태주의 관점에서는 인디언 속담이 좀 더 자연 친화적이라고 할 수 있다.

우리를 빛으로 가득 채워 주시기를

할아버지이신 위대한 정령이시여

이 세상 어디에서나 살아 있는 것들의 얼굴은 모두 똑같습니다.

그들은 하나같이 부드럽게 대지에서 태어났습니다.

당신의 자녀들이 안식의 날까지 바람을 맞으며 옳은 길을 걸어갈 수 있도록 해 주시기를.

할아버지이신 위대한 정령이시여

우리를 빛으로 가득 채워 주시기를.

깨달을 수 있는 힘을, 제대로 볼 수 있는 눈을 주기시기를.

살아 있는 모든 것들의 친척으로서 부드러운 대지를 걸을 수 있도록 가르쳐 주시기를.

수(Sioux) 족의 기도다. '위대한 정령'을 아버지로 간주하는 와바나키 알곤퀸 족 인디언들과는 달리, 수 족 인디언들은 초월적 존재자를 할아버지로 일컫는 점이 흥미롭다. 그러나 인간을 포함한 모든 만물을 낳는 대지를 자애로운 어머니로 의인화하는 것은 어느 부족이나 마찬가지다. 수 족에게 아버지가 왜 빠져 있을까? 부족 사이에 편차가 있기는 하지만 일반적으로 성인 남성은 사냥을 하거나 고기를 잡고, 적의 공격으로부터 부족을 방어하고, 부족 전반에 걸쳐 정치적·종교적 행사를 주관하는 일을 맡아 대부분의 시간을 집 밖에서 보낸다. 전통 사회에서 마을에서 아이들을 키우면서 농사를 짓고 옷을 만드는 등 살림을 하는 것은 주로 성인 여성의 몫이었다.

자녀들이 올바른 길을 갈 수 있도록 기원한다는 점에서 이 기도문은 북아메리카 대륙 인디언들의 다른 기도와 크게 다르지 않다. 인디언들은 아이들에 무척 큰 관심을 기울였다. 그들에게 아이들은 곧 미래의 씨앗이기 때문이다. "아이들의 가슴에 사랑을 심어 주고, 지혜와 가르침의 물을 주라."라고 말한다는 점에서 인디언들은 유대 인들과 비슷하다. 자원이 빈약하고 국토의 상당 부분이 사막인 이스라엘에서는 인적 자원이 유일한 자원이다. 그래서 이스라엘 인들은 후세 교육에 무척 큰 관심을 기울인다.

수 족 인디언들도 다른 부족처럼 '위대한 정령'에게 사물의 이치를 올바로 깨달을 수 있는 능력, 현상을 제대로 볼 수 있는 혜안을 간절히 바란다. "당신의 자녀들이 안식의 날까지 바람을 맞으며"라는 구절은 앞으로 자녀들에게 닥쳐올 위기와 시련을 내다보고 있는 듯하다. 제한된 자원에 의존하여 살아야 할 뿐더러 점점 늘어나는 백인 개척자들에 맞서 자신들의 소중한 땅을 지켜야 하기 때문일 것이다. "우리를 빛으로 가득 채워 주시기를"이라는 구절에서 '빛'이란 유럽의 백인들이 생각하는 무지와 몽매를 몰아내는 계몽의 빛은 아닐 것이다. 더구나 백인 개척자들이 입만 열면 부르짖는 구원의 빛도 아닐 것이다.

여기서 '빛'이란 '위대한 정령'과 대지의 어머니가 낳은 모든 피조물을 사랑하고 배려하고 그것들과 더불어 살아갈 수 있는 삶의 지혜를 말한다. "이 세상 어디에서나 살아 있는 것들의 얼굴은 모두 똑같습니다."라는 구절을 보면 더욱 그러한 생각이 든다. 수 족 인디언들에게는 대지 어디에 살고 있건 살아 있는 피조물은 하나같이 초월적 존재의 얼굴과 똑같은 얼굴을 하고 있다. 기독교에서 '이마고 데이(Imago Dei)'라고 하여 오직 인간에게만 하느님의 형상을 부여한 것과는 하늘과 땅만큼 차이가 있다. 기독교에서는 하느님과 형상이 같다고 하여 인간을 특별히 대우했으며, 오직 인간에게만 다른 피조물을 다스리는 권한을 주었던 것이다.

이 점에서 "살아 있는 모든 것들의 친척으로서 부드러운 대지를 걸을 수 있도록 가르쳐 주시기를."이라는 마지막 구절은 시사하는 바가 자못 크다. 수 족 인디언을 비롯하여 북아메리카 대륙에 살아온 거의 모든 인디언들에게 대지 위에 살아 있는 모든 피조물들은 정복과 착취의 대상이 아니라 친척이다. '친척(親戚)'이라는 말은 '친족(親

族)'과 '외척(外戚)'의 줄인 말이다. 다시 말해서 혈연에 따라 맺어진 사람들에 그치지 않고 결혼으로 맺어진 사람까지 속하므로 '혈족'보다 좀 더 넓은 개념이다. 수 족 인디언들은 동료들에게 대지에 살아 있는 모든 것을 친척처럼 소중하게 생각하라고 말한다. 만약 자연의 모든 피조물이 인간과 친척 관계를 맺고 있다면 그들을 함부로 대하지 못할 것이다.

2월

•

강에 얼음이 풀리는 달

오랫동안 행복하리라

이제 두 사람은 비를 맞지 않으리라.

서로가 서로에게 지붕이 되어 줄 테니까.

이제 두 사람은 춥지 않으리라.

서로가 서로에게 따뜻함이 될 테니까.

이제 두 사람은 더 이상 외롭지 않으리라.

서로가 서로에게 동행이 될 테니까.

이제 두 사람은 두 개의 몸이지만

두 사람 앞에는 오직 하나의 삶만이 있으리라.

이제 그대들의 집으로 들어가라.

함께 있는 날들 속으로 들어가라.

이 대지 위에서 그대들은 오랫동안 행복하리라.

아파치(Apache) 족 인디언들이 결혼식 때 읽는 축시다. 원주민 미국인 중에서도 아파치 부족은 한국인들에게 가장 널리 알려져 있다. 여기에는 영화 「역마차」(1939년)와 「아파치 요새」(1948년)도 한몫을 톡톡히 하였다. 아파치 족은 오늘날 캘리포니아 주 남부, 텍사스 주 서부, 애리조나 주 북부에서 오클라호마 주와 멕시코에 이르기까지 넓은 지역에 흩어져 살고 있었다. 그래서 아파치 족은 다른 어떤 부족들보다도 미국 정부와 극심한 갈등을 빚으면서 치열한 전쟁을 치르지 않으면 안 되었다. 심지어 남북 전쟁 기간 중에도 북부 동맹과 남부 동맹 모두 아파치 족과 전투를 벌일 정도였다. 미국 정부와의 전쟁은 1886년 9월 아파치 족 추장 제로니모가 5년 동안의 투쟁을 접고 35명의 전사들을 거느린 채 애리조나 주에서 넬슨 애플턴 마일스(Nelson Appleton Miles, 1839~1925년) 장군에게 투항함으로써 마침내 종지부를 찍었다. 그리고 결국 제로니모는 1909년 오클라호마 주의 실 요새에서 전쟁 포로의 신분으로 파란만장한 삶을 마감하였다.

그래서 아파치 족에게는 호전적이고 잔인한 부족이라는 이미지가 덧씌워져 있다. 무엇보다 먼저 떠오르는 것이 사람을 죽인 뒤 머리 가죽을 벗기는 잔인한 행위다. 미군의 주력 공격 헬기에 '아파치'라는 이름을 붙이기까지 했다. 그러나 이러한 생각은 어디까지나 백인들의 오해와 무지, 인디언들을 부정적으로 선전하려는 전략에서 비롯된 것이다. 여러 세기에 걸쳐 아파치 족은 습격대를 조직하여 이웃에 있는 스페인계 멕시코 인들을 약탈하면서 살아갔다. 아파치 족의 습격 때문에 골머리를 썩어야 했던 멕시코 정부는 인디언의 머리 가죽을 가져오는 사람에게 현상금을 지급했는데, 과거 스페인이 잉카를 지배하면서 반란 세력을 억제하기 위하여 썼던 방식이었다. 물론 스페인뿐만 아니라 영국과 프랑스도 오래전부터 이러한 방법으로 반란 세력을 억제했다. 역사가 댄 스랩(Dan Thrapp, 1913~1994년)은 한마디로 아파치 족은 머리 가죽을 벗기지 않았다고 잘라 말한다. 그는 "치리카후아(Chiricahua) 족은 때때로 머리 가죽을 벗겼지만 머리 가죽을 벗겨진 사람의 유령이 나타나 죽음과 시련으로 고통을 준다고 하여 자주 그렇게 하지는 않았다."라고 지적한다. 이 무렵 인디언들 사이에서는 시체를 함부로 손상하면 저주를 받는다는 생각이 널리 퍼져 있었던 것이었다.

아파치 족의 결혼 축시는 아주 구체적이어서 훨씬 더 피부에 와 닿는다. 미국의 백인들이 교회에서 결혼식을 올릴 때는 흔히 성공회의 『일반 기도서(*Book of Common Prayer*)』에 적혀 있는 결혼 서약문을 사용한다. "나 (아무개)는 당신 (아무개)을 내 아내/남편으로 맞아 이날부터 앞으로 좋을 때나 나쁠 때나, 부유할 때나 가난할 때나, 아플 때나 건강할 때나 죽음이 우리를 갈라놓을 때까지 사랑하고 소중히 여길 것을 하느님의 경전에 따라 하느님 앞에서 서약합니다."

축시에서 갓 결혼한 두 사람이 앞으로 비를 맞지 않을 것이라고 말하는 것은 이제 더 슬픔이나 고통을 느끼지 않을 것이라는 뜻이다. 또 배우자가 상대방에게 지붕이 되어 준다는 말은 든든한 보호자가 되어 온갖 불안과 근심, 위험에서 상대방을 지켜 주고 보호해 준다는 말이다. 기쁨은 함께 나누면 두 배가 되고, 고통은 함께 나누면 절반이 된다고 하지 않는가. 결혼이란 두 남녀가 이처럼 고통과 기쁨을 나눠서 함께 짊어지는 삶의 여정이다. 서로가 서로에게 따뜻한 체온을 나누어 줄 것이니 두 사람은 육체적으로나 정신적으로나 조금도 추위를 느끼지 않을 것이다. 한마디로 이제 갓 결혼한 두 사람은 더 이상 외롭지 않을 것이다.

아파치 족 결혼 축시에서 가장 핵심은 '서로'와 '함께'이다. 남녀가 저마다 혼자서 삶을 꾸려 왔지만 결혼한 지금부터는 모든 일을 서로 함께 나누는 삶의 동반자, 삶의 여행길을 함께 걷는 동행이 되었다. 동반자와 동행을 뜻하는 영어 'companion'과 'company'가 갈라져 나온 뿌리를 보면 무척 흥미롭다. 각각 라틴 어 'com'과 'pan'에서 파생된 말로 전자는 '함께' 또는 '더불어'라는 뜻이고, 후자는 '빵'이라는 뜻이다. 동반자나 동행은 함께 빵을 나누는 사람, 한솥밥을 먹는 사람을 뜻한다. 위에 인용한 축시에서 "이제 두 사람은 두 개의 몸이지만/ 두 사람 앞에는 오직 하나의 삶만이 있으리라."라고 말하는 까닭이다.

아파치 족 결혼 축시는 "이제 그대들의 집으로 들어가라./ 함께 있는 날들 속으로 들어가라./ 이 대지 위에서 그대들은 오랫동안 행복하리라." 끝을 맺는다. '들어가라'라고 말하는 것을 보면 결혼 전의 생활이 행복이라는 집의 바깥에서 서성이던 것임을 암시한다. 이제 갓 결혼한 두 사람에게 행복이라는 집의 울타리 안에서 함께 살라고 축복한다. 마지막 행의 '이 대지 위에서'라는 말도 결혼 축사치고 예사롭지 않다. 어머니 대지에 뿌리를 박고 자연의 순리대로 살아가라고 충고하는 것이다. 인디언들의 전통적 삶의 방식을 보여 주는 대목이다.

대지의 가르침

대지는 나에게 조용히 있는 법을 가르쳐 주네
풀들이 말없이 햇볕을 쪼이듯이.

대지는 나에게 참고 견디는 법을 가르쳐 주네
오래된 돌이 창조의 기억을 간직하고 있듯이.

대지는 나에게 겸손히 기다리는 법을 가르쳐 주네
꽃봉오리들이 서서히 꽃을 피우듯이.

대지는 나에게 다른 사람들을 돌보는 법을 가르쳐 주네
어머니가 아이들을 돌보듯이.

대지는 나에게 용기를 잊지 않도록 가르쳐 주네
나무가 언제나 같은 자리에 있듯이.

대지는 나에게 넘을 수 없는 한계가 있다는 것을 가르쳐 주네
개미가 땅 위를 기어가듯이.

대지는 나에게 자유롭게 사는 법을 가르쳐 주네
독수리가 하늘로 날아오르듯이.

대지는 나에게 체념하는 법을 가르쳐 주네
가을이 되면 나뭇잎들이 떨어지듯이.

대지는 다시 사는 법을 가르쳐 주네
봄이 되면 땅 밑의 씨앗들이 솟아나듯이.

대지는 나에게 나 자신을 잊는 법을 가르쳐 주네
겨울을 지난 눈이 녹아내리듯이.

대지는 나에게 다른 존재의 친절함을 기억하도록 가르쳐 주네
마른 대지가 촉촉이 젖듯이.

유트 족 인디언의 기도문이다. 그들에게 대지는 삶의 지혜를 가르쳐 주는 훌륭한 교사요 참다운 스승이다. 유트 족 인디언들은 대지의 삼라만상에서 소중한 교훈을 배운다. 그들이 삶에서 무엇보다도 배우고 싶은 것은 침묵, 인내, 겸손, 배려, 용기, 자유, 친절, 망각, 체념 등이다. 좁게는 동료 인간, 넓게는 모든 생명체, 더 넓게는 모든 피조물과 더불어 살아가는 데 하나같이 반드시 지켜야 할 소중한 덕목이라고 할 만하다.

유트 족은 이러한 덕목을 난해한 철학책이나 까다로운 윤리 교과서 대신 대자연에서 배운다. 대자연은 곧 교과서와 다름없기 때문이다. 가령 묵묵히 햇볕을 받으며 광합성을 하여 에너지를 만들어 살아가는 풀에서는 침묵의 소중함을 배운다. 침묵의 힘을 믿던 인디언들에게 언어는 교만의 상징으로 인간에게 오히려 위험한 재능이었다. 그들에게 침묵은 절대 평정의 자세요, 몸과 마음과 영혼의 균형을 뜻하였다. 완벽한 인격을 지닌 사람은 더없이 고요하여 마치 큰 나무에 매달린 나뭇잎처럼, 고요한 호수의 잔물결처럼 세속의 풍파에 쉽게 흔들리지 않는다. 인디언들에게 침묵은 인격을 가늠하는 시금석과 같았다.

고대 그리스의 정치가이며 웅변가였던 데모스테네스(Demosthenes, B.C.384~B.C.322?년)는 일찍이 "침묵은 금이고, 웅변은 은이다."라는 말은 남겼다. 이 격언은 백인 개척자들보다는 오히려 원주민 인디언들에게 훨씬 더 잘 어울린다. 인디언들에게도 침묵은 금처럼 무척 소중하였다. 남이 말을 할 때는 하던 일을 중단하고 귀를 기울여 듣고, 침묵을 가벼운 말보다 중요하게 생각하였다. 라코타(Lakota) 족 인디언들도 "위대한 정령께서는 당신에게 두 개의 귀를 주셨지만, 입은 하나만 주셨다. 그것은 당신이 말하는 것보다 두 배나 많이 귀 기울여 들으라는 뜻이다."라고 말하였다. 백인들은 인디언 부족과 평화 조약을 맺고서도 언제 그랬냐는 듯이 그 약속을 깨뜨리고는 하였다. 이렇게 쉽게 약속을 저버리는 백인들의 태도를 그들은 조금도 이해할 수 없었다.

인디언들은 천년 만년 같은 자리에 서 있는 돌에서 어려움을 참고 견디는 지혜를 배운다. 감정이 무디고 무뚝뚝한 사람을 흔히 '목석같다'고 한다. 그러나 청마(靑馬) 유치환(柳致環) 시인이 「바위」에서 "내 죽으면 한 개 바위가 되리라."라고 노래하였듯 돌은 굳은 의지나 변치 않은 의리라는 긍정적인 의미를 지닌다. "아예 애련(愛憐)에 물들지 않고/ 희로에 움직이지 않고/ 비와 바람에 깎이는 대로/ 억 년 비정(非情)의 함묵(緘默)에/ 안으로만 안으로만 채찍질하여/ 드디어 생명도 망각하고/ 흐르는 구름/ 머언 원뢰(遠雷)."

유트 족 인디언들이 대자연에서 배우는 삶의 덕목은 하나하나 헤아리기 어려울 만큼 무척 많다. 가령 꽃봉오리가 조금씩 꽃을 피우는 모습에서는 겸손하게 기다리는 법을, 자식을 돌보는 어머니한테서는 다른 사람들을 돌보고 배려하는 법을 배운다. 인디언들은 북아메리카 대륙에 처음 이주해 온 백인들을 도와주고 백인들에게 땅을 나누어 주고 그들의 박해에도 아랑곳하지 않고 그들을 용서하였다. 어떤 때는 백인들의 침략에 무력으로 맞서지 않고, 심지어는 백인들의 종교까지 수용하려고 하였다.

또한 유트 족 인디언들은 언제나 똑같은 자리를 지키고 서 있는 나무에서 용기를 배운다. 유트 족뿐만 아니라 모든 인디언들은 용기를 최고의 도덕적인 가치로 여겼다. 그러나 그들에게는 용기가 공격적인 자기 과시가 아니라 완벽한 자기 절제의 표현이었다. 진정한 용기를 지닌 사람은 어떤 두려움과 분노, 욕망과 고통에도 자신을 내어주는 법이 없었다. 모든 상황에서 손님이 아니라 주인으로 행세하며 자신을 제어하려고 하였다. 그리고 가족과 부족 공동체를 위해서라면 아낌없이 목숨을 바쳤다. 한마디로 자기 재능과 한계 안에서 최선을 다하는 것이 곧 참다운 의미의 용기였던 것이다.

유트 족 인디언들은 가을이 되어 나뭇잎들이 떨어지는 모습에서 체념하는 법을, 새봄이 되어 땅 밑의 씨앗들이 다시 솟아나는 모습에서 희망을 품고 다시 살아가는 법을 배운다. 그런가 하면 겨울이 지나 대지에 쌓인 눈이 녹아내리는 모습을 보고 자신을 잊는 법을 배운다. 비가 내리면서 메마른 대지가 촉촉이 젖는 모습에서는 삶에서 "다른 존재의 친절함"이 얼마나 소중한 것인지 배우는 것이다.

내가 말하는 모든 것이

내가 말하는 모든 것이

내가 생각하는 모든 것이

당신과 조화를 이루기를.

나의 마음속에 있는 신이여

나의 저편에 있는 신이여

나무들을 창조한 이여.

북아메리카 태평양 연안 북서부 지방에 살았던 치누크(Chinook) 족 인디언의 기도문이다. 컬럼비아 강 하류 입구에서 오늘날의 오리건 주 더댈즈 강에 이르는 저지대에서 살던 그들은 대륙의 내륙뿐만 아니라 북부와 남부 해안 지대의 종족들이 사는 지역과 연결되는 위치에 살고 있어 다른 부족들과 교류하기가 쉬웠다. 그래서 교역으로 이름을 떨친 치누크 족의 활동 범위는 로키 산맥 동쪽의 미국과 캐나다에 걸친 대초원 지대(그레이트 플레인스, Great Plains)까지 이를 정도였다. 치누크 족이 살던 강에는 연어가 풍부하여 잡은 연어를 햇볕에 말려 보관하였다. 많은 부족이 말린 연어를 얻기 위하여 치누크 족과 교역을 하였다. 그 밖에 주요 교역 품목으로는 캘리포니아에서 붙잡아 온 노예, 누트카(Nootka) 족의 카누, 매우 값진 모뿔조개 따위가 있었다.

치누크 족이 백인들에게 처음 알려지기 시작한 계기는 1805년에 그들과 접촉한 미국의 탐험가 메리웨더 루이스(Meriwether Lewis, 1774~1809년)와 윌리엄 클라크(William Clark, 1770~1838년)의 소개였다. 그러나 점점 백인 문명이 침투해 고유 문화가 파괴되고 마침내 모두 인디언 보호 구역으로 쫓겨 갔다. 치누크 족에 대한 대부분의 지식은 이웃 부족들이 전하는 이야기와 초기의 상인들과 탐험가들의 기록에서 엿볼 수 있다. 치누크 족 인디언들은 해마다 연어가 돌아오는 것을 반기는 의식을 거행하였다. 이러한 의식에서 노래를 부르고 춤을 추기 때문에 예로부터 가무가 발전하였다.

치누크 족 인디언들은 자신들이 하는 말이나 생각이 하나같이 신과 조화를 이루기를 기원한다. 다시 말해서 초월적 존재자와 똑같이 말하고 똑같이 생각하기를 바란다. 그들에게 가장 훌륭한 삶이란 바로 초월적인 존재자와 같아지는 것이다. 그런데 치누크 인디언들이 이러한 소망을 간절히 기원하는 초월적 존재자는 "나의 마음속에"

있을 뿐만 아니라 더 나아가 “나의 저편에” 있다. ‘나의 저편’이란 나의 마음 밖에 있는 대자연을 말한다. 인디언들은 ‘와칸 탄카’나 ‘마니투’로 일컫는 위대한 정령’이라는 초월적 존재자와 창조주를 믿는다는 점에서는 기독교 신앙의 유일신과 비슷하다.

한편 대자연의 삼라만상 속에 신성함이 깃들어 있다고 생각한다는 점에서는 범신론에 가깝다. 유럽 인들이 북아메리카 대륙에 도착하여 토착 원주민의 땅을 빼앗고 자기들 소유라고 주장할 때, 인디언들은 대지를 비롯하여 바위와 물과 나무 등에 신성한 영혼이 깃들어 있다고 생각하였다. 그렇기 때문에 인간이 그러한 것들을 소유할 수 없다고 여겼다. 인디언들은 창조주의 의지와 법칙이 자연의 이치 속에 가장 잘 구현되어 있다고 본다. 그러므로 자연의 이치에 어긋나지 않고 자연에서 삶의 지혜를 배울 때 영적으로 성장하고 창조주와의 합일이 이루어진다고 생각했던 것이다.

기도문에서 가장 눈길을 끄는 대목은 “나무들을 창조한 이여.”라는 마지막 행이다. ‘위대한 정령’이 창조한 것이 비단 나무뿐이 아닐 것이다. 삼라만상 모두가 신이 창조한 것이다. 그런데도 이 기도문에서 치누크 족 인디언들은 유독 나무를 언급하면서 창조주가 나무를 창조했다는 사실을 강조한다. 그들에게 나무는 다른 피조물 중에서도 각별한 의미가 있기 때문이다. 토착 원주민들은 나무를 ‘키 큰 형제’라고 불렀다. 그래서 어른들은 어린아이들에게 ‘키 큰 형제’의 속삭임을 듣는 법을 가르쳐 주었다. 자연이건 인간이건 먼저 귀를 기울이지 않으면 어떠한 소리도 들을 수 없다고 생각했기 때문이다. 이렇게 아이들에게 귀를 기울이는 법을 가르친 뒤에야 비로소 나무들과 다정하게 이야기를 나누는 법을 가르쳐 주었다.

20세기 초엽에 미국에서 활약한 시인 조이스 킬머(Joyce Kilmer, 1886~1918년)는 「나무」에서 이렇게 노래했다. "이 세상에 나무처럼/ 아름다운 시가 어디 있을까./ 단물 흐르는 대지의 젖가슴에/ 마른 입술을 내리누르고 서 있는 나무./ 온종일 신(神)을 우러러보며/ 잎이 무성한 팔을 들어 기도하는 나무./ 한여름에는 머리 위에/ 개똥지빠귀의 둥지를 틀고 있는 나무./ 가슴에는 눈(雪)을 품고 있는 나무./ 비와 더불어 다정하게 살아가는 나무./ 나 같은 바보들은 시는 쓰지만/ 신 아니면 나무는 만들지 못한다." 그렇다, 킬머의 작품대로 시인들은 시 같은 문학 작품을 쓸 수 있을지 모르지만 나무를 만드는 것은 신이 아니고서는 도저히 할 수 없다. 하늘을 향하여 팔을 펼친 채 대지에 굳게 서 있는 나무는 시인이 쓴 어떤 작품보다도 훨씬 더 아름답고 창조적이라는 말이다.

치누크 족 인디언의 주기도문

저 높은 곳에 계시는 우리 아버지,

우리의 가슴에 당신의 이름을

좋게 기억하게 하시고

모든 부족의 추장이 되어 주시고

위쪽에 있는 당신 나라처럼

우리 부족도 그렇게 되게 하시고

우리에게 날마다 먹을 양식을 주시고

얼굴이 흰 자들이 우리에게 저지른

수많은 죄를 우리가 용서하듯이

우리가 잘못한 것도

더 이상 기억하지 마소서.

모든 악의 무리들을

우리로부터 멀리 내던지소서.

아멘.

치누크 족 인디언의 주기도문이다. 주기도문은 예수 그리스도가 제자들에게 「마태복음」 6장 9~14절과 「누가복음」 11장 2~4절에서 가르친 기도다. 예수는 제자들에게 "그러므로 너희는 이렇게 기도하라."(6장 13절)라고 말하면서 주기도문을 가르쳐 준다. 개신교나 가톨릭 교회를 가리지 않고 아주 중요한 것이 주기도문이다.

치누크 족의 기도는 백인 개척자들의 주기도문의 형식을 빌려 지은 주기도문이다. 형식만 빌려 왔을 뿐 내용은 자신들의 종교관이나 세계관에 따라 바꾸었다. 두 주기도문의 그릇은 서로 다르지만 그릇에 담겨 있는 기원의 내용물은 크게 다르지 않다.

가장 흥미로운 부분은 "얼굴이 흰 자들이 우리에게 저지른/ 수많은 죄를 우리가 용서하듯이/ 우리가 잘못한 것도/ 더 이상 기억하지 마소서."라는 구절이다. "우리가 우리에게 잘못한 사람을 용서하여 준 것같이 우리 죄를 용서하여 주시고"라는 구절에 해당하는 대목이다. '얼굴이 흰 자들'이 백인 개척자들을 가리킴은 두말할 나위가 없다. 인디언들은 유럽에서 건너온 백인들을 얼굴빛이 희다고 하여 흔히 '창백한 얼굴(Pale Faces)'이라고 불렀다. 한편 백인들은 원주민들을 피부가 붉다고 하여 '붉은 피부(Red Skins)'라고 불렀다. 오늘날 피부 색깔에 따라 백인종과 홍인종이라고 부르는 것과 비슷하다.

백인 개척자들은 그동안 치누크 족을 비롯한 다른 인디언 부족들의 땅을 빼앗고 부족들을 무참하게 살해하였다. 위에 인용한 주기도문의 구절 그대로 "(그들에게) 수많은 죄를" 저질렀다. 그런데도 인디언들은 "저 높은 곳에 계시는 우리 아버지"에게 자신들이 백인들의 죄를 용서하듯이 자신들이 저지른 죄도 용서해 달라고 간절히 기도한다. 그런데 여기서 주목해야 할 것은 자신이 저지른 잘못을 단순히 '용서해' 달라고 기도하는 것이 아니라 "더 이상 기억하지 마소서."라고 기도한다는 점이다.

용서와 망각은 얼핏 비슷해 보일지 모르지만 따져보면 적잖이 다르다. 용서는 의도적인 행위지만 망각은 자발적이고 자연스러운 행위며 망각을 위한 어떤 과정이 필요한 것도 아니다. 용서한다 하여 원한이 완전히 없어지는 것은 아니며, 언제 다시 불쑥 고개를 쳐들고 나타날지도 모른다. 아무리 상대방을 용서한다 해도 마음속에 비록 적은 양이기는 하지만 앙금이 남기 마련이다. 그러나 남의 죄나 허물을 마음속에서 완전히 잊어버리면 뇌리에서도 완전히 사라져 버린다. 남의 허물이나 죄를 '용서해' 주는 것보다 한 수 위가 아예 '잊어버리는' 것이다. "용서하는 것은 좋다. 그러나 잊는 것은 더욱 좋다."라는 서양 속담은 바로 이 점을 지적한다.

이 성스러운 담뱃대를 바칩니다

위대한 정령이시여

당신 앞에 겸허한 마음으로 나와 이 성스러운 담뱃대를 바칩니다.

두 눈에 흐르는 눈물과 가슴에 사무치는 옛 노래로

당신에게 기도를 드립니다.

창조의 네 가지 힘에게, 할아버지 태양에게,

어머니 대지에게, 그리고 나의 조상들에게.

자연 속에 있는 나의 모든 친척들,

걷고, 기어 다니고, 날고, 헤엄치고

눈에 보이거나 보이지 않는 모든 친척을 위해 기도합니다.

우리의 어른들과 아이들, 가족과 친구들,

그리고 감옥에 갇힌 형제와 자매 들을 축복하소서.

술과 약물에 중독되어 있고,

거리에서 잠을 자는 사람들,

의지할 데 없는 사람들을 축복하소서.

또한 인류의 네 종족을 위하여 기도합니다.

이 대지가 건강하고 치유의 힘을 갖게 되기를.

내 위에 아름다움이 있기를.

내 아래에 아름다움이 있기를.

내 안에 아름다움이 있기를.

내 주위에 아름다움이 있기를.

세상이 평화와 사랑과 아름다움으로 가득하기를 기도합니다.

시퀸 족 인디언의 추장 그레이 베어(회색 곰)의 기도다. 시퀸 족은 북아메리카 대륙에 살았던 인디언 중에서도 가장 존중받는 부족이었다. 인디언들은 기도를 드릴 때 흔히 신에게 담뱃대를 바친다. 북아메리카 대륙에서는 일찍이 기원전 5000년 이전에 이미 샤머니즘 의식의 하나로 성직자들이 담배를 피웠다. 인디언들이 담배를 성스럽게 여겼던 것은 독수리를 신성한 새로 간주했기 때문이다. 독수리는 신의 메시지를 전하는 사자(使者)였고 담배의 씨앗은 바로 이러한 독수리에 의하여 전파되었다. 유럽의 개척자들이 북아메리카 대륙을 탐험하는 과정에서 원주민들로부터 화해의 상징으로 담배를 대접 받고 담배는 유럽을 비롯한 전 세계에 빠르게 퍼져 나갔다. 1560년 장 니코(Jean Nicot, 1530~1600년)가 브라질에서 프랑스에 담배를 처음 들여왔고 프랑스 담배는 곧 영국으로 전파되었다.

그레이 베어는 이렇게 '위대한 정령'에게 성스러운 담뱃대를 바치면서 부족을 위하여 여러 기도를 드린다. 그중에서도 "자연 속에 있는 나의 모든 친척들"을 위하여 기도한다. 인디언들에게 친척의 범위에는 단순히 일가친척뿐만 아니라 자연의 모든 피조물이 속해 있다. 그레이 베어가 말하는 '친척'이란 바로 "걷고, 기어 다니고, 날고, 헤엄치고/ 눈에 보이거나 보이지 않는" 모든 것들이다.

인디언들은 생물이나 무생물을 분류하는 방법이 백인들과는 사뭇 달랐다. 인디언들은 생물을 걸어 다니는 것들, 기어 다니는 것들, 날아다니는 것들, 헤엄치는 것들로 분류하였다. 걸어 다니는 것들은 다시 두 발로 걷는 것들과 네발로 걷는 것들로 나누었다. 전자는 주로 인간을 말하고 후자는 짐승들을 말한다. 기어 다니는 것들에는 개미 같은 곤충이나 뱀 같은 파충류가 들어간다. 날아다니는 것들이란 공중에 나는 새들이다. 헤엄치는 것들이란 강이나 바다에 사는 물고기를 가리킨다. 때로는 지느러미 달린 것들이라고 부르기도 한다. 인디언들은 이러한 생물들이 하나같이 인간과 친척 관계에 있다고 생각했다.

"눈에 보이거나 보이지 않는 모든 친척" 중 '눈에 보이지 않는 친척'이란 공기나 바람 또는 이슬 같은 무생물을 말한다. 공기나 바람처럼 비록 눈에 보이지 않더라도 하나같이 소중한 친척이었다. 인디언들에게는 "자연 속에 있는" 것들은 가시적이건 불가시적이건, 다리가 몇 개 달려 있건, 날개가 달렸건, 지느러미가 달렸건 하나같이 친척들인 셈이다. 자연의 생물이나 무생물이 인간과 친척 관계에 있다면 그들을 가족 공동체의 일원처럼 소중하게 다룰 수밖에 없을 것이다.

3월

•

독수리의 달

우리에게 평화를 알게 하소서

우리에게 평화를 알게 하소서.

달이 떠 있듯이 오래도록

강물이 흐르듯이 오래도록

태양이 빛나듯이 오래도록

풀이 자라듯이 오래도록

우리에게 평화를 알게 하소서.

샤이엔(Cheyenne) 족의 기도문이다. 샤이엔 족은 알곤퀸 계통에 속하는 부족으로 대초원 지대에 살던 인디언으로 가장 잘 알려진 평원 부족 중 하나다. 샤이엔 족은 단일 부족이 아니라 기존의 수타이오(Sutaio) 족과 치치스타스(Tsitsistas) 족이 융합하여 형성된 연합 부족이다. 샤이엔 족은 오늘날의 미네소타 주에 위치한 오대호 부근의 알곤퀸 부족에서 1500년경에 갈라져 나온 것으로 추정된다. 그들은 오랜 세월에 걸쳐 미시시피 강을 건너 노스다코타와 사우스다코타 쪽으로 이주해 왔다. 오늘날 와이오밍 주의 주도(州都) 샤이엔은 바로 이 부족의 이름을 따서 붙인 것이다.

북아메리카 인디언들이 대부분 평화를 사랑했지만 특히 샤이엔족의 평화 사랑은 아주 각별하다. 그들에게 가장 중요한 평화는 무엇보다도 영혼의 평화다. 그런데 이 영혼의 평화는 온 우주에 존재하는 힘을 깨달을 때 얻을 수 있다. 바꾸어 말해서 우주의 중심에 '위대한 정령'이 존재해 있다는 사실을 깨달을 때 가능하다. 나머지 평화는 한낱 이러한 영혼의 평화를 반영한 것에 지나지 않는다. 인디언에게 두 번째로 중요한 평화는 나라와 나라 사이의 평화다. 그들은 부족과 부족 사이에, 인디언 부족과 백인 개척자 사이에 될 수 있으면 갈등을 일으키지 않으려고 애썼다. 그리고 세 번째 평화는 인간과 인간 사이의 유기적 관계를 깨달을 때 얻을 수 있다.

북아메리카 인디언들은 유럽의 백인 개척자들이 찾아오면 평화의 상징인 파이프 담배를 먼저 권하였다. 적대 관계가 아니라는 사실을 상징적으로 보여 주는 행위였다. 더구나 평화 조약을 맺을 때면 으레 '회합의 불'을 둘러싸고 앉아 '평화의 담뱃대'라고 부르는 긴 파이프를 서로 돌려가며 피웠다. 인디언들은 '위대한 정령'이 지켜보는 가운데 평화의 담뱃대로 맺은 약속은 결코 위반해서는 안 된다고 생각하였다. 그러나 인디언들과 함께 '평화의 담뱃대'로 담배를 피우며 평화 조약을 맺은 백인 개척자들은 이러한 약속을 깨고 이튿날 무참하게 공격하여 살상을 일삼았던 것이다.

그래서 샤이엔 족 인디언들은 평화를 갈구하되 일시적인 평화가 아닌 아주 지속적인 영원한 평화를 갈구한다. 그들은 신에게 "달이 떠 있듯이 오래도록/ 강물이 흐르듯이 오래도록/ 태양이 빛나듯이 오래도록/ 풀이 자라듯이 오래도록" 평화를 알게 해 달라고 간절히 기원한다. 달과 태양은 이 우주가 존재하는 한 영원무궁하며, 강물과 풀도 인간이 자연의 섭리에 크게 거스르지만 않는다면 영원히 지속할 것이다.

샤이엔 족 인디언의 평화의 기도는 "주님, 저를 당신의 도구로 삼으소서."로 시작하는 아시시의 성(聖) 프란체스코(San Francesco d'Assisi, 1181?~1226년)의 「평화의 기도」와 비슷한 데가 많다. "미움이 있는 곳에 사랑을/ 다툼이 있는 곳에 용서를/ 분열이 있는 곳에 일치를/ 의혹이 있는 곳에 신앙을/ 그릇됨이 있는 곳에 진리를/ 절망이 있는 곳에 희망을/ 어두움에 빛을/ 슬픔이 있는 곳에 기쁨을/ 가져오는 사람이 되게 하소서." 성인은 계속하여 기도한다. "위로받기보다는 남을 위로하고/ 이해받기보다는 남을 이해하며/ 사랑받기보다는 남을 사랑하게 해 주소서./ 우리는 줌으로써 받고/ 용서함으로써 용서받으며/ 자기를 버리고 죽음으로써/ 영생을 얻기 때문입니다."

지혜로운 길을 찾게 해 주소서

위대한 정령이시여

우리에게 이해할 수 있는 가슴을 주소서.

우리가 주는 것만큼만 대지의 아름다움을 가져가도록

욕심에 눈이 멀어 대지를 마구 파괴하지 않도록

대지를 아름답게 하는 일에 기꺼이 우리의 일손을 빌려줄 수 있도록

우리가 사용할 수 없는 것은 대지에서 빼앗지 않도록

우리에게 이해할 수 있는 가슴을 주소서.

대지의 음악을 파괴하는 것은 곧 혼란을 가져온다는 것을

대지의 얼굴을 엉망으로 만드는 것은 결국 우리의 눈을 멀게 해

아름다움마저 볼 수 없게 만든다는 것을

무분별하게 대지의 향기를 더럽히는 것은

집안에 독한 냄새를 들여오는 것과 같다는 것을

우리가 대지를 보살필 때 대지가 우리를 보살핀다는 것을.

우리는 우리가 누구인지 까맣게 잊었습니다.

우리는 오직 우리 자신의 안전만을 생각했습니다.

단지 우리 자신의 목적을 위해서만 대지를 착취했습니다.

우리는 우리의 지식을 잘못 사용했습니다.

우리의 힘을 함부로 썼습니다.

위대한 정령이시여

당신의 메마른 대지가 목말라하고 있습니다.

우리로 하여금 당신의 대지에 새 생명을 불어넣을 수 있는

지혜의 길을 찾게 해 주소서.

와바나키 알곤킨 족 추장 빅 선더의 기도다. 그는 기도의 첫 머리에서 "우리가 주는 것만큼만 대지의 아름다움을 가져가도록/ 욕심에 눈이 멀어 대지를 마구 파괴하지 않도록"이라고 기도한다. 기도의 뒷부분을 읽어 보면 인디언들은 이미 "대지의 얼굴을 엉망으로 만들었음"을 알 수 있다. 그래서 이제는 더 대지를 파괴하지 않고 잘 보존할 수 있도록 해 달라고 기도를 드리는 것이다.

그런데 이렇게 대지를 보존하는 데 "우리에게 이해할 수 있는 가슴을 주소서."라고 기원한다. 하필이면 왜 '머리'를 달라고 하지 않고 '가슴'을 달라고 할까? 두말할 나위 없이 '머리'가 차가운 합리적 이성을 상징한다면 가슴은 따뜻한 감성을 상징한다. 자연을 보호하고

환경 문제를 해결하는 데는 이성(머리)보다는 감성(가슴)이 훨씬 더 필요하다는 것을 역설하는 말이다. 그동안 도구적 이성이 환경을 파괴하는 데 크게 이바지했다는 것은 이미 잘 알려진 사실이다.

프랑크푸르트 학파 회원인 막스 베버는 인간이 도구적 이성을 처음 사용한 오디세우스 덕분에 중세의 터널을 지나 근대에 접어들 수 있었다고 지적한다. 그러나 도구적 이성을 신처럼 떠받들면서 현대에 이르러 어두운 그늘이 드리워지기 시작하였다. 아우슈비츠 수용소를 비롯하여 체르노빌 원전 사고, 핵, 지구 온난화, 조류독감, 광우병, 오존층 파괴 등은 그동안 도구적 이성이 불러온 비극이요 그것이 낳은 괴물이다. 독일 사회학자 울리히 벡의 말대로 인간을 '위험사회'의 수렁에 빠지게 한 것도, 빅 선더의 지적대로 인간이 "욕심에 눈이 멀어 대지를 마구 파괴한" 것도 하나같이 가치 합리성 대신에 도구적 합리성을 믿었기 때문이었다. "단지 우리 자신의 목적을 위해서만 대지를 착취했습니다./ 우리는 우리의 지식을 잘못 사용했습니다."라는 문장은 도구적 이성을 신처럼 믿은 인간의 오만을 솔직하게 고백하는 말이다. 그래서 최근 들어 도구적 이성 대신에 '생태적 이성'을 부르짖는 학자들이 없지 않다. 같은 이성이라도 도구적 이성과 생태적 이성은 자연과 환경을 생각하는 데 큰 차이가 난다. 후자는 이성을 중시하되 전자보다 좀 더 자연 친화적 사고에 무게를 싣는다고 할 수 있다.

기도문에서 빅 선더가 '지식'과 '지혜'를 구별하여 사용한다는 점도 눈여겨봐야 한다. "우리는 우리의 지식을 잘못 사용했습니다."라고 말하는가 하면, "우리로 하여금 당신의 대지에 새 생명을 불어넣을 수 있는/ 지혜의 길을 찾게 해 주소서."라고 기도한다. 여기서 '지식'이 도구적 이성에 해당한다면 '지혜'는 생태적 이성, 더 나아가 감성에 해당한다. 지식이 머리에 가까운 반면, 지혜는 가슴에 가깝다고 할 수 있다. 오늘날 생태계 위기나 환경 위기를 극복하는 길을 우리는 머리(로고스, logos)나 지식보다는 가슴(파토스, pathos)이나 지혜에서 찾아야 할 것이다.

빅 선더의 기도문에서 '우리'는 과연 누구를 가리킬까? '당신'과 대비되는 '우리'는 두말할 나위 없이 오랫동안 북아메리카 대륙에 살아온 인디언들을 가리킨다. 그러나 어떤 의미에서는 인디언들보다는 오히려 유럽에서 건너온 백인 개척자들을 가리키는 말인지도 모른다. 좀 더 범위를 넓혀 보면 이 지구에 살고 있는 모든 인간을 두루 가리키는 대명사일 수도 있다. "우리는 우리가 누구인지 까맣게 잊었습니다."라는 구절을 보면 더더욱 그러한 생각이 든다.

"당신의 메마른 대지가 목말라하고 있습니다."라는 마지막 구절을 주목해 볼 필요가 있다. 인간은 그동안 대자연을 파괴하고 환경을 오염시킨 나머지 이제는 물 한 모금 마음 놓고 마실 수 없는 지경에 이르렀다. 지구 온난화 같은 기상 이변으로 어머니 대지는 목말라할 뿐만 아니라 숨도 제대로 쉬지 못하고 있다. 어머니 대지를 이렇게 만든 장본인은 바로 그녀의 자녀들인 우리 인간들이다.

대지가 이렇게 어려움을 겪는 이유 중에서도 벌목과 숲의 파괴는 아마 첫 손가락에 꼽힐 것이다. 《사이언스 어드밴시스(*Science Advances*)》는 그동안 지구의 허파 노릇을 해 온 아마존 열대 우림에 서식하는 나무 종(種)의 절반 이상이 멸종 위기에 놓여 있다는 연구 결과를 발표하여 관심을 끌었다. 열대 우림의 나무 절반이라면 지구에 서식하는 나무 종류의 4분의 1에 해당한다. 영국 이스트 앵글리아 환경 과학 대학원 카를로스 페레스(Carlos Pérez, 1934년~) 교수 등 21개국의 학자 158명이 공동으로 연구한 결과다. 연구자들은 아마존 일대의 댐 건설, 광산, 산불, 가뭄, 남벌 등으로 파괴되는 상황을 일일이 비교하고 대입하여 21세기 중엽까지 사라질 나무의 종을 추산했던 것이다. 현 상황이 계속될 경우 아마존 지역 나무 종이 적게는 36퍼센트에서 많게는 57퍼센트까지 멸종할 수 있는 것으로 나타났다. 아마존 열대 우림에는 브라질 호두나무 같은 상징수부터 초콜릿 원료로 쓰이는 카카오 같은 식량수나 학자들에게도 잘 알려지지 않은 희귀 나무 등 1만 5000여 종이 서식하고 있다. 페레스 교수는 "자연 보호 구역과 원주민 주거 지역의 면적은 아마존 삼림 면적의 절반에 불과하며, 멸종 위기에 놓인 나무 종 가운데 그 일부만 보호받고 있다."라고 말한다. 연구자들은 만약 이러한 지역을 제대로 관리하여 멸종을 막고 다양성을 보존할 '마지막 기회'를 놓치게 되면 인류는 환경 재앙을 면치 못할 것이라고 경고한다.

캐나다 브리티시컬럼비아 남부 벨라 쿨러 강변에 오랫동안 살았

던 인디언 부족인 뉴호크 네이션은 어떤 인디언 부족보다도 숲을 보호하는 데 앞장서는 것으로 유명하다. 추장 쿼트시나스는 "우리는 우리의 자식들, 손녀와 손자, 그리고 그 뒤에 태어날 후손을 위하여 숲을 보호해야 한다. 우리는 새, 동물, 물고기, 나무처럼 스스로 말을 하지 못하는 피조물을 위하여 숲을 보호해야 한다."라고 말한다. 숲을 보호해야 하는 것은 비단 인간에게 산소를 공급해 주고 소중한 자원을 마련해 주기 때문만은 아니다. 숲은 인간이 아닌 다른 피조물이 살아가는 서식지이기 때문이다. 그러한 서식지가 사라지면 그곳에 살고 있는 피조물은 사라지고, 그런 피조물이 사라지고 나면 이번에는 인간이 지구에서 사라지게 될 것이다.

우리를 평화와 이해의 길로 인도하소서

오, 하늘에 사는 위대한 영혼이시여

우리를 평화와 이해의 길로 인도하소서.

우리 모두를 형제와 자매로 함께 살게 하소서.

어머니 대지의 얼굴을 걷고 살아가는 우리의 삶은 너무 짧습니다.

당신이 주신 모든 축복에 우리 눈이 활짝 열리도록 하소서.

오, 위대한 영혼이시여

우리의 기도를 들으소서.

오, 위대한 영혼이시여

바람 속에서 당신의 음성을 듣나이다.

당신의 숨결이 온 세상에 생명을 불어넣나이다.

내 말을 들으소서!

나는 작고 연약하오니
당신의 힘과 지혜가 필요합니다.

아름다움 속에서 걷고
내 눈으로 붉은빛과 자줏빛 해질녘을 영원히 바라보게 하소서.
내 손이 당신이 만든 것들을 존중하게 하고
내 귀를 예민하게 하여 당신의 목소리를 잘 듣게 하소서.
당신이 내 부족에게 가르치신 것들을
내가 잘 이해할 수 있도록 현명하게 만드소서.
나뭇잎마다 바위마다 당신이 숨겨 놓은 교훈을
내가 배울 수 있도록 하소서.

내 형제보다 더 뛰어나지 않고
가장 큰 적(敵)인 나 자신과 싸울 수 있도록 힘을 주소서.
언제나 깨끗한 손과 밝은 눈으로
당신에게 다가갈 준비를 하도록 도와주소서.
하여 삶이 뉘엿뉘엿 해질녘처럼 저물어갈 때
내 영혼이 부끄럽지 않게 당신에게 다가갈 수 있도록.

인디언 추장 옐로 라크(노란 종달새)의 기도다. 옐로 라크 추장에 대해서는 블랙 피트 족(식시카(Siksika) 족) 추장 또는 라코타 수(Lakota

Sioux) 족 추장이라고 의견이 엇갈린다. 최근 들어 전자보다는 후자로 보는 학자들이 더 많은 듯하다. 라코타 수 족 기도를 영어로 번역한 사람으로도 잘 알려져 있기 때문이다.

옐로 라크는 감각적 이미지를 구사하는 솜씨가 무척 뛰어나다. 대부분의 인디언들이 그러하지만 특히 그는 차가운 머리로 생각하는 것이 아니라 뜨거운 가슴으로 기도한다. 달리 말해서 추상적 관념을 감각적 이미지로 표현한다. 그는 시각을 비롯하여 청각과 후각, 심지어 촉각에 이르기까지 온갖 감각을 총동원하다시피 한다. 모든 축복을 바라볼 수 있도록 해 달라고 기도해도 될 터인데 "우리 눈이 활짝 열리도록" 해 달라고 기도한다. 그냥 해질녘이라고 해도 좋을 것을 굳이 "붉고 자줏빛 해질녘"이라고 한다.

이 기도문은 인디언의 세계관을 이해하는 데 중요한 단서가 된다. 옐로 라크는 '위대한 영혼'에게 무엇보다도 먼저 갈등이나 전쟁보다는 평화를, 오해보다는 이해의 길로 인도해 달라고 간절히 기원한다. "우리 모두를 형제와 자매로 함께 살게 하소서."라는 구절에서 엿볼 수 있듯이 그는 부족 공동체 안에서나 공동체 밖에서나 동료 인간을 한 부모에서 태어난 혈육처럼 생각할 수 있기를 바란다. 서로 갈등을 일으키고 다투며 살기에는 인생이 너무 짧고 소중하기 때문이다. 비록 짧은 삶이지만 그는 이승에서 부여받은 삶의 축복을 "활짝 열린" 눈으로 만끽하고 싶어 한다.

옐로 라크 추장이 말하는 '형제와 자매'의 범주에는 인간은 말할 것도 없고 인간이 아닌 다른 피조물도 들어 있다. 인디언들은 다른 피조물과 인간을 엄밀히 구분 짓지 않고 친족 관계에 있다고 본다. 이와는 달리 서양에서 근대 과학이 발달하는 데 이론적 동력을 마련해 준 르네 데카르트(René Descartes, 1596~1650년)가 짐승에게는 영혼이 없다 하여 일종의 기계로 간주했다는 것을 잘 알려진 사실이다. 젖소는 살아 숨 쉬는 생물이 아니라 우유를 생산해 내는 기계일 뿐이었다. 소가 울면 그것은 고통스러워 비명을 지르는 것이 아니라 기계에 기능 장애가 생겨 '끽' 하고 소리를 내는 것이라고 생각하였다.

옐로 라크 추장의 기도에서 가장 눈길을 끄는 대목은 세 번째 연이다. 그는 아름다운 대자연 속에서 자유롭게 걸어 다니고, 붉은빛과 자줏빛으로 서쪽 하늘을 아름답게 수놓는 일몰조차 놓치지 않고 바라볼 수 있도록 해 달라고 기도한다. 아름다운 대자연의 모습뿐만이 아니다. '위대한 영혼'의 목소리 또한 놓치지 않고 잘 들을 수 있도록 청각을 예민하게 해 달라고 기원한다. 그런가 하면 함부로 천지만물을 해치지 않고 오직 사랑하고 존중할 수 있기를 바란다. "나뭇잎마다 바위마다 당신이 숨겨 놓은 교훈을/ 내가 배울 수 있도록 하소서."라는 구절에서 그는 '위대한 영혼'이 동료 부족에게 가르쳐 준 소중한 진리만으로도 모자라 다른 피조물에 숨겨 놓은 은밀한 교훈까지 가르쳐 달라고 부탁한다.

"내 형제보다 더 뛰어나지 않고/ 가장 큰 적(敵)인 나 자신과 싸울 수 있도록 힘을 주소서."라는 구절에 이르러서는 정신이 번쩍 든다. 여기에서 '형제'란 혈육의 형제에 그치지 않고 같은 부족의 남성, 더 넓게는 굳이 부족을 가리지 않고 모든 동료 인간을 가리킨다고 볼 수 있다. 인디언들이 생각하는 가족은 현대 사회의 핵가족의 개념이 아니라 전통 사회의 확대 가족의 개념에 훨씬 가까웠다.

"내 형제보다 더 뛰어나지 않게" 해 달라고 기도드리는 것은 치열한 생존 경쟁을 겪으면서 살아가야 하는 현대인들에게는 시대착오적으로 비칠지도 모른다. 물질적 성공을 향하여 앞만 바라보고 맹목적으로 달려가는 현대인들에게 동료보다 더 뛰어나지 않게 해 달라고 비는 것보다 어리석은 일도 없을 것이다. 그러나 국경이 허물어진 상황에서 무한 경쟁을 외치는 시대에도 옐로 라크 추장의 기도는 여간 값지지 않다. 경쟁보다는 더불어 살아가는 상생의 지혜를 가르치기 때문이다. 그는 다른 사람들을 밀치고 앞서려고 하기보다는 차라리 자기 자신과 먼저 싸울 수 있는 힘과 용기를 달라고 기도한다. 자기 자신이야말로 '가장 큰 적'이기 때문이다. 그래서 공자도 '수신제가치국평천하(修身齊家治國平天下)'라고 하여 나라와 천하를 다스리기 전에 먼저 자신의 몸과 마음을 올바로 하라고 말하지 않았던가.

요컨대 옐로 라크 추장은 이승의 삶을 다했을 때 당당한 마음으로 자신을 낳아 준 대자연으로 다시 돌아가기를 간절히 바랄 뿐이다. "언제나 깨끗한 손과 밝은 눈으로/ 당신에게 다가갈 준비를 하도록 도와주소서."라고 기도한다. '깨끗한 손'이란 '위대한 영혼'이 인간에게 준 선물인 대자연을 더럽히지 않은 손을 가리킨다. '검은 손'이 흔히 불의와 손잡은 손을 가리킨다면, '깨끗한 손'은 정의를 위하여 사용한 소중한 손을 가리킬 것이다. '밝은 눈'이란 세속에 눈멀지 않은 맑은 정신을 뜻한다. 노란 종달새가 바라는 것은 바로 이러한 순수한 상태로 '위대한 영혼'에게 다가가는 것이다. 죽을 때 한 점 부끄러움 없이 다시 대자연으로 돌아가 그 품에 편안히 안길 수 있기를 바랄 뿐이다.

날이 밝으면

날이 밝으면 태양이 당신에게 새로운 힘을 주기를
밤이 되면 달이 당신을 부드럽게 회복시켜 주기를
비가 당신의 근심걱정을 모두 씻어 주기를
산들바람이 당신의 몸에 새로운 활력을 불어넣어 주기를
당신이 이 세상을 사뿐사뿐 걸어갈 수 있기를
당신이 살아 있는 동안 내내 그 아름다움을 깨닫게 되기를.

아파치 족 인디언의 기도문이다. 주로 미국 남서부 지방 원주민들을 두루 일컫는 아파치 족은 다른 부족과는 달리 추장을 세습하지 않고 유능한 청년 중에서 뽑은 것으로 유명하다. 말을 능숙하게 다루고 지형에도 익숙한 것으로도 유명하다. 그러나 미국 연방군의 우수한 무기에 압도될 수밖에 없었다. 아파치 족은 1871년부터 몇 해

동안 보호 구역에서 생활하던 중 영구 유폐 생활을 거부하고 정부 군대와 전쟁을 일으켰다. 아파치 전쟁이 1886년에 패배로 끝나면서 아파치족은 애리조나 주와 뉴멕시코 주에 위치한 보호 구역에서 갇혀 살아가고 있다.

기도에서 그들은 태양과 달 같은 천체에게 새로운 힘을 불어넣어 달라고 기원한다. 태양이 솟아오르는 아침이면 하루 일과를 맞이할 수 있도록 새로운 힘을, 달이 떠오르는 밤이 되면 하루 일과에 지친 몸과 마음을 회복할 수 있는 힘을 달라고 빈다. 또한 비나 산들바람 같은 기상 현상에게도 근심 걱정을 씻어 주고 새로운 활력을 달라고 부탁한다. 무엇보다도 그들은 "당신이 이 세상을 사뿐사뿐 걸어갈 수 있기를/ 당신이 살아 있는 동안 내내 그 아름다움을 깨닫게 되기를" 간절히 바란다.

말하기는 쉬워도 막상 '이 풍진(風塵) 세상'을 사뿐사뿐 걸어가기란, 또 살아 있는 동안 세상의 아름다움을 깨닫게 되기란 쉽지 않을 것이다. 온갖 세파에 시달리다 보면 하루하루 걸음을 떼기도 힘겹고, 길가에 자라는 풀 한 포기나 아파트 화단에 피어 있는 꽃 한 송이 여유 있게 바라보기도 그렇게 쉽지 않다. 현대인들과는 달리 아파치 족 인디언들은 초월적인 존재자에게 세속의 일에 얽매인 나머지 아름다운 자연의 모습을 놓치지 않게 되기를 간절히 바라는 것이다.

이 기도문을 읽고 있노라면 스티브 잡스(Steven Jobs, 1955~2011년)가 마지막 병상에서 남긴 말이 떠오른다. 그는 사업계에서는 성공의 정상에 올랐으며, 그래서 세상들의 눈에는 자신의 삶이 성공의 상징처럼 보였을지 모른다고 밝힌다. 그러나 "일을 제외하고는 나는 이렇다 할 즐거움을 느끼지 못한다. 결국 부(富)는 익숙해진 내 삶의 사실일 뿐이다."라고 고백한다. "병석에 누워 모든 과거의 삶을 회상하는 이 순간, 내가 그토록 자부심을 느꼈던 그 모든 인정과 부가 다가오는 죽음 앞에서 무색해지고 아무런 의미도 없다는 것을 깨닫는다."

그는 삶을 영위할 수 있을 만큼 충분히 부를 축적한 뒤에는 부와는 전혀 관련 없는 다른 일들을 추구하라고 권했다. 다른 사람들과의 소중한 관계라든지, 예술에 대한 추구라든지, 젊은 시절 가슴에 품었던 꿈들을 실현시키는 일들 말이다. 특히 가족에 대한 사랑, 배우자에 대한 사랑, 그리고 친구에 대한 사랑을 소중하게 생각하라고 말한다. "잃어버린 물질적인 것들은 다시 찾을 수 있다. 그러나 한 번 잃어버리면 영원히 찾을 수 없는 것이 있으니 그것은 다름 아닌 '삶'이다."라고 힘주어 말한다.

임종의 자리에서 그는 아파치 족의 기도처럼 "이 세상을 사뿐사뿐 걸어가지" 못한 것을 후회했는지 모른다. 부를 축적하고 사회적으로 인정받는 일에 몰두한 나머지 그는 잠시 걸음을 멈추고 주위를 돌아볼 수 있는 여유를 누리지 못하였다. 요즈음 기준으로 보면 턱없이 짧은 쉰여섯 해 "살아 있는 동안 내내"는 아니더라도 적어도 문득문득 세상의 "아름다움을 깨닫지" 못한 것을 후회했는지도 모른다.

우주가 다시 초록색이 되도록

대지가 병들고 죽어 가고 있을 때
모든 인종 가운데에서
한 부족이 나타나리라.
그 부족은 말(言)이 아닌
행동을 믿을 것이라.
그리고 이 우주를 다시 한 번
녹색으로 만들리라.

캐나다와 미국 북부 지방 크리(Cree) 족 인디언의 예언이다. 대부분의 인디언들이 그러하지만 크리 족에게는 이렇다 할 소유의 개념이 없었다. 그래서 오래전 백인들이 그들의 삶의 터전에 들어오자 자신들이 오랫동안 살아온 땅을 모두 백인들에게 내어 주었다. 백인들이 광물이 있는 곳을 가르쳐 달라고 하면 기꺼이 가르쳐 주기도 하였다. 그 결과 백인들은 단순히 광물을 캐 가는 것으로 끝나지 않고 그들의 삶의 터전을 황폐하게 만들어 버렸다.

크리 족은 여성을 'caller', 즉 '부르는 사람'이라고 불렀다. 여성이 부르면 남성은 이 부름에 응답하여 여성이 하자는 대로 따라 하기만 하면 된다는 뜻이다. 인디언 중에서 크리 족처럼 여성을 존중하는 부족도 찾아보기 힘들다. 예전에는 오직 남성만이 추장을 했지만 지금은 성별을 가리지 않고 능력이 있으면 얼마든지 추장을 할 수 있다. 크리 족은 여성이 몸 안에 타오르는 생명의 불을 지니고 있기 때문에 남성보다 더 강하다고 생각하였다. 여성은 남성보다 감수성도 뛰어나고 개인의 권력보다는 공동체의 이익을 먼저 생각한다고 판단했던 것 같다.

이 예언은 좁게는 북아메리카 대륙, 넓게는 지구에 앞으로 닥쳐올 재앙을 예언한 글이다. 대지가 병들어 죽어 갈 때 한 인디언 부족이 나타나 대지를 구원할 것이라고 내다본다. 여기서 대지를 구원할 인디언 부족은 바로 크리 족, 좀 더 정확히 '무지개 전사(戰士)들'이다. 이 전사들에 관한 전설은 크리 족뿐만 아니라 호피 족이나 수 족의 예언에서도 쉽게 찾아볼 수 있다. 「무지개의 전사들」에 적힌 예언을 보자. "지난 세기에 크리 족 인디언 '불의 눈(眼)'이라는 현명한 노파가 미래에 닥쳐올 꿈을 꾸었다. 어느 날 '요네기', 즉 백인의 탐욕 때문에 대지가 황폐해지고 오염되고, 숲이 파괴되며, 새들이 공중에서 떨어지고, 물이 검게 변하며, 개울의 물고기가 독살되고, 나무들을 더 이상 찾아볼 수 없을 때가 올 것이다. 그렇게 되면 우리가 알고 있는 인류는 이제 존재하지 않는 것과 다를 바 없다." 황폐해진 대지를 다시 살려 내는 인물이 바로 '무지개 전사들'이다. 앞의 예언은 「무지개의 전사들」을 시의 형식을 빌려 다시 편집한 것이다.

"그 부족은 말(言)이 아닌/ 행동을 믿을 것이라."에 주목해야 한다. 이 대지를 다시 살릴 전사들은 공허한 말이 아닌 실천적인 행동에 무게를 싣는다. 실제로 환경 문제에서 무엇보다도 중요한 것은 구체적인 실천이다. 자연이 소중하지 않다고 생각하거나 환경을 오염시켜도 된다고 생각하는 사람은 없다. 다만 문제는 그러한 생각을 몸소 실천에 옮기는 사람이 그다지 많지 않다는 데 있다. 환경 문제에서는 백 번 보는 것은 한 번 행동에 옮기는 것만 못하다. "이 우주를 다시 한 번/ 녹색으로 만들리라."라는 마지막 문장도 눈여겨봐야 한다. 적색이 정치적 이데올로기를 상징하는 색깔이라면 녹색은 바로 환경 운동을 상징하는 색깔이다. 이제 "적색에서 녹색으로(From Red to Green)"라는 슬로건이 자리 잡은 지 이미 오래다. 정치적인 이데올로기 문제보다 훨씬 더 시급한 것이 환경 문제가 되었다.

4월

•

나뭇잎이
인사하는 달

마지막 나무가 사라지고 난 뒤에야

마지막 나무가 사라지고 난 뒤에야

마지막 강물이 더럽혀진 뒤에야

마지막 물고기가 잡힌 뒤에야

비로소 그대들은 깨닫게 되리라.

사람이 돈을 먹고 살 수 없다는 것을.

종말론적 성격이 강한 이 글은 크리 족 인디언이 인류에게 주는 마지막 경고다. 마지막 나무가 지상에서 사라지고, 마지막 강물이 더럽혀지고, 마지막 물고기가 잡힌 뒤에야 비로소 정신을 차리겠냐고 준엄하게 꾸짖는 글이다. 인간은 그동안 진보와 발전이라는 그럴 듯한 이름으로 자연을 무참하게 짓밟고 환경을 파괴했지만 그 대가는 참으로 엄청나다. 공장 굴뚝에서 내뿜는 온갖 오염 물질과 제대로 정화시키지도 않고 강과 바다로 내보내는 폐수 때문에 나무는 사라지고 강물은 오염되고 물고기를 자취를 감추기 시작했기 때문이다. 지구에서 사라지는 것이 어찌 나무와 물고기뿐이겠는가. 이미 지구를 떠난 생물이 많고, 지금 멸종 위기에 놓인 생물도 아주 많다.

지구상에 존재하는 다양한 종류의 생물 종을 일컬어 생물 다양성이라고 한다. 예를 들어 5종의 새만 서식하는 섬은 2종의 새와 2종의 도마뱀 그리고 1종의 노루가 있는 섬과 비교해 종의 숫자는 같더라도 종의 다양성에는 큰 차이가 난다. 천연자원과 마찬가지로 지구의 생물 분포도 고르지 않으며, 종의 다양성은 극지방에서 적도 지방으로 갈수록 커진다. 포유동물이나 해양 생물의 분포도 열대 지역이 가장 많다. 보르네오 열대 우림의 15헥타르 면적에서 무려 700여 수목 종이 확인되었는데 이 양은 북아메리카 전역을 모두 합쳐야 겨우 발견할 수 있는 정도다.

생물 다양성을 중요하게 생각하는 데는 그럴 만한 까닭이 있다. 지구상의 생물은 생명의 다양성 때문에 유지되기 때문이다. 생태계는 생물 종이 다양하면 할수록 건강하다. 그동안 인류는 의식주는 말할 것도 없고 의약품과 산업 용품들을 다양한 생물에서 얻어 왔다. 개발 도상 국가에서 인구의 80퍼센트의 건강을 지켜 주는 의약품이 바로 식물과 동물에서 나온다. 중국의 전통적인 의약품에서는 500종 넘는 생물을 사용하고, 미국에서 조제하는 약 처방의 4분의 1 이상이 식물에서 추출한 성분을 포함하고 있으며, 3000여 종의 항생

제를 미생물에서 얻고 있다. 또한 생물 자원은 오락과 관광 자원으로서의 가치도 무척 크다.

이렇게 소중한 생물 종이 하루가 다르게 지구상에서 사라지고 있다. 오늘날 생물 다양성이 과거 어느 시기보다도 빠르게 사라지고 있다는 데 문제의 심각성이 있다. 지구상의 생물 종 중에서 4분의 1가량이 20~30년 안에 심각한 멸종 위기를 맞을 것이라고 내다보는 학자들이 적지 않다. 1600년 이래 척추동물, 무척추동물, 관속식물의 700종 이상이 전멸했고 2020년까지는 3분의 1이 없어질 전망이라고 한다. 특히 심각한 것은 지구 면적의 7퍼센트를 차지하고 있는 열대우림에 서식하는 생물이다. 전 세계 생물 종의 절반 이상이 서식하고 있는 열대 우림이 파괴되면서 전체 생물 종의 5~15퍼센트가 멸종하고 있다.

대지는 곧 인간이 더 이상 살 수 없는 황무지로 변할지도 모른다. 이미 지구 온난화와 맞물려 지구는 걷잡을 수 없이 파멸을 향하여 치닫고 있다. 생물들이 지상에서 사라지고 난 뒤에는 인간이 사라질 차례다. 인류는 "돈을 먹고 살 수 없다는" 사실을 깨닫게 될 터이지만 너무 늦었다. 이미 망가진 지구를 다시 되돌릴 수 없기 때문이다. 생명과 생물 사이의 복잡한 그물망은 거미줄처럼 약하다. 그렇기 때문에 일단 구멍이 뚫리면 하루아침에 걷잡을 수 없이 망가질 수 있다. 인간이 생태계의 주인이라는 오만한 인간 중심주의를 버리고 어디까지나 생태계의 한 구성원이라는 사실을 잊지 않을 때 생물 다양성은 유지될 수 있을 것이다.

몇 해 전 캐나다에서 『마지막 나무가 사라진 후에야(*La Sagesse Crie*, 크리 족 인디언의 지혜의 책)』이 인기를 모았다. 저자 중 한 사람인 위베르 망시옹(Hubert Mansion, 1960년~)은 대형 로펌 변호사로 캐나다 북퀘벡에 사는 크리 족 인디언들을 만난 뒤 몇 해 동안 그들과 함께 생활하면서 배운 소중한 삶과 지혜를 바탕으로 이 책을 썼다. 망시옹은 자연의 순리를 거스르지 않고 자연과 함께 살아가는 생활 방식에서 소중한 교훈을 얻었던 것이다.

나는 그 일부가 된다

산맥들, 나는 그것의 일부가 된다.

약초와 전나무, 나는 그것들의 일부가 된다.

아침 안개, 구름, 점점 모이는 물, 나는 그것들의 일부가 된다.

황야, 이슬방울, 꽃가루……

나는 그것들의 일부가 된다.

나바호(Navajo) 족 인디언의 기도다. 나바호 족은 미국 전체 인구의 1.6퍼센트 정도를 차지할 만큼 수가 많으며 주로 미국 남서부의 유타 주와 애리조나 주, 뉴멕시코 주에 폭넓게 걸쳐 살고 있다. 나바호 족이 고국이라고 부르는 디네 비케야의 드넓은 사막을 비롯하여 강과 산에서 25만여 명의 부족이 흩어져 살고 있다. 그들은 대부분 여전히 전통적인 생활 방식을 고수하며 농사를 짓거나 양, 말, 소 같은 가축을 기르며 살고 있다. 또한 그들은 '호건(hogan)'이라는 팔각형 건물에서 의식을 수행하기도 한다.

기도하는 사람이 자신을 자연의 일부로 간주한다는 점이 눈길을 끈다. 약초와 전나무는 인디언들에게 아주 소중하기 때문에 자신이 그 일부라고 말하는 것은 어찌 보면 당연하다. 전나무는 전 잎과 솔방울의 모양에 따라 이름이 다른데 세계에 50여 종이 있다. 인디언들은 라스베이거스 마운틴 찰스턴에 자라는 '화이트 퍼(흰 전나무)'의 잎을 음식이나 차에 넣었다.

인간은 생물뿐만 아니라 산을 비롯하여 아침 안개, 구름, 물, 이슬방울, 꽃가루 같은 무생물의 일부가 된다. 이중에서 공기 중의 수증기가 밤 동안 식어서 물체의 겉에 물방울이 되어 생기는 이슬은 예로부터 생물의 성장에 매우 중요하였다. '우로지택(雨露之澤)'이라고 하면 왕의 넓고 큰 은혜를 비유하는 표현으로 흔히 쓰인다. 전설에서나 살아 있는 상상의 새 봉황은 맑은 이슬과 대나무 열매만 먹고, 오동나무에 깃들어 산다고 한다. 허준(許浚, 1539~1615년)은 『동의보감(東醫寶鑑)』에서 가을 이슬에 대하여 백 가지 풀 끝에 맺힌 이슬로는 여러 가지 병을 치료한다고 적는다.

한편 이슬은 기독교 문화권에서도 큰 상징적 의미가 있다. 지중해와 가까운 팔레스타인 서쪽 지역은 언제나 대기 중에 수증기를 포함하고 있으며, 특히 일교차가 크기 때문에 수분이 많은 이슬이 지면을 적시고는 하였다. 이슬은 유목민들에게 목초지를 마련해 주었고,

온갖 식물이 잘 자랄 수 있는 좋은 여건이 되었다.

구약 성서에서 이슬은 이스라엘 백성들에게 풍성한 수확이나 축복을 상징했다. 「호세아서」에서 하느님은 "내가 이스라엘 위에 이슬처럼 내릴 것이니, 이스라엘이 나리꽃처럼 피고, 레바논의 백향목처럼 뿌리를 내릴 것이다."(14장 5절)라고 했다. 「이사야서」에서도 "주님의 이슬은 생기를 불어넣는 이슬이므로, 이슬을 머금은 땅이 오래전에 죽은 사람들을 다시 내놓을 것입니다. 땅이 죽은 자들을 다시 내놓을 것입니다."(26장 19절)라고 했다.

생물의 성장과 번식에는 꽃가루도 이슬 못지않게 아주 중요하다. 꽃가루 없이 과일나무는 수분(受粉)이 이루어지지 않고, 수분이 제대로 이루어지지 않고서는 과일을 맺을 수 없기 때문이다. 그래서 나바호 족 기도문에서 "나는 그것들의 일부가 된다."라고 말하는 것이다. 만약 지구에 이러한 것들이 없다면 인간은 살아갈 수 없을 것이다. 생태계의 한 구성원에 지나지 않는 인간은 다른 구성원에 의존하여 살아갈 수밖에 없다.

기도문에서는 황야도 인간의 일부로 여긴다. 문명과 대척점에서 있는 황야는 생태계에서 아주 중요하다. 헨리 데이비드 소로(Henry David Thoreau, 1817~1862년)는 「산책」에서 "내가 말하는 서부란 다만 황야를 가리키는 또 다른 이름에 지나지 않는다."라고 단언한다. "황야 속에 이 세계가 보존된다. 모든 나무는 야성(野性)을 찾아 섬유 조직을 뻗는다." 소로에게 황야는 숲과 마찬가지로 온갖 생물의 보고(寶庫)와 다름없었다. 그런데 소중한 서부를 '개척'이라는 그럴 듯한 이름으로 파괴했다는 것은 곧 황야를 파괴했다는 것과 같다. 바로 이 황야 속에 이 세계가 고스란히 보존되어 있는데도 말이다. 소로가 이 말을 한 지도 벌써 150여 년이 지났다. 지금 세계가 얼마나 황폐하게 되었는지는 쉽게 짐작할 수 있을 것이다.

무지개가 항상 너의 어깨에 닿기를

하늘의 따뜻한 바람이 그대의 집에 부드럽게 불기를.
위대한 정령이 그 집에 들어가는 모든 사람들에게 축복을 내리시기를.
너의 가죽신이 눈(雪) 위에 행복한 발자국을 남기기를.
그리고 무지개가 항상 너의 어깨에 닿기를.

북아메리카 인디언 중에서 유일하게 고유 문자를 사용해 온 원주민인 체로키(Cherokee) 족의 기도다. 유럽 인들이 정착하기 시작할 무렵에는 북아메리카 대륙의 동부에서 남동쪽에 걸쳐 미시시피 강 유역에 살고 있었다. 17세기 중엽에는 인구가 2만 2000명이었지만 천연두가 유행하여 절반으로 줄어들었다. 북아메리카 대륙 인디언 중에서도 영국의 식민 지배 과정에서 백인의 문화를 가장 널리 수용한 부족이었다. 1797년에 미국 정부는 원주민 교육의 시범 케이스로 뉴햄

프셔 주에 다트머스 대학을 설립할 정도였다.

체로키 부족은 드넓은 자신들의 땅을 지키고자 영국이나 미국과 잇달아 많은 전쟁을 치렀다. 1794년 미국 정부와 평화 조약을 맺은 뒤부터 문명화의 길을 걷기 시작하였다. 그들은 치카소(Chickkasaw) 족, 무스코지(Muscogee) 부족 연합, 촉토(Choctaw) 족, 세미놀(Seminole) 족과 이른바 '5대 부족 연합'을 결성하였다. 백인의 문명을 받아들여 흔히 '문명화된 다섯 부족'으로 일컫는다. 그러나 19세기 후반 다른 인디언 부족과 마찬가지로 오클라호마 주의 원주민 보호 구역로 강제로 이주당하는 불운을 맞이하였다. 현재 최대의 체로키 국가(인구 약 25만 명)는 오클라호마 주 남동부 오작스 고원이고 타레카를 본부로 삼고 있다. 체로키 족 인디언들은 오클라호마 주 말고도 미국 북동부, 남동부, 서부 등 여러 지역에 흩어져 살면서 부족 공동체를 유지한다. 미국 연방 정부에게 부족 승인을 계속 요구하고 있다.

이 기도는 아파치 족 인디언의 결혼 축시와 비슷한 점이 많다. 축시에서는 갓 결혼한 신부와 신랑에게 "이제 그대들의 집으로 들어가라./ 함께 있는 날들 속으로 들어가라./ 이 대지 위에서 그대들은 오랫동안 행복하리라."라고 축복한다. 그런데 체로키 족 기도는 성인 남녀가 결혼한 뒤의 가정생활을 기원하는 것이다. "하늘의 따뜻한 바람이 그대의 집에 부드럽게 불기를."이라는 기원은 집안에 늘 온기가 가득하기를 비는 것이다. "위대한 정령이 그 집에 들어가는 모든 사람들에게 축복을 내리시기를."이라고 비는 것은 집안에 사는 사람들뿐만

아니라 그 집에 들어가는 일가친척과 손님들에게도 축복이 내려지기를 비는 것이다.

"너의 가죽신이 눈(雪) 위에 행복한 발자국을 남기기를."은 일생 동안 행복하게 살기를 기원하는 대목이다. '모카신'으로 일컫는 가죽신은 노루 가죽으로 만드는 신발로 밑이 평평하다. 북아메리카 대륙 인디언들이 즐겨 신는 신으로, 한겨울에 이 신을 신고 흰 눈 위에 '행복한 발자국'을 남긴다는 것은 자신과 남을 기쁘게 하는 족적을 남긴다는 뜻이다.

맨 마지막 "무지개가 항상 너의 어깨에 닿기를."에서도 인디언 특유의 낙관적인 삶의 태도를 엿볼 수 있다. 대부분의 백인 개척자들에게 무지개는 물방울 입자가 프리즘과 같이 작용하여 일어나는 현상에 지나지 않을지 모른다. 무지개 일곱 빛으로 아름답게 보이는 것은 파장이 본래 위치가 아닌 다른 위치로 굴절되면서 분리되어 안구에 포착되기 때문에 색깔이 분산되어 보일 뿐이다. 파장이 길어 굴절률이 낮은 빨간색이 가장 안쪽, 이와는 반대로 단파장이어서 굴절률이 높은 보라색이 가장 바깥쪽에 놓이게 되는 것이다. 그러나 인디언들에게 무지개는 자연의 신비스러움과 아름다움, 미래와 희망을 상징한다. '무지개 전사'와 관련한 전설에서도 무지개는 인디언들에게는 아주 각별한 의미가 있다.

이왕 무지개 이야기가 나왔으니 말이지만, 무지개 색깔은 반드시 일곱 가지로만 볼 수 없다. 엄밀히 말해서 무지개의 색깔은 셀 수 없을 만큼 많다고 하는 쪽이 더 옳다. 무엇보다도 색의 스펙트럼에서 색과 색의 경계가 불분명하기 때문이다. 또한 문화권마다 또는 시대에 따라 무지개 색깔을 나누는 방법이 서로 다르다. 가령 무지개를 '색동다리'로 부른 우리나라에서 선조들은 '오색 무지개'라고 하여 다섯 가지로 보았다. 독일에서도 다섯 색깔로 표현하고, 미국에서도 여섯 색깔로 표현하기도 한다. 인디언들은 무지개 색깔을 두세 가지로밖에는 보지 않았다. 무지개 색깔을 일곱 가지로 보는 것은 어디까지나 유럽 인들, 그중에서도 영국인들뿐이다. 무지개를 일곱 색깔로 보기 시작한 것은 아이작 뉴턴(Isaac Newton, 1643~1727년)이 7음계에 따라 나누었기 때문인 것으로 알려져 있다. 자연 현상에까지 백인 중심주의 생각이 철저히 스며들어 있다.

좋은 것에 꼭 매달려라

비록 그것이 한 줌의 흙일지라도
좋은 것에 꼭 매달려라.

비록 그것이 홀로 서 있는 나무일지라도
네가 믿는 것에 꼭 매달려라.

비록 그것이 이곳에서 먼 곳에 있을지라도
네가 해야 하는 일에 꼭 매달려라.

비록 손을 놓는 것이 더 쉬울지라도
네 삶에 꼭 매달려라.

비록 언젠가 내가 너에게서 가 버릴지라도

내 손에 꼭 매달려라.

푸에블로 족 인디언의 기도다. 푸에블로 족은 북아메리카 대륙, 뉴멕시코 주와 애리조나 주, 텍사스 주에 살던 미국 원주민 부족으로 지금은 대부분 뉴멕시코 주 리오그란데 강 가까운 곳에 자리 잡고 있다. 1600년경 스페인 정복자들이 처음 도착했을 때 인디언들이 부락(pueblo, 스페인 어로 부락, 마을)을 이루고 사는 것을 보고 그렇게 불렀던 것이다.

푸에블로 족에게는 독특한 신앙 체계가 있다. 그들은 인간이 지하 세계에서 살다가 지상 밖으로 나왔다고 믿는다. 그래서 인간은 하늘과 땅에 늘 감사해야 된다고 굳게 믿고 있다. 자연과 조화를 이루며 살기 위하여 땅을 보호하고 그 위에서 살아가는 짐승과 식물을 존중해야 한다고 생각한다. 해마다 춤을 추면서 비가 많이 내려 옥수수가 풍년이 들기를 비는 옥수수 댄스를 비롯하여 버팔로(들소) 댄스, 사슴 댄스 같은 종교 의식을 거행한다. 신에게 감사를 드리고 소원을 빌기 위해서다. 푸에블로 족은 자연에 대한 경외심을 비롯하여 영혼, 풍요, 부활과 갱생 등에 관심이 훨씬 깊다.

푸에블로 족에는 자연신과 인간 사이 중개 역할을 하는 카치나(Kachina)가 있다. 그들은 카치나를 인형처럼 만들어 집에 성물로 보관한다. 카치나의 옷과 마스크를 쓰고 열심히 춤을 추면 카치나의 신이

춤추는 사람에게 임한다고 믿는다.

기도문에서는 푸에블로 족의 세계관이 엿보인다. 그들은 좀처럼 희망의 끈을 놓지 않은 채 늘 모든 일에 감사하며 살아가려 한다. 그러면서도 확신과 의무를 게을리하지 않으려고 노력한다. "비록 그것이 한 줌의 흙일지라도/ 좋은 것에 꼭 매달려라."라는 첫 구절은 흙이 하찮다는 의미가 아니라 한 줌의 흙일지라도 자연 생태계와 인간의 삶에서 무척 소중하다는 뜻이다. "비록 그것이 홀로 서 있는 나무일지라도 네가 믿는 것에 꼭 매달려라."라는 구절도 마찬가지다. 홀로 쓸쓸하게 서 있는 나무가 하찮다기보다는 나무조차 그 나름대로 믿음과 확신을 지니고 있다는 뜻으로 받아들이는 쪽이 옳을 것이다. 아마 북아메리카 대륙에 살았던 인디언들처럼 흙과 나무를 사랑한 민족도 없을 것이다.

농업에 의존하여 살아가는 사회가 으레 그러하듯 푸에블로 족 인디언들도 자연을 존경하고 자연을 경외한다. 그들의 기도 대부분은 자연을 대상으로 풍요와 다산, 성공적인 사냥을 기원한다. 그들에게 영성은 구체적인 삶과 떼어 낼 수 없을 만큼 하나로 융합되어 있다. 푸에블로 족 원주민은 "우리 주위 세계 전체가 우리의 종교다. 우리의 삶의 방식이 곧 우리 종교다."라고 말한다.

이와 관련하여 마지막 두 연을 찬찬히 볼 필요가 있다. "비록 손을 놓는 것이 더 쉬울지라도/ 네 삶에 꼭 매달려라." 푸에블로 족 인디언들은 비록 삶이 아무리 힘겹더라도 좀처럼 삶을 포기하려 하지 않는다. 그들의 세계관은 제2차 세계 대전 이후 서구 유럽을 휩쓴 실존주의의 세계관과 비슷한 점이 없지 않다. 장폴 사르트르(Jean-Paul Sartre, 1905~1980년)나 알베르 카뮈 같은 실존주의자들은 삶이 장밋빛처럼 낙관적인 것은 아니지만 그것만이 인간이 지니고 있는 유일한 것이기 때문에 쉽게 포기해서는 안 된다고 말하였다.

"비록 언젠가 내가 너에게서 가 버릴지라도/ 내 손에 꼭 매달려라."라는 구절에서는 삶의 연속성에 대한 믿음을 읽을 수 있다. 눈을 감으면 인디언 젊은이가 노인의 손을 꼭 붙잡고 있는 모습이 눈앞에 선하다. "한 세대가 가고, 또 한 세대가 오지만, 세상은 언제나 그대로다." 「전도서」(1장 4절) 구절처럼 푸에블로 족 인디언들도 한 세대는 사라지지만 그 뒤를 이어 다른 세대가 오면서 삶은 영원히 지속된다는 사실을 굳게 믿고 있었다. 앞으로 올 미래 세대는 지나간 과거 세대나 현재의 세대보다도 훨씬 소중했던 것이다.

고통 너머에 또 다른 고통이 있을지라도

고통 너머에 또 다른 고통이 있을지라도

홍인 종족은 다시 한 번 일어서리라.

그러면 병든 세계에 축복이 되리라.

지키지 않은 약속, 이기심과 단절로 점철된 세계,

또 다시 빛을 갈망하는 세계에 축복이 되리라.

나는 모든 피부 색깔의 인류가 신성한 생명의 나무 아래 모이고,

대지 전체가 다시 한 번 하나의 둥근 원이 될

일곱 세대의 미래를 그리노라.

그 날이 오면 라코타 인디언 중에 살아 있는 모든 것들 사이에

통합의 지식과 이해를 전해 줄 사람들이 나타나리라.

백인 젊은이들이 내 종족의 젊은이들에게 찾아와
이러한 지혜를 구하게 되리라.

나는 우주 전체가 머무는 그대의 눈 안에 있는 빛에
경의를 표하노라.
그대가 그대 안의 그 중심에 있고
내가 나 안의 그 자리에 있을 때
우리는 비로소 하나가 되리라.

오글라라 라코타 수(Oglala Lakota Sioux) 족 인디언의 지도자였던 크레이지 호스(미친 말)의 말이다. 타슈카 위트코(Thašųka Witko, 1840?~1877년)가 본명인 그는 미국 군대에 맞서 라코타 족 인디언의 전통과 생존을 위해 싸운 존경받는 족장이요 전쟁 지도자였다. 크레이지 호스를 '성난 말'이라고 옮기기도 한다. 리틀 빅혼 전투(Battle of the Little Bighorn)에서 시팅 불(앉아 있는 황소, 또는 황소를 앉힌 사나이)과 연합하여 미국 정부의 군대와 싸워 승리를 거두었지만 미군에게 쫓기다가 1877년 암살당하였다. 그를 기리기 위하여 러시모어 산이 위치해 있는 블랙 힐스 근교에 조각상 '크레이지 호스'를 만들었다. 미국 정부에서 조각상 비용을 지불하겠다고 하자 원주민들은 평생 미국 정부와 맞서다 죽은 영웅의 조각상을 '적'의 비용으로 세우는 것은 바람직하지 않다고 하여 한사코 반대하였다.

첫 구절 "고통 너머에 또 다른 고통이 있을지라도"를 눈여겨봐야 한다. 인디언의 역사는 한마디로 고통과 절망의 역사였다. 백인들이 내세우는 서부 개척사도 따지고 보면 인디언의 땅을 빼앗은 고통스러운 침략의 역사와 다름없다. 유럽에서 이주해 온 백인 개척자들은 인디언들을 평화 조약이라는 감언이설로 회유하고 금전으로 매수하고 사기와 협박으로 비옥한 땅을 빼앗았다. 그래도 땅을 내놓지 않으면 총칼로 수많은 부족을 짓밟으면서까지 땅을 빼앗으니 서부 개척사의 이면에는 인디언 멸망사의 어두운 그림자가 짙게 드리워져 있다. 미국인들이 흔히 자랑하는 '프런티어(frontier)' 정신은 백인들 입장에서는 모험과 용기, 인내를 뜻하는 진취적인 이념이었을지 모르지만, 인디언들의 입장에서 보면 남의 땅과 목숨을 무참하게 빼앗아 간 탐욕의 정신이요 끔찍한 살육으로 점철된 파괴적 정신이었던 것이다.

그러나 "홍인 종족은 다시 한 번 일어서리라."라는 구절에서도 잘 드러나듯이 인디언들은 파멸과 좌절에 굴복하지 않고 다시 한 번 일어나 힘을 떨치리라고 단호하게 말한다. 그러면서 백인들이 북아메리카 대륙에 발을 딛기 시작하면서 시작된 '병든 세계'를 다시 예전 상태로 되돌려 놓겠다는 굳은 의지를 천명한다. 백인들의 세계는 곧 "지키지 않은 약속, 이기심과 단절로 점철된 세계"다. 크레이지 호스는 이러한 세계에 희망의 빛과 축복을 던져 주겠다고 부르짖는다.

크레이지 호스가 꿈꾸는 세계는 단절 대신에 통합, 전쟁 대신에 평화, 갈등과 대립 대신에 상생과 공존의 세계다. 이 점과 관련하여

"나는 모든 피부 색깔의 인류가 신성한 생명의 나무 아래 모이고,/ 대지 전체가 다시 한 번 하나의 둥근 원이 될/ 일곱 세대의 미래를 그리노라."라는 구절을 좀 더 찬찬히 읽을 필요가 있다. '신성한 생명의 나무'는 기독교의 경전 구약 성서에만 있는 것은 아니다. 이 나무는 인디언들의 세계관에서도 중요하다.

좁은 의미에서 생명의 나무는 남아메리카 페루에서 주로 자라던 키나나무를 가리킨다. 말라리아에 탁월한 효능이 있는 나무로 키니네는 바로 이 나무에서 추출한 약이다. 17세기 초엽 스페인 사람들은 남아메리카 여러 지역을 식민지로 삼아 정착하고 있었다. 페루 원주민들은 생명의 나무라 부르는 키나나무 껍질의 기적적인 힘을 스페인 인들에게는 절대로 비밀로 하고 있었으며, 만약 이를 어기는 사람이 있으면 가차 없이 죽였다. 크레이지 호스가 말하는 '생명의 나무'는 이와는 다른 나무다. 글자 그대로 인디언들에게 삶을 지탱해 주는 거대한 우주목(宇宙木) 또는 세계수(世界樹)다. 사방의 중심에 이 생명의 나무가 서 있어 인디언들의 정신적 지주 역할을 한다.

"둥근 원이 될/ 일곱 세대"에서 '일곱 세대'라는 말도 인디언의 세계관에서 자못 중요하다. 인디언들에게는 흔히 '일곱 세대 사고(思考)'라는 것이 있다. 땅에 대하여 어떤 결정을 내릴 때 그들은 무엇보다도 먼저 앞으로 올 일곱 세대의 후손을 염두에 둔다. 이로쿼이 연합의 헌법에도 "우리는 모든 일을 결정하는 데 일곱 세대에 끼칠 영향을 생각해야 한다."라고 명시되어 있다. 이 '일곱 세대 사고'는 오늘날의 '지속 가능한 발전' 개념과 비슷한 것 같다. 20세기 후반에 이르러 지구 환경이 걷잡을 수 없을 만큼 파괴되면서 인류의 삶이 위협받자 서구에서 고육책으로 고안해 낸 것이 바로 이 '지속 가능한 발전'이다.

이 개념이 국제 사회에서 처음으로 정책적인 관심 대상이 된 것은 1980년의 국제 자연 보전 연맹 회의(IUCN)에서 채택한 보고서 「세계 보전 전략(World Conservation Strategy)」이다. 핵심적인 목적은 필수적인 생태 과정과 생명 지원 체계의 보전, 유전자적 다양성의 보전, 생물종과 생태계의 지속 가능한 이용의 보장을 담보하는 데 있다. 이 보고서에서는 "우리의 생존, 그리고 다음 세대를 위한 자연 자원의 수탁자 임무 수행을 위해서 개발과 보전은 동등하게 필요하다."라고 천명하였다. 경제를 개발시키면서 동시에 환경을 건전하게 보전하는 데 역점을 두었던 것이다.

'지속 가능한 발전' 개념은 인간 환경 회의 10주년 기념 행사인 1982년 유엔 환경 계획(UNEP) 회의에서 채택된 「나이로비 선언(Narobi Declaration)」에서 좀 더 구체적인 모습을 드러냈다. 1987년 4월 다시 「우리 공동의 미래(Our Common Future)」를 발표하여 지속 가능한 발전을 환경 보전과 개발을 동시에 추구하는 새로운 개발 개념으로 정립하였다. "미래 세대가 그들의 필요를 충족시킬 능력을 저해하지 않으면서 현재 세대의 필요성을 충족시키는 발전" 방안을 제시했던 것이다.

단기적으로 천연자원을 파괴하지 않고 경제적인 성장을 창출한다는 개념은 그럴 듯하다. 그러나 엄밀히 '지속 가능'과 '발전'은 모순어법에 가깝다. 우리는 자원을 그대로 보존해 두거나 아니면 개발할 수 있을 뿐이다. 산속으로 달아나는 두 마리 토끼를 동시에 쫓을 수 없는 것과 같다.

5월

•

이름 없는 달

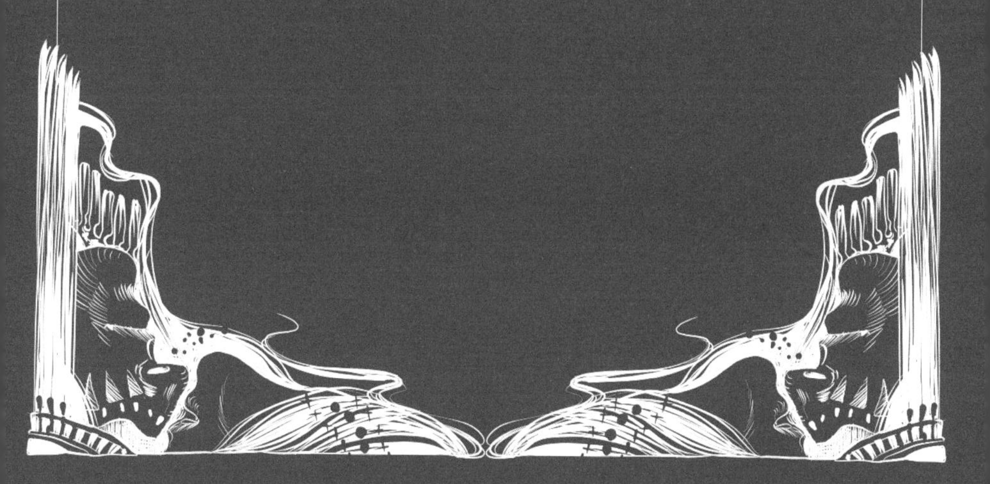

새벽으로 지은 집

새벽으로 지은 집

저녁노을로 지은 집

먹구름으로 지은 집

남자 비(雨)로 지은 집

어두운 안개로 지은 집

여자 비(雨)로 지은 집

꽃가루로 지은 집

메뚜기들로 지은 집.

어두운 안개는 집 앞에 드리워진 휘장이다.

그 집에 가는 길은 무지개 위에 걸려 있다.

Z자로 번쩍이는 번갯불이 집 꼭대기에 높이 서 있다.

남자 비가 집 꼭대기에 높이 서 있다.
아, 남성의 성스러움이여!

먹구름의 가죽신을 신고 우리한테로 오라.
먹구름의 각반을 하고 우리한테로 오라.
먹구름의 셔츠를 입고 우리한테로 오라.
먹구름의 머리치장을 하고 우리한테로 오라.
그대 정신을 먹구름 속에 파묻고 우리한테로 오라.

검은 천둥을 머리 위에 얹고 우리한테로 솟아오라.
발밑에 멋진 구름을 깔고 우리한테로 솟아오라.
머리 위에 먹구름으로 만든 먼 어둠을 지고 우리한테로 솟아오라.
머리 위에 남자 비로 만든 먼 어둠을 지고 우리한테로 솟아오라.
머리 위에 어두운 안개로 만든 먼 어둠을 지고 우리한테로 솟아오라.
머리 위에 여자 비로 만든 먼 어둠을 지고 우리한테로 솟아오라.
머리 위에 Z자로 번쩍이는 번갯불을 높이 쳐들고 우리한테로 솟아오라.
머리 위에 무지개를 높이 걸치고 우리한테로 솟아오라.
날개 끝에 남자 비로 만든 먼 어둠을 품고 우리한테로 솟아오라.
날개 끝에 어두운 안개로 만든 먼 어둠을 품고 우리한테로 솟아오라.
날개 끝에 여자 비로 만든 먼 어둠을 품고 우리한테로 솟아오라.

날개 끝에 남자 비로 만든 먼 어둠을 품고 우리한테로 솟아오라.

날개 끝에 Z자로 번쩍이는 번갯불을 높이 쳐들고 우리한테로 솟아오라.

날개 끝에 무지개를 높이 걸고 우리한테로 솟아오라.

먹구름, 남자 비, 어두운 안개, 여자 안개로 만든 가까운 어둠을 안고 우리한테로 오라.

지상의 어둠과 함께 우리한테로 오라.

이런 모든 것과 함께 위대한 옥수수 뿌리 위에 단물이 흐르기를.

북아메리카 대륙에 오랫동안 살아온 나바호 족 인디언의 저녁 기도 「새벽으로 지은 집」이다. 나바호 족은 미국의 원주민 부족 가운데 가장 인구가 많다. 20세기 말 뉴멕시코 주 남북부와 애리조나 주, 유타 주 남동부에 10만 명가량이 흩어져 있다.

그들이 집을 짓는 데 사용하는 재료가 여간 이채롭지 않다. 백인들은 흔히 나무나 진흙을 썼고 지금도 미국에서는 대도시를 제외하고는 여전히 목재 집이 주류다. 좀 더 견고하게 지으려면 벽돌과 돌을 건축 자재로 사용하기도 한다. 현대에 이르러서는 철근과 시멘트로 집을 짓는가 하면, 하늘을 찌를 듯이 높이 짓는 마천루 건물은 강철과 유리로 집을 짓는다. 그러나 나바호 인디언들에게는 대자연이 그대로 집을 짓는 재료다. 날이 밝아 오는 새벽에서 하루가 끝나고 뉘엿뉘엿 저녁 해가 서산마루에 걸쳐 있는 저녁노을, 남자 비와 여자

비, 비를 몰고 오는 먹구름에서 초원에 자욱이 낀 안개에 이르기까지 무엇 하나 집의 재료가 아닌 것이 없다. 기상 현상만이 아니다. 때로는 꽃가루로 집을 짓기도 하고, 메뚜기로 집을 짓기도 한다. 비를 인간으로 간주하여 남자 비와 여자 비로 구분 짓는 것도 무척 흥미롭다. 유럽에서 이민 온 백인들이 비를 생명이 없는 사물로 간주하여 '비가 온다.(It rains.)'처럼 비인칭 대명사를 사용하는 것과는 큰 대조를 이룬다.

「새벽으로 지은 집」에서 눈여겨볼 대목은 "꽃가루로 지은 집/메뚜기들로 지은 집"이라는 구절이다. 상생의 원리를 가장 쉽게 엿볼 수 있는 곳이 꽃과 꿀벌의 관계다. 꽃은 벌에게 꿀을 주고, 벌은 꽃가루를 몸에 묻혀 다른 꽃에 옮겨 식물의 번식을 돕는다. 두 편 모두에게 이익을 주는 관계를 '상리 공생(mutualism)', 즉 '상생'이라고 한다. 흔히 '윈윈(win-win)'이라고도 하는 것은 무한 경쟁을 부추기는 다국적 자본주의 사회의 윤리의 민낯을 그대로 드러낸 말이다.

최근 들어 사과나무나 배나무가 예전처럼 제대로 열매를 맺지 않아 과수 농가에 비상이 걸렸다. 갑자기 꿀벌이 사라지기 시작하더니 이제는 거의 모습을 찾아보기 힘든 지경에 이르렀다. 봄철이면 어김없이 화분 매개(꽃가루받이)를 해 온 꿀벌들이 떼죽음을 당했기 때문이다. 꿀벌 유충에 악성 바이러스가 발생하여 번데기가 되지 못하고 고사하는 것이다. 그동안 꽃가루받이를 해 온 벌들이 갑자기 사라지자 과일 농사가 큰 타격을 입으면서 그러지 않아도 지구 온난화와 그에 따른 이상 기후와 태풍 때문에 피해를 보고 있는 과수원 농가의 고민이 이만저만이 아니다.

한편 양봉 농가들은 농가들대로 그동안 사과나 배를 재배하는 과수원을 기피해 왔다. 꽃이 모두 지기도 전에 과수 농가가 열매를 솎아 내기 위해 독성이 강한 적과제(摘果劑)를 살포하기 때문이다. 과수 농가로서는 농약을 사용함으로써 노동과 경비를 줄일 수밖에 없겠으나 사과나무 개화기인 4월 말에 농약에 중독된 꿀벌로 인해 벌통에 농약 성분이 남아 어린 벌들까지 중독되는 것이다.

미국의 환경 운동에 견인차 역할을 한 레이첼 카슨(Rachel Carson, 1907~1964년)은 일찍이 『침묵의 봄(*Silent Spring*)』(1962)에서 DDT 같은 맹독성 농약을 남용한 나머지 사과 과수원에 사과 꽃이 만발하지만 벌들이 전처럼 날아오지 않아 수분(受粉)이 제대로 이루어지지 않고, 수분이 제대로 이루어지지 않다 보니 과일이 열리지 않는다고 했다. 차라리 '상해 공멸(相害共滅)'이라고 해야 할 것이다.

「새벽으로 지은 집」에서 메뚜기로 집을 짓는다는 구절도 찬찬히 살펴볼 필요가 있다. 나바호 인디언들이 북아메리카 대륙에 살 때만 해도 벌꿀은 말할 것도 없고 메뚜기 같은 곤충들도 도처에 살고 있었다. 메뚜기로 집을 짓겠다고 하는 것은 그만큼 들판에 메뚜기가 많이 서식하고 있었기 때문이다. 건축 자재는 특별한 경우가 아니면 주로 주위 환경에서 취해 오기 일쑤다.

농약의 남용으로 환경이 오염되면서 메뚜기 같은 곤충도 들판에서 찾아보기 어렵다. 정현종(鄭玄宗)은 "가을 햇볕에 공기에/ 익는 벼에/ 눈부신 것 천지인데,/ 그런데,/ 아, 들판이 적막하다 —/ 메뚜기가 없다!// 오 이 불길한 고요 —/ 생명의 황금 고리가 끊어졌느니……" 하고 노래한 적이 있다. 들판에서 메뚜기를 찾아볼 수 없다는 것은 '생명의 황금 고리'가 끊어졌다는 것을 뜻한다.

생태계는 마치 고리나 그물과 같아서 매듭 하나 코 하나가 서로 깊이 연결되어 있다. 만약 고리나 그물에서 매듭이나 코 하나가 끊어지면 나머지도 제구실을 하지 못하게 되기 마련이다. 큰뿔사슴이나 독도강치, 바다밍크 같은 동물이, 파초일엽이나 무등풀 같은 식물이 이 지구상에서 영원히 사라졌다.

1968년 원주민 미국인 작가 나바르 스콧 마머데이(Navarre Scott Momaday, 1934년~)는 장편 소설 『새벽으로 지은 집(*House Made of Dawn*)』을 출간하여 큰 관심을 받았다. 키오와(Kiowa) 족 출신인 그는 오늘날 생존해 있는 원주민 작가 중에서 가장 널리 알려져 있다. 이 작품으로 소설 부문 퓰리처상(1969년)을 받은 최초의 원주민 작가 마머데이는 그 제목을 나바호 족의 기도문에서 빌려왔다. "새벽으로 지은 집이 있었다. 그 집은 꽃가루와 비로 지어진 집이었다."로 프롤로그를 시작한다. 주인공 에이블은 뉴멕시코 주 월러토와 근처에서 새벽을 뚫고 빗속을 달려간다. 드넓은 겨울 하늘 아래 왜소한 그의 몸은 불에 탄 나무와 자국과 재로 덮여 있다. 나바호 인디언의 기도나 마머데이의 작품에서는 자연을 소중하게 생각하고 인간을 자연의 일부로 간주하는 인디언의 생태 의식을 잘 엿볼 수 있다.

생태학을 뜻하는 영어 '에콜로지(ecology)'도 집과 관련되었다. 1873년에 이 용어를 처음 사용한 독일어의 동물학자 에른스트 헤켈은 생태학을 "살아 있는 생물과 그 환경과의 관계를 연구하는 학문 분야"라고 정의 내렸다. 영어 '에콜로지'는 독일어 'Ökologie'에서 왔는데 고대 그리스 어로 '오이코스(oikos)'는 집을 뜻하고 '로지아(logia)'는 연구나 학문을 뜻한다. 그러므로 생태학이란 바로 우주라는 집을 연구하는 학문이라고 할 수 있다. 우리가 주거지인 집을 청결하게 하듯이 우주를 깨끗하게 보존해야 함을 두말할 나위가 없을 것이다.

아름다움 속에서 걸을 수 있기를

아름다움 속에서 걸을 수 있기를.

하루 종일 걸을 수 있기를.

돌아오는 계절 두루 걸을 수 있기를.

아름답게 다시 소유할 수 있기를

아름답게 새들을

아름답게 나비들을.

꽃가루가 뿌려진 오솔길을 걸을 수 있기를.

내 발 주위에 메뚜기들과 함께 걸을 수 있기를.

내 발 주위에 이슬과 함께 걸을 수 있기를.

아름다움과 함께 걸을 수 있기를.

내 앞의 아름다움과 함께 걸을 수 있기를.

내 뒤의 아름다움과 함께 걸을 수 있기를.

내 위의 아름다움과 함께 걸을 수 있기를.
내 밑의 아름다움과 함께 걸을 수 있기를.
내 주위 모든 곳의 아름다움과 함께 걸을 수 있기를.
늙어서도 아름다운 오솔길을 힘차게 걸을 수 있기를.
늙어서도 아름다운 오솔길을 다시 한 번 힘차게 걸을 수 있기를.
아름다움 속에서 그 길이 끝났도다.
아름다움 속에서 그 길이 끝났도다.

나바호 족의 기도다. 나바호 족 인디언들은 이 성가나 영창을 외면서 계속 발걸음을 옮긴다. 이 기도에서는 기원하는 행위와 기원하며 행하는 동작이 하나라고 할 수 있다. 뛰어난 시가 흔히 그러하듯이 내용과 형식을 서로 구분 지을 수 없다. 영혼과 육체를 분리할 수 없는 것과도 같다.

북아메리카 인디언들에게 걷는 것은 마치 문명인들이 자동차나 기차를 타거나 비행기를 타는 것과 같다. 말을 타는 것을 제외하고는 그들에게 걷는 것이 유일한 이동 수단이다. 그래서 "하루 종일 걸을 수 있기를./ 돌아오는 계절 두루 걸을 수 있기를." 기도를 드린다. 인디언들은 아프리카 마사이 족처럼 신발을 벗고 맨발로 걷는다. 어머니 대지를 좀 더 피부로 느끼기 위해서다. 그러나 인디언들은 무릎을 살짝 굽힌 상태에서 걷는다는 점에서 마사이 족과는 조금 다르다. "걸을 수 있기를"이라는 표현을 각 행의 끝에 반복함으로써 주술적인 효과를 자아내기도 한다. 나바호 족의 이 기도를 읽고 있노라면 마치 맨발로 흙바닥을 쿵쿵 밟는 소리를 듣는 듯하다.

인디언들은 걷는 것을 좋아할 뿐만 아니라 달리기를 좋아하였다. 급하게 소식을 전할 일이 생기면 전령들은 말을 타지 않고 두 발로 달려서 이 부족에서 저 부족으로 소식을 전하였다. 300여 킬로미터나 되는 먼 거리를 하루 이틀 만에 다녀온 기록도 있다. 더구나 인디언 부족 대부분은 달리기를 성장기 아이들의 중요한 훈련 과정으로 삼고 있었다.

나바호 족의 이 기도에서는 '걷다'와 함께 '아름다움'이 핵심적인 어휘다. 실제로 이 낱말을 빼고 나면 남는 말이 거의 없다시피 하다. 인디언들은 이 대지에 뿌리를 박고 살아 있는 동안 모든 일을 아름답게 할 수 있도록 도와달라고 기도한다. 걸음을 걸을 때도 '아름답게', 새들이나 나비들을 소유할 때도 '아름답게' 할 수 있기를 간절히 바란다. '소유한다'라는 낱말이 걸린다. 그러나 인디언들이 생각하는 소유의 개념은 백인 개척자들의 개념과는 근본적으로 다르다. 이 말은 차라리 '향유한다', '즐긴다'라는 말과 같은 의미로 볼 수 있다.

나바호 족 인디언들은 도처에서 아름다움을 찾는다. 내가 걸어가는 앞쪽에서 아름다움을 찾을 수 있기를 바라는가 하면, 내 뒤쪽에서도 아름다움을 찾을 수 있기를 바란다. 내가 걷는 위쪽에서도, 내 아래쪽에서도, 그리고 내 주위 사방에서 아름다움을 찾을 수 있어 그 아름다움과 함께 길을 걸을 수 있기를 기도한다. 이렇게 장소

를 가리지 않고 아름다움을 찾듯이 시간을 가리지 않고 아름다움을 찾기를 바란다. "늙어서도 아름다운 오솔길을 힘차게 걸을 수 있기를."이라고 말하는 것을 보면 이 세상에 태어나면서부터 유년 시절과 청년 시절과 장년 시절을 거쳐 노년 시절에 이르기까지 언제나 아름다운 속에서, 그것도 기운차게 길을 걸어갈 수 있기를 기원한다. 길이란 인생행로를 가리킨다. 그러므로 아름다움 속에서 삶을 마감했다는 뜻이다.

만약 네가 짐승들에게 말을 걸면

만약 네가 짐승들에게 말을 걸면

짐승들은 너에게 말을 걸 것이다.

그러면 서로서로를 잘 알게 될 것이다.

만약 네가 짐승들에게 말을 걸지 않으면

너는 그들에 대해 잘 알지 못하게 될 것이다.

너는 네가 잘 모르는 것을 두려하게 될 것이다.

사람들은 두려워하는 것들을 파괴하는 법이다.

슬레이와투스(Tsleil-Waututh) 족 추장 테스와노, 또는 댄 조지(Dan George, 1899~1981년)의 글이다. 작은 만(灣)이나 후미에 있는 사람들을 의미하는 슬레이와투스 족은 캐나다 브리티시컬럼비아 북부 밴쿠버 지역에서 오랫동안 살아왔는데 버라드 만에 살았기 때문에 버라드

(Burrard) 족이라고도 부른다. 댄 조지 추장은 저술가, 시인, 배우로 활약하며 「무법자 조시 웨일즈(The Outlaw Josey Wales)」(1976년) 등에도 출연했다.

불교 경전 『정법염경(正法念經)』에 '자업자득(自業自得)'이라는 말이 있다. 댄 조지 추장은 자연 파괴의 원인을 자연과의 친화력의 결핍에서 찾는다. 짐승들에게 말을 걸지 않았기 때문에 소원한 관계가 되었고, 소원한 관계가 되었기 때문에 그들에 대하여 잘 알지 못하였고, 그들에 대하여 잘 알지 못했기 때문에 그들을 두려워하게 되었다 이 연쇄 반응으로 이번에는 그들을 파괴할 수밖에 없다는 것이다.

랠프 월도 에머슨(Ralph Waldo Emerson, 1803~1882년)의 초월주의 사상의 세례를 받은 월트 휘트먼(Walt Whitman, 1819~1892년)은 「짐승(Animals)」에서 "짐승들과 함께 살았으면 한다."라고 노래했다. "그들은 땀 흘려 손에 넣으려고 하지 않으며/ 자신들의 처지를 불평하지 않는다./ 그들은 밤늦도록 잠 못 이루지도 않고/ 죄를 용서해 달라고 빌지도 않는다./ 그들은 신에 대한 의무를 논하여 나를 역겹게 하지도 않는다./ 어느 하나 불만족해 하거나 소유욕에 눈이 멀어 있지도 않다." 휘트먼은 단순히 짐승에게 말을 거는 것에 그치지 않고 짐승과 함께 살고 싶다고 말한다. 댄 조지 추장보다 한 수 위인 것 같지만 그렇게 자연 친화적이라고 볼 수는 없다. 인간 사회에 절망을 느끼고 차라리 짐승과 함께 사는 것이 낫다고 말하기 때문이다.

사랑의 위대한 힘

백인 형제들은 우리 부족 사람들보다 훨씬 영리하기 때문에 많은 일들을 잘 해낸다. 하지만 그들이 사랑하는 법까지 잘 알고 있는지는 의문이다. 사랑하는 법을 배웠는지조차 의심스럽다. 아마도 그들은 자신의 것만 사랑하는 법을 배우고 바깥에 있는 것, 자신의 소유가 아닌 것들을 사랑하는 법은 배우지 못한 것 같다. 물론 그것은 전혀 사랑이 아니다. 인간이 생명을 지닌 모든 존재를 사랑하지 않는다면, 그것은 아무것도 사랑하지 않는 것과 마찬가지기 때문이다. 인간은 온 마음을 다하여 사랑해야 한다. 그렇지 않으면 가장 낮은 차원의 동물로 전락한다. 인간을 동물보다 위대하게 만드는 힘은 바로 사랑이다. 모든 동물 중에서 인간만이 사랑의 능력을 지니고 있기 때문이다.

역시 댄 조지의 말이다. 여기서 그는 사랑의 힘이 얼마나 중요한

지 역설한다. 인간을 짐승과 구분 짓는 잣대가 한두 가지가 아닐 것이다. 가령 르네 데카르트가 영혼이 있느냐 없느냐의 잣대로 인간을 동물과 구분 지었다는 것은 잘 알려진 사실이다. 네덜란드의 사학자 요한 하위징아(Johan Huizinga, 1872~1945년)는 인간이 놀이를 할 수 있다는 점에서 다른 동물과 다르다고 하였다. 언어를 구사할 수 있다는 점에서, 도구를 사용한다는 점에서 인간을 동물과 구분 짓는 학자들도 있다. 그런데 댄 조지는 내가 아닌 다른 대상을 사랑을 할 수 있느냐에 따라 인간을 다른 동물과 구분 짓는다.

백인들은 어떠한가? 물론 백인들도 사랑할 줄 알지만 자신의 것만 사랑할 뿐 자신의 소유가 아닌 것들은 사랑하지 못한다. 댄 조지 추장은 백인들의 이러한 사랑은 "전혀 사랑이 아니다."라고 단언하며 만약 "인간이 생명을 지닌 모든 존재를 사랑하지 않는다면, 그것은 아무것도 사랑하지 않는 것과 마찬가지"라고 말한다. 백인들은 그동안 사랑의 힘에 대하여 입에 침이 마르도록 말해 왔지만 막상 사랑을 인간이 아닌 다른 피조물로까지 넓힌 적이 없는 듯하다.

그동안 농업이라는 이름으로 무자비하게 땅을 파헤쳤는가 하면, 발전과 개발이라는 이름으로 산을 뚫어 터널을 파고 흐르는 물을 막아 댐을 건설하였다. 미국의 환경론자 배리 코모너(Barry Commoner, 1917~2012년)는 네 가지 생태주의 법칙을 제시한 적이 있다. 그 법칙 중의 하나가 "자연이 가장 잘 알고 있다."라는 것이다. 자연은 현재 그대로가 가장 바람직한 상태이기 때문에 어떤 인위적인 힘을 가하면 역

효과를 낳는다는 말이다. 인간은 벌써부터 자연을 파괴한 대가로 여러모로 피해를 입고 있다.

그렇다면 "백인 형제들은 우리 부족 사람들보다 훨씬 영리하기 때문에 많은 일들을 잘해 낸다."라는 댄 조지 추장의 말은 반어적으로 받아들일 수밖에 없을 것 같다. 백인들이 일을 잘해 내기는커녕 오히려 일을 그르친 것이 한두 가지가 아니다. 이러한 실수는 하나같이 자연을 자신처럼 사랑하지 않았기 때문에 생긴 결과다. 자연을 비롯한 다른 피조물을 사랑하지 않는다면 진정으로 사랑하는 것이 아니고, 진정으로 사랑하지 않는다면 참다운 의미의 인간이라고 할 수 없다. 그리고 인간이 아니라면 인디언들과 진정한 형제가 될 수 없을 것이다.

내 가슴이 높이 솟아오르네

나무의 아름다움이
대기의 부드러움이
풀들의 향기가
나에게 말을 건다.

산의 정상이
하늘의 천둥이
바다의 리듬이
나에게 말을 건다.

별들의 희미함이
아침의 신선함이

꽃잎에 맺힌 아침 이슬이
나에게 말을 건다.

불의 강렬함이
연어의 감칠맛이
태양이 움직이는 길이
결코 사라지지 않을 생명이
그런 것들이 나에게 말을 건다.
그래서 내 가슴이 높이 솟아오른다.

댄 조지 추장의 글 중 가장 널리 알려진 이 작품도 단순하고 소박하다. 시적 화자에게 말을 거는 것이 한두 가지가 아니다. 아름다운 나무며, 향긋한 풀들이 다정하게 말을 건넨다. 살아 있는 것들만이 아니다. 높은 산 정상을 비롯하여 하늘에서 구르는 소리를 내는 천둥, 조수가 밀려왔다 밀려 나가는 바다의 율동, 희미한 별빛, 신선한 아치, 꽃잎에 맺힌 아침 이슬도 말을 건다. 그런가 하면 강렬한 불길, 연어의 감칠맛, 아침이면 동쪽에서 떠나 저녁이면 서쪽으로 지는 태양의 운행도 말을 건넨다. 그러나 무엇보다도 시적 화자에게 다정하게 말을 건네는 것은 주위에 있는 "결코 사라지지 않을 생명"이다. 뭇 생명이 말을 건넬 때 나의 가슴은 하늘 높이 솟아오르는 것이다.

6월

•

나뭇잎
짙어지는 달

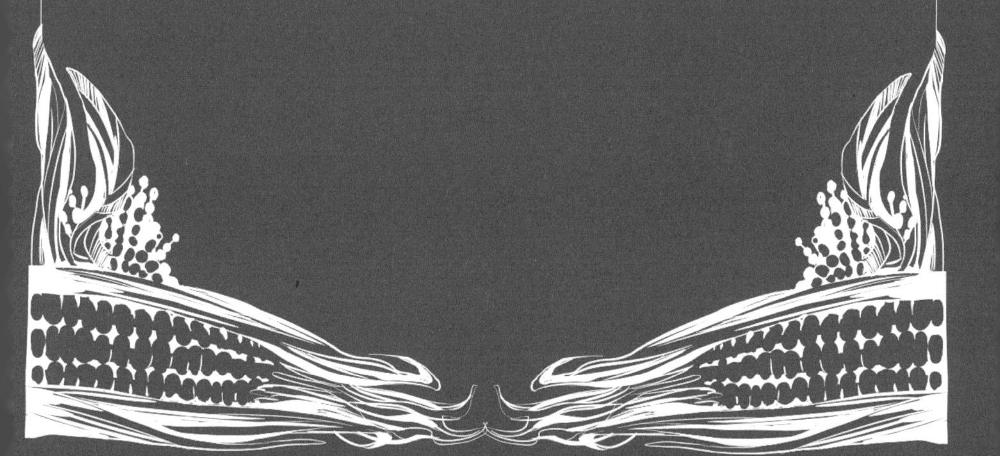

꿈꾸지 않는 사람은 지혜를 얻을 수 없다

자, 당신이 그렇게 똑똑하다면 과연 누가 더 지혜로운지, 더 행복한지 한 번 맞춰 보십시오. 쉬지도 못하고 계속 일을 해야 겨우 입에 풀칠할 수 있는 사람이 행복합니까? 아니면 마음껏 쉬면서 사냥과 낚시를 즐기고 그때그때 필요한 것을 얻어 살아가는 사람이 행복합니까?

자, 이제 마음의 문을 열어 놓고 솔직하게 말하겠습니다. 나의 형제여, 이 말을 꼭 기억하십시오. 우리 원주민들은 프랑스 인들보다 행복하고 강하다고 느끼며 살아갑니다.

우리 젊은이들은 앞으로도 절대로 일을 하지 않을 것입니다. 일만 하는 젊은이들은 꿈을 꿀 수 없습니다. 꿈을 꾸지 않는 사람은 지혜를 얻을 수 없습니다.

우리더러 땅을 일구라고 했습니까? 개발을 하라고 했나요? 칼을 집어 들고 내 어미의 가슴을 도려내야 한단 말입니까? 그러면 죽은 뒤에 나는 누구의 가슴에 안겨 편히 쉴 수 있겠습니까?

땅을 파헤쳐서 돌을 파내라고 했습니까? 내 어미의 피부를 벗기고 뼈를 헤쳐야 하겠습니까? 그러면 죽은 뒤에 나는 누구의 몸에서 다시 태어날 수 있겠습니까?

풀과 나무를 베고 그것을 내다 팔아 백인들처럼 부자가 되라고 했습니까? 보십시오, 어찌 내 어머니의 머리카락을 잘라 낼 수 있단 말입니까?

우리 부족은 그렇게 살지 않을 것입니다. 나는 부족과 함께 이곳에서 오래도록 평화롭게 머물기를 바랍니다. 사람은 죽었다가 다시 태어나는 법입니다. 영혼은 다시 육신을 찾아옵니다. 우리는 조상들이 머물렀던 이곳에서 그들을 기다려야 합니다. 우리 어머니의 가슴 안에서 조상들과 만날 준비를 할 것입니다.

컬럼비아 베이슨(Columbia Basin) 족 지도자 스모할라(Smohalla, 1815?~1895년)의 연설문 중 일부다. 스모홀라, 쉬모쿨라, 스묵살레 등 여러 이름으로 불리는 그는 워싱턴 주 월룰러 근교 컬럼비아 강 상류에서 19세기 초엽에 태어났다. 컬럼비아 베이슨 족은 북아메리카 대륙에 살았던 여러 인디언 중에서도 이름 그대로 태평양 연안 북서부 지방에서 가장 큰 강인 컬럼비아 강 근처 프리스트 래피스 지역을 중심으로 모여 살았다.

미국 육군 소령 주니어스 윌슨 맥머리(Junius Wilson MacMurray,

1843~1898년)는 스모할라를 이렇게 평했다. "키가 땅딸막하고 대머리에 거의 곱사등에 가까운, 호감을 주는 첫인상은 아니었다. 하지만 그의 눈썹은 깊고 두 눈은 지혜롭게 번득였다. 그가 영향력을 발휘할 수 있었던 이유는 백인에게서 얻은 지식 때문이기도 했지만, 그보다 더 큰 이유는 그가 타고난 지능과 자질을 갖춘 웅변가이자 지도자였기 때문이었다."

스모할라는 정신적 지도자일 뿐만 아니라 이 지역에서 이름난 주술의(呪術醫)이자 훌륭한 전사였다. 경쟁자와 싸우고 난 뒤 고향을 떠나 남쪽으로 거처를 옮겼고, 멀리 멕시코까지 여행하면서 몇 년 동안 돌아다녔다. 고향으로 돌아온 뒤 자신은 죽었다가 신의 도움으로 다시 살아났다고 주장하였다. 그때부터 설교를 시작해서 1872년까지 꽤 많은 추종자들을 얻었다.

스모할라는 백인 정착민들의 침범으로 생활과 문화가 크게 위협을 받게 되면서 등장한 여러 인디언 지도자 가운데 한 사람이다. 전통적인 가치와 삶의 방식을 강조하기 위하여 그는 '꿈꾸는 사람들'을 만든 것으로 유명하다. 이 종교 단체는 스모할라가 사망하고 난 뒤에도 몇 년 더 유지되었다. 스모할라의 영향력은 고원 지대 인디언들 사이에 점차 확산되었다. 헌신적으로 그를 따르는 사람들 가운데는 네즈페르세 족 인디언 추장 조지프도 있었다. 컬럼비아 베이슨 족은 이 지역 인디언들을 정착시키고 백인들의 생활 방식으로 바꾸려고 한 미국 정부의 노력에 가장 큰 걸림돌이 되었던 인디언들이었다.

연설문을 좀 더 쉽게 이해하기 위해서는 19세기 중엽의 미국 사회를 잠깐 살펴보아야 한다. 백인 정착민들은 대서양 동부가 인구가 점점 많아지자 미시시피 강을 건너 서북부 지역으로 대규모로 몰려들기 시작하였다. 로키 산맥을 넘어 1869년에 완성된 대륙 횡단 철도는 백인들이 드넓고 비옥한 땅을 찾아 서부로 이주하는 견인차 역할을 하였다. 미국 정부는 인디언들에게 보호 구역으로 옮기거나 아니면 농토를 받아 농민으로 정착할 것을 설득하였다. 주로 수렵과 채취 생활을 하던 고원 지대 인디언들 가운데 많은 사람들이 그 제안을 받아들여 농업으로 전환하였다.

문제는 땅을 취급하고 농사를 짓는 방법에 있었다. 스모할라는 농사지을 땅을 팔고 사는 행위와 토지 매매 증서에 서명하는 행위를 절대로 해서는 안 된다고 주장하였다. 이 점에서는 두와미시-수콰미시(Duwamish-Suquamish) 족 인디언 추장 세알트 추장과 비슷하다. 특히 스모할라는 농사를 짓되 백인들이 하는 방식으로 농사를 지어서는 안 된다고 지적하였다. 그는 쟁기로 땅을 갈아엎으라는 백인 농부들의 말을 받아들일 수 없다고 말한다. 농사꾼이 쟁기로 땅을 갈아엎을 수 없다고 말하는 것은 농사를 짓지 않겠다고 말하는 것과 같다. 물론 지금은 트랙터 같은 기계를 사용하지만 쟁기는 인류가 기원전부터 사용해 온 대표적인 농기구 중 하나다. 농사의 역사는 곧 쟁기의 역사라고 해도 크게 틀린 말이 아닐 정도로 쟁기는 농사짓는 데 필수적인 도구다. 땅 위에 곡식을 심기 위해서는 무엇보다도 먼저 쟁기로 땅을 갈아엎어야 한다. 쟁기로 땅을 뒤엎으면 흙에게 새 공기를 쐬어 줄 수도 있고, 영양소를 땅 위로 끌고 올 수도 있어 식물의 성장을 돕는다. 또 잡초를 땅속에 묻어 버릴 수도 있다.

스모할라는 동족들에게 쟁기로 땅을 갈아엎는다는 것은 곧 "칼을 들고 내 어머니의 가슴을 찢는" 것이라고 밝힌다. 스모할라에게 땅은 곧 어머니다. 그러므로 땅을 쟁기로 갈아엎는다는 것은 살아 있는 어머니의 몸을 쇠붙이로 파헤치는 것과 같으니 그것은 모친 살해와 다름없는 행위다. 모친을 살해했으니 죽어서 어머니 품에 안길 수 없을 것이고, 어머니 품에 안길 수 없으면 죽어서 편히 잠들 수 없을 것은 뻔하다.

스모할라는 귀중한 돌을 찾아 땅을 파헤치는 것도 거부한다. 여기서 '귀중한 돌'이란 금이나 은, 다이아몬드 같은 귀금속을 말하지만 넓은 의미에서 석탄이나 철광석 같은 광물이나 지하자원을 가리킨다고 보아 크게 틀리지 않다. 인류가 최초로 지하자원을 이용하기 시작한 때는 구석기 시대다. 이때부터 지층 속에 굳어진 채로 산출되는 화타석(火打石)을 지하 깊이까지 파들어 가서 구해야 하였다.

쟁기로 땅을 갈아엎는 것이 어머니의 몸에 상처를 내는 것이라면, 스모할라에게 땅속에 묻힌 광물을 찾기 위해 땅을 파헤치는 것은 이보다 한발 더 나아가 어머니의 살갗을 절개하고 몸속을 샅샅이 뒤지는 것과 같다. 스모할라는 만약 쟁기로 땅을 갈아엎으면 자신이 죽은 뒤 어머니 몸속에 들어가 다시는 이 세상에 태어날 수 없을 것이라고 말한다. 고대 로마 시대에도 땅을 파헤쳐 귀금속을 채취하는 것을 불경스럽게 어머니 몸속을 뒤지는 것에 빗대면서 엄격히 금하였다.

스모할라는 연설문에서 백인들처럼 초원의 풀을 베어 건초를 만들어 내다 팔 수 없다고 말한다. 초원에 자라는 풀은 대지의 어머니의 머리카락이기 때문이다. 백인들이 언제나 그러하듯이 돈을 벌 목적으로 그렇게 할 수는 더더욱 없다고 밝힌다.

이 대목에서는 유교나 유가가 떠오른다. 공자(孔子, B.C.551~B.C.479년)는 『효경(孝經)』에서 "신체발부수지부모(身體髮膚受之父母) 불감훼상효시지야(敢不毀傷孝始之也)"라고 했다. 우리의 몸과 육체는 부모한테서 받은 고귀한 것이므로 이를 손상치 않는 것이 효의 시작이라는 말이다.

스모할라는 땅을 자애로운 어머니로 간주하고 있다. 땅과 어머니 사이에는 공통점이 한두 가지가 아니다. 만물을 낳아 기른다는 점에서도 그러하고, 넉넉한 품으로 모든 것을 감싸 안는다는 점에서도 그러하다. 그리스 신화에 등장하는 가이아는 대지의 여신으로 로마 신화 데메테르와 동일한 신이다. 헤시오도스가 쓴 『신통기(神統記)』에 따르면 카오스와 타르타로스 등과 더불어 태초부터 존재해 왔던 태초신이다. 그리스 신화에 등장하는 신들의 대부분은 가이아의 혈통을 이어받고 있다.

대지의 풍요로움과 여성의 생식력이 결부되어 태어난 신격인 지모신은 아버지로서의 성격이 강한 천공신(天空神)의 신격과 대비되는 위치에 있는 어머니 여신들이다. 대지의 어머니라는 뜻으로 '어스 마더(Earth Mother)'나 위대한 어머니, '그레이트 마더(Great Mother)'라고도 부른다.

지모신은 세계 각지 문화권에서 두루 나타난다. 인도에는 지장보살(地藏菩薩)이 있고, 중국에는 마고(麻姑)가 있으며, 한국에는 단군신화의 웅녀(熊女)가 있다. 역사가 오래된 여신들의 기원을 거슬러 올라가 보면 대부분 지모신 계열에 맞닿아 있기 마련이다. 지모신에 대한 신앙은 천공신, 즉 하늘에 대한 신앙보다도 오래되었다고 주장하는 학자들도 적지 않다. 다만 시간이 지나면서 지모신에 대한 신앙이 쇠퇴하는 대신 점차 부신(父神) 쪽으로 주도권이 이동했다는 것이다.

대지를 자애로운 어머니처럼 생각하는 문화에서는 자연을 소중하게 생각하고 아끼는 경향이 있다. 자식이 어머니를 함부로 대할 수 없기 때문이다. 자연 파괴나 환경 오염은 지모신 신앙보다는 천공신 신앙이 보편화된 문화권에서 훨씬 심하다. 몇몇 학자들은 기독교가 환경 파괴와 자연 오염에 적잖이 이바지했다고 주장한다. 야훼 또는 하느님을 믿는 유대교와 기독교야말로 천공신의 가장 대표적인 종교라고 할 수 있다. '하느님'이라는 우리말은 하늘, 한자로는 천(天)의 존칭이다. 광활하고 드높은 하늘은 가장 보편적인 종교적인 궁극적 존재자와 최고 원리의 상징이었다.

가장 오래된 문자 문화를 지닌 고대 메소포타미아의 아누, 가나안 지방의 엘, 그리스의 제우스 등은 모두 천공신으로 최고 권위의 상징이었다. 세계적 종교로 발전했던 조로아스터교의 아후라 마즈다, 이슬람교의 알라 신 또한 천공신이었다. 시간이 지나면서 이러한 신들은 최고신에서 유일신으로 점차 자리를 잡았다. 자연 파괴와 환경오염은 지모신을 몰아내고 그 자리에 천공신을 세우면서부터 시작했다고 해도 그다지 틀린 말이 아닐 것이다.

모든 것은 원으로 이루어져 있다

당신들은 인디언이 하는 모든 일이 하나같이 원으로 이루어진다는 것을 알았습니다. '세계의 힘'이 늘 원으로 작용하고 모든 것은 둥글게 되려고 하기 때문입니다. 우리가 힘이 세고 행복하던 저 옛날, 우리의 모든 힘은 부족의 성스러운 둥근 고리로부터 왔습니다. 그 둥근 고리가 깨뜨려지지 않는 한, 사람들은 번창했습니다. 꽃나무가 그 둥근 고리의 살아 있는 중심이었습니다. 네 방위의 원이 그 나무를 키웠습니다. 동쪽은 평화와 빛을 주었고, 남쪽은 온기를 주었으며, 서쪽은 비를 주었고, 추위와 강풍으로 무장한 북쪽은 힘과 인내를 주었습니다.

이러한 지식은 우리 종교와 함께 외부 세계에서 왔습니다. '세계의 힘'이 하는 모든 일은 원으로 이루어졌습니다. 하늘도 둥글고, 지구도 공처럼 둥글다고 들었습니다. 별들도 모두 그렇다고 하지요. 바람도 가장 힘이 셀 때는 빙글빙글 원으로 돕니다. 새들은 둥글게 둥지를 틉니다. 새들의 종교도 우리 종교와 똑같기 때문입니다. 태양은 원을 그리며 떴다가 집니다. 달도 마찬가지입니다. 둘 다 둥그렇게 생겼습니다. 심지어 네 계절도 크게 원을 그리며 바뀌면서 늘 제 자리로 돌아옵니다. 인간의 삶도 유년기에서 유년기로 원을 그립니다. 힘이 있는 모든 것은 다 그렇습니다. 우리가 사는 티피 집도 새 둥지처럼 둥그렇습니다. 우리 부족의 고리, 많은 새 둥지 중의 한 둥지라고 할 이 집을 우리는 언제나 둥글게 짓습니다. 그 둥지에서 '위대한 영혼'은 우리에게 자식을 낳도록 했습니다.

오래전 우리 아버지가 내게 그의 아버지가 들려준 이야기를 말씀해 주셨습니다. 옛날에 '드링크스 워터'라는 라코타 족의 성인이 살고 있었는데 그분은 앞으로 닥칠 일에 대해 꿈을 꾸었답니다. '와시추'들이 도착하기 훨씬 전의 일이었습니다. 그분의 꿈에 네발 달린 짐승이 땅속으로 들어가고, 이상한 인종이 라코타 족 주위 사방에 거미줄을 쨌다고 말입니다. 그리고 그분이 말씀하기를 "이런 일이 일어나면 너희들은 황무지에서 네모난 집에서 살게 될 것이다. 네모난 잿빛 집 옆에서 너희들은 굶어 죽게 될 것이다."라고요. 이 꿈을 꾼 뒤 곧바로 그분은 대지의 어머니한테로 돌아갔다고 합니다. 너무 슬퍼서 돌아가신 것입니다. 지금 주위를 돌아보십시오. 그분이 말한 것이 지금 우리가 살고 있는 이 흙 지붕을 한 집들입니다. 다른 것들도 모든 사실로 밝혀졌습니다. 꿈은 때로 깨어 있을 때보다도 더 진실을 말합니다.

오글라라 라코타 수 족 인디언의 지도자요 질병 치유자였던 블랙 엘크(검은 고라니)의 연설이다. 블랙 엘크는 오마하(Omaha) 족 인디언 추장인 빅 엘크(몸집이 큰 고라니)와는 전혀 다른 인물이다. 인디언들의 이름이 흔히 그러하듯이 그의 이름도 그의 모습이 마치 검은 고라니 같다는 별명에서 왔다. 포니(Pawnee) 족과의 싸움을 이기도 했지만 일반적으로 전쟁보다는 평화를 지지한 지도자요 웅변가로도 유명하다. 수도 워싱턴에 여행하여 평화 조약에 서명하기도 하였다. 그는 만년에 존 그나이제나우 나이하트(John Gneisenau Neihardt, 1881~1973년)에게 자신의 파란만장한 삶을 구술한 『블랙 엘크는 말한다(*Black Elk Speaks*)』(1932년)를 남겼다.

눈길을 끄는 것은 인디언들의 원형적 또는 순환적 세계관이다. 블랙 엘크는 "인디언이 하는 모든 일이 하나같이 원으로 이루어진다."라고 잘라 말한다. 백인들과는 달리 인디언들은 모든 현상을 둥근 형태로 파악한다. 인디언들의 세계관은 일직선적 또는 선형적 세계관과는 큰 차이가 있다. 후자가 논리적이고 체계적이고 시각 지향적이며 인과 관계에 무게를 싣는다면, 전자는 직관적이고, 비(非)시간 지향적이며 상호 관계에 무게를 싣는다. 계급 조직적이고 오만한 백인들의 일직선적 세계관과는 달리, 인디언의 원형적 세계관에서는 전일성(全一性), 조화와 균형, 협력, 통합, 평등 등을 강조한다.

"우리가 사는 티피 집도 새 둥지처럼 둥그렇습니다."라는 구절을 주목해 볼 필요가 있다. 블랙 엘크가 "우리 부족의 고리, 많은 새 둥지 중의 한 둥지"라고 말하는 '티피'란 인디언들이 거주하던 전통적인 원추형 집이다. 땅바닥에 나무 말뚝을 박고 그 위에 물소 가죽을 덮어서 만든다. 정면에 나무못으로 닫아 둔 틈이 출입문 구실을 한다. 조립과 해체가 간편하여 유목민 인디언들에게는 알맞다.

예언자 '드링크스 워터'도 말했듯이 백인들의 집은 원추형이 아닌 네모난 집이다. 그는 인디언 후손들이 황무지에서 네모난 집에서 살게 될 것이라고 예언한다. 그러면서 "네모난 잿빛 집 옆에서 너희들은 굶어 죽게 될 것이다."라고 말한다. '잿빛'은 죽음의 색깔이고, '잿빛의 집'은 곧 죽음의 집을 가리킨다. 티피는 '녹색'의 집으로 생명이 살아서 꿈틀거리는 집이라고 할 수 있을 것이다. 티피가 원형적 또는 순환적 세계관과 맞닿아 있다면 네모꼴을 한 백인들의 집은 일직선적 또는 선형적 세계관과 맞닿아 있다.

드링크스 워터가 말하는 '와시추들'이란 백인 개척자들이다. 그는 백인들이 인디언 거주 지역에 오면서 모든 것이 달라지리라 예언한다. 이상한 인종이 라코타 족 주위 사방에 거미줄을 쨌다는 것은 백인들이 인디언 족의 주위를 에워싼 채 원주민들의 삶의 방식을 모두 말살시켰다는 뜻이다. 네발 달린 짐승이 땅속으로 들어갈 것이라는 것은 백인들이 북아메리카 대륙에 서식하던 짐승들을 마구잡이로 잡을 것이라는 예언이다. 백인들이 발을 들여놓기 전에는 그토록 많던 짐승들이 하나둘씩 줄어들더니 마침내 자취를 감춰 버리는 지경에 이르렀다. 버펄로(들소)는 모두 사라지고 이제는 뉴욕 주 끄트머

리에 위치한 '버펄로'라는 도시 이름으로 겨우 사람들의 기억에 남아 있을 정도다.

크레이지 호스의 연설문에서도 원형적 세계관을 읽을 수 있다. "대지 전체가 다시 한 번 하나의 둥근 원이 될/ 일곱 세대의 미래를 그리노라."라는 문장이 바로 그러하다. 크레이지 호스는 "그 날이 오면 라코타 인디언 중에 살아 있는 모든 것들 사이에/ 통합의 지식과 이해를 전해 줄 사람들이 나타나리다."라고 말한다. 그렇게 되면 오히려 백인 젊은이들이 인디언 젊은이들에게 찾아와 현명하게 살아가는 지혜를 구할게 될 것이라고 말이다. 안타깝게도 적지 않은 인디언 젊은이들이 백인들에게 삶의 지혜를 전해 주기는커녕 백인들의 생활방식을 받아들이면서 삶이 황폐하게 되었다. 일직선적 세계관에는 진보와 발전이 있을지 몰라도 목표를 달성하지 못하면 쉽게 좌절하고 절망하기 때문이다. 그러나 삶이 밤과 낮이나 계절처럼 순환하는 세계관에서는 눈에 띌 만큼 진보와 발전을 기대할 수 없을지는 몰라도 그렇게 쉽게 좌절하거나 절망하지는 않는다. 서로 협력하고 의지하면 상생하는 법을 배우는 것이다.

모든 것은 당신에 속해 있나이다

할아버지이신 위대한 영혼이시여

대지에 서 있는 나를 다시 한 번 바라보시고

허리를 굽혀 내 연약한 목소리를 들으소서.

당신은 최초에 사셨고,

당신은 무엇보다도 더 오래되셨고

모든 기도보다도 더 오래되었나이다.

모든 것은 당신에게 속해 있나이다.

두 발 달린 것, 네발 달린 것, 공중에 나는 날개 달린 것,

초록색을 한 모든 살아 있는 것들이.

당신은 대지의 네 방위에 힘을 두시어

서로서로 가로지르게 하셨나이다.

당신은 나로 하여금 옳은 길, 어려운 길을 걷게 하셨나이다.

그 길이 서로 만나는 곳은 성스럽나이다.

날이면 날마다 당신은 영원히 모든 것의 생명이시나이다.

아, 허리를 굽혀 나의 연약한 목소리를 들으소서.

신성한 고리의 한복판에서

당신은 나더러 나무가 활짝 꽃피게 하라고 하셨나이다.

오 위대한 영혼이시여, 나의 할아버지시여

두 뺨에 눈물을 흘리며, 눈물이 가득한 눈으로

나는 고백하나이다.

그 나무는 한 번도 꽃이 핀 적이 없다고.

나는 이곳에 서 있고, 나무는 시들었나이다.

다시 한 번 나는 당신이 들려준 위대한 꿈을 기억하나이다.

어쩌면 신성한 나무의 작은 뿌리가 아직 살아 있을지도 모릅니다.

잎이 돋고 활짝 꽃이 펴 새들의 노래가 가득하도록

그 나무를 기르소서!

사람들이 다시 한 번 옳은 길과

우리를 보호해 주는 나무를 찾을 수 있도록

나의 기도를 들어주소서.

「모든 것은 원으로 이루어져 있다」라는 연설과 여러모로 닮은, 블랙 엘크의 연설이다. 그가 사용하는 낱말이나 표현 방법이 서로 비슷하여 어떤 의미에서는 자신의 연설을 시의 형식으로 바꿔 놓은 것으로 볼 수도 있다.

"모든 것은 당신에게 속해 있나이다."라는 말에 주목해야 한다. 이 지상에, 좀 더 범위를 넓혀서 이 우주에 살고 있는 것은 하나같이 할아버지이신 '위대한 정령'에 속해 있다고 밝힌다. 앞에서 언급한 옐로 라크 추장도 "우리 눈이 활짝 열리도록" 해 달라고 기도하면서 '위대한 정령'에게 모든 피조물이 서로 형제자매처럼 평화롭게 살게 해 달라고 간절히 기원한다. "우리 모두를 형제와 자매로 함께 살게 하소서."라고 구절에서 엿볼 수 있듯이 그는 부족 공동체 안에서나 공동체 밖에서나 동료 인간을 한 부모에서 태어난 혈육처럼 생각할 수 있기를 바란다.

블랙 엘크도 옐로 라크 추장처럼 형제자매의 범주에 인간은 말할 것도 없고 더 나아가 인간이 아닌 다른 피조물도 포함시킨다. 일반적으로 인디언들은 다른 피조물들과 인간을 엄밀히 구분 짓지 않고 인간과 친족 관계에 있다고 본다. 인디언들에게 '두 발 달린 것'이란 다름 아닌 인간을 말한다. '네발 달린 것'은 짐승을 가리키고, '공중에 나는 날개 달린 것'이란 새를 일컫는 말이다. 또한 '초록색을 한 모든 살아 있는 것들'이란 식물을 가리킨다. 옐로 라크 추장만 언급했던 '지느러미 달린 것'이란 강이나 바다에 사는 물고기를 가리킨다.

블랙 엘크의 연설에서 주목을 끄는 것은 "당신은 나로 하여금 옳은 길, 어려운 길을 걷게 하셨나이다."라는 문장이다. 인디언들에게 옳은 길은 흔히 쉬운 길이 아니다. 그러나 길이 비록 아무리 험난하더라도 만약 그 길이 옳은 것이라면 그들은 기꺼이 그 길을 가려고 한다. 바로 '위대한 정령'이 원하는 길이기 때문이다. 인디언들에게 흔히 그러하듯이 '길'이란 인간이라면 반드시 걸어야 할 도리를 말한다. 블랙 엘크는 '옳은 길'과 '어려운 길'이 서로 만나는 지점은 '성스럽다'고 말한다.

'성스럽다'는 말과 관련하여 이번에는 "신성한 고리의 한복판에서 당신은 나더러 나무가 활짝 꽃피게 하라고 하셨나이다."라는 구절을 눈여겨볼 필요가 있다. '신성한 고리'는 앞서 인용한 연설에서 "저 옛날, 우리의 모든 힘은 부족의 성스러운 둥근 고리로부터 왔습니다." 라고 할 때의 '성스러운 둥근 고리'와 같은 말이다. 그것은 곧 생태계의 순환을 뜻하는 생명의 고리를 가리킨다. 그런데 이 성스러운 고리 한복판에는 생명의 나무가 한 그루 서 있다. '위대한 정령'은 블랙 엘크에게 신성한 고리의 한복판에서 서서 나무가 활짝 꽃 피게 하라고 명령했지만 그는 그 명령을 미처 실행에 옮기지 못하였다. 생명의 고리가 그만 끊어져 버렸기 때문이다. 그래서 블랙 엘크는 "두 뺨에 눈물을 흘리며, 눈물이 가득한 눈으로" 나무는 시들었다고, 그 나무에는 한 번도 꽃이 핀 적이 없다고 고백한다. 이렇게 생명의 나무가 한 번도 꽃을 피우지 못한 것은 어머니 대지가 병이 들어 이제 생명력을 상실했기 때문이다.

디즈니 애니메이션 「라이언 킹(Lion King)」(1994년)에 사자 왕 무파사와 아들 심바가 대화를 나누는 장면이 나온다. 심바가 "왕은 뭐든

할 수 있는 줄 알았는데…….”라고 실망하자 무파사가 “왕에게는 권력보다 더 중요한 게 있단다. …… 이 세상 모든 것은 미묘한 균형을 이루며 공존하고 있다. 왕은 이 균형을 이해하고 모든 생명을 존중해야 한다. 조그만 개미부터 커다란 영양까지 말이다.”라고 말한다. “하지만 우린 영양을 먹고 살잖아요.”라는 반문에 무파사는 말한다. “물론 그렇지 심바야. 하지만 우리는 죽어서 풀이 되고, 영양은 그 풀을 먹지. 결국 우리는 모두 자연의 섭리 속에 연결되어 사는 거란다.”

블랙 엘크는 나무에 꽃을 피우지 못하였어도 결코 희망의 끈을 놓지 않는다. 그의 말대로 “어쩌면 신성한 나무의 작은 뿌리가 아직 살아 있을지도 모르기” 때문이다. 비록 나무는 꽃을 피우지 못하지만 만약 땅속 깊은 곳에 작은 뿌리가 아직 살아 있다면 다시 살려 낼 수 있을지 모른다. 뿌리가 조금이라도 살아 있다면 절망하기에는 아직 이르다. 그래서 블랙 엘크는 ‘위대한 정령’에게 “잎이 돋고 활짝 꽃이 펴 새들의 노래가 가득하도록/ 그 나무를 기르소서!”라고 기도를 드리는 것이다. 메마른 대지에 다시 한 번 생명의 축복이 내리기 간절히 기원하는 대목이다.

원은 우주의 상징이다

원을 그리고 앉아 대화를 나누는 것이 우리 인디언들의 전통이다. 원은 우주를 상징하며, 모든 생명체를 이끌어 가는 힘을 상징한다. 우리는 그 원에서 많은 것을 배운다. 자기 자신과 함께 있는 법, 그리고 타인과 함께 있는 법을 배운다. 자기 자신과 함께 있지 못하는 사람은 당연히 타인과도 함께 있지 못한다. 자기 자신과 함께 있다는 것은 스스로에게 정직하고 솔직하다는 것을 뜻하기 때문이다.……

사람에게 가장 필요한 일은 자신이 누구인지 깨닫는 것이다. 인디언 창조 설화에서는 사람마다 여행할 길이 서로 다르다고 한다. 그 다른 여행길에서 자기만이 가진 선물을 나누어 갖는 것이야말로 가장 가치 있는 일이라고 설화는 가르치고 있다.

우리는 신이 각자에게 특별한 선물을 주었으며, 모든 존재가 다 특별하다고 말한다. 또한 모든 사람은 다른 사람에게 가장 특별한 선물이라고 말한다. 사람마다 나누어 가질 특별한 어떤 것을 지니고 있기 때문이다. 우리의 정부 형태가 원으로 되어 있어 모든 사람이 똑같이 기여를 하게 된 것도 이런 깨달음에서 비롯한 것이다.

당신들 대부분은 자기 자신이 되려고 진정으로 노력해 본 적이 한 번도 없고, 또 자기 자신이 되도록 허용하지도 않는다. 항상 누군가에게 자신을 통제하도록 내맡긴다. 부모가 당신을 위하여 학교와 교회를 선택하고, 삶의 모든 방식과 규칙을 정해 놓는다. 그러므로 당신은 결코 당신 자신이 될 수 없었다. 그런 뒤에는 사회가 당신이 이탈하지 못하도록 선을 그어 놓는다. 그런데도 당신들은 자유를 이야기한다. 그것은 한낱 당신 자신을 위로하는 것에 지나지 않는다.

당신들은 아침에 일찍 일어나기 위하여 끝없이 시계를 보며 생활하고, 배고프지 않아도 시간만 되면 밥을 먹는다. 그러한 부자유는 우리로서는 상상하기조차 어렵다. 우리는 자기 자신이 될 수 없다는 것은 곧 삶을 포기하는 것과 다르지 않다고 생각한다.

영적 지도자로 세계적으로 이름을 떨친 슬로 터틀(느린 거북)의 연설이다. 왐파노아그(Wampanoag) 족 인디언의 최고 질병 치료자였던 그는 '존 피터스(John Peters, 1930~1997년)'로도 알려져 있다. '왐파노아그'란 매사추세트 어로 '동쪽 사람들' 또는 '새벽의 사람들'을 뜻한다. 그들은 오늘날의 매사추세츠 주 남동부 지역에서 로드아일랜드 주에 걸쳐 대서양 연안에 살았다. 돔형 오두막 '위그왐(wigwam)'에 거처하면서 주로 수렵과 어업, 농업으로 살고 있었다.

1620년 영국에서 메이플라워 호를 타고 신대륙에 처음 정착한 청교도들이 플리머스에 상륙했을 때 백인 개척자들을 도와준 원주민 부족이 바로 왐파노아그 족이다. 신대륙의 환경에 익숙하지 않은 탓에 추위와 굶주림 등으로 그해 겨울에만 정착민의 절반가량이 목숨을 잃었다. 생사의 기로에서 원주민의 도움이 없었더라면 백인들은 아마 살아남기 무척 어려웠을 것이다.

물론 왐파노아그 족이 처음부터 백인 정착민들에게 개입하지는 않았다. 사태를 관망하고 있던 어느 날 오늘날의 메인 주에 해당하는 지역에서 마사소이트 추장을 찾아온 아베나키(Abenaki) 족 추장 사모세트가 청교도들에게 서투른 영어로 말을 걸어 식민지의 상황을 시찰하고 갔다. 이튿날 영어를 유창하게 구사할 수 있는 왐파노아그 족 티스콴텀(또는 스콴토)을 데리고 돌아왔다. 티스콴텀은 한때 영국인에게 납치되어 유럽에 노예로 팔려 갔다가 교육을 받고 자유의 몸이 되어 통역으로 북아메리카 대륙으로 가는 배를 타고 고향으로 돌아왔던 것이다. 티스콴텀은 백인들이 몇 달 동안 생존할 수 있도록 도와주었을 뿐만 아니라 그들에게 인디언의 농경과 어로 기술을 가르쳐 주었다. 1621년 3월 왐파노아그 부족의 마사소이트 추장과 백인 정착민들이 평화와 우호의 조약을 맺도록 중재한 것도 바로 그였다.

원을 인디언의 전통적인 상징이나 세계관의 표현으로 파악한다는 점에서 슬로 터틀은 오글라라 라코타 수 족 인디언의 지도자요 질병 치유자였던 블랙 엘크와 여러모로 아주 비슷하다. 수 족이나 왐파노아그 족을 비롯한 인디언들은 일상생활 곳곳에서 원에 무게를 싣는 전통적인 방식에서 "자기 자신과 함께 있는 법, 그리고 타인과 함께 있는 법" 등을 배운다. 둥근 원을 사랑한다는 것은 곧 자기 자신에게 정직하고 솔직해야 한다는 교훈뿐만 아니라 더 나아가 다른 사람들과도 함께 잘 어울려야 한다는 교훈을 전하기도 한다.

슬로 터틀의 연설에서 무엇보다도 눈에 띄는 것은 "신이 각자에게 특별한 선물을 주었으며, 모든 존재가 다 특별하다."라는 대목이다. 만약 이렇게 신에게 받은 특별한 선물이 사람마다 서로 다르다면 남을 특별히 부러워하거나 자신이 남보다 더 잘났다고 우쭐해 할 필요가 없을 것이다. 각자는 신한테서 받은 선물을 최대한으로 발휘하여 자신이 속해 있는 공동 사회에 이바지하면 될 것이기 때문이다. '선물'이란 '프레젠트(present)'보다는 '기프트(gift)'에 가깝다. '기프트'는 일반적 의미의 선물 말고도 후천적인 노력으로 갈고 닦은 능력이 아닌, 신이나 자연이 부여해 준 특별한 선물이라는 의미를 함축한다. 그래서 슬로 터틀은 인디언 창조 설화를 언급하며 사람마다 여행하는 길이 서로 다르다고 지적한다. 여기서 여행길이란 삶의 여정을 말한다. 서로 다른 삶의 여정에서 인간은 저마다 부여받은 특별한 선물을 최대한을 발휘하고 그것을 동료 인간과 나누어 갖는 것이야말로 가장 보람 있는 일이라고 가르친다는 것이다.

더구나 원을 중시하는 세계관에서는 무엇보다도 개인 각자에게 자신이 과연 누구인지, 자기 정체성을 깨닫게 해 준다. 슬로 터틀은 "사람에게 가장 필요한 일은 자신이 누구인지 깨닫는 것이다."라고 잘라 말한다. 바로 이 점에서 인디언들은 백인들과는 크게 다르다. "당신들 대부분은 자기 자신이 되려고 진정으로 노력해 본 적이 한 번도 없고, 또 자기 자신이 되도록 허용하지도 않는다."라는 문장에서 '당신들'은 백인들을 가리킨다. 슬로 터틀이 보기에 백인들은 좀처럼 자기 정체성을 확립하려고 시도하지 않는다. 백인들은 스스로 삶의 고삐를 쥐고 자신을 통제하는 것이 아니라 남에게 자신을 통제하도록 내맡긴다. 부모에게 학교와 교회를 선택하도록 내맡기는가 하면, 사회가 미리 정해 놓은 삶의 방식과 규칙에 따라 행동한다. 그런데도 백인들이 자유 운운하는 것이야말로 어불성설이라고 지적한다.

슬로 터틀의 말대로 오직 부모나 사회가 정해 놓은 규범에 따르다 보면 어떤 창의적 사고를 기대하기란 무척 어려울 것이다. 백인들은 아침에 일찍 일어나기 위하여 끝없이 시계를 쳐다보거나 미리 시계를 맞춰 놓기 마련이다. 한편 인디언들에게는 동녘 하늘에 뿌옇게 밝아 오는 아침 해가 시간을 알리는 시계일 뿐이다. 백인들은 아직 배가 고프지 않은데도 정해진 식사 시간만 되면 어김없이 밥을 먹는다. 이러한 행동은 인디언들에게는 무척 부자연스러운 행위처럼 보일 뿐이다. 슬로 터틀은 한마디로 "자기 자신이 될 수 없다는 것은 곧 삶을 포기하는 것과 다르지 않다."라고 말하면서 백인들의 생활 방식에 대한 비판의 고삐를 늦추지 않는다.

어떻게 하늘을 사고팔 수 있단 말인가

워싱턴에 있는 대통령이 우리 땅을 사고 싶다는 전갈을 보내왔습니다. 그런데 어떻게 당신들은 하늘을 사고 팔 수 있습니까? 그리고 땅을 사고 팔 수 있단 말입니까? 그런 생각은 우리에게는 참으로 낯설게 느껴집니다. 만약 우리가 신선한 공기와 반짝이는 물을 소유하고 있지 않다면, 어떻게 당신들은 그것들을 살 수 있다는 것입니까?

이 땅의 구석구석은 우리 사람들에게는 신성합니다. 저 반짝이는 솔잎이며, 모래강변이며, 어두운 숲 속에 자욱이 낀 안개며, 모든 초원, 그리고 울어 대는 온갖 벌레들 — 어느 것 하나 우리의 기억과 경험에 거룩하지 않은 것이 없습니다.

우리는 핏줄을 흐르는 피에 대해 알고 있듯이 나무에 흐르는 수액에 대해서도 잘 알고 있습니다. 우리는 대지의 일부며, 대지는 또한 우리의 일부입니다. 저 향기로운 꽃은 우리의 누이들입니다. 곰이며 사슴이며, 큰 독수리, 이 모든 것들은 우리 형제들입니다. 바위 산등성이며, 초원의 이슬이며, 조랑말의 체열, 그리고 인간은 모두 같은 가족에 속해 있습니다.

개울과 강에 흐르는 반짝이는 물은 그저 물이 아니라 우리 선조들의 피입니다. 만약 우리가 당신들에게 우리 땅을 판다면, 당신들은 그 땅이 신성하다는 사실을 기억해야 할 것입니다. 호수의 맑은 물에 비친 반짝이는 그림자는 우리 민족의 삶에 일어난 사건과 기억을 전해 줍니다. 속삭이듯 흐르는 물은 우리 아버지의 목소리입니다. 강들은 우리 형제입니다. 강들은 우리의 갈증을 풀어 줍니다. 우리가 카누를 실어 나르는 곳도 강들이고 우리 아이들을 먹여 주는 것도 강들입니다. 그러니 당신들은 형제들을 친절하게 대하듯이 강을 그렇게 친절하게 대해야 합니다.

만약 우리가 당신들에게 우리 땅을 판다면 공기는 우리에게 소중하다는 사실을, 공기는 그 힘으로 살아가는 모든 생명체와 영혼을 같이 한다는 사실을 기억하십시오. 우리의 할아버지에게 처음 숨을 넣어 준 바람은 그의 마지막 숨결도 받아 주었습니다. 바람은 또한 우리 아이들에게 생명의 혼을 불어넣어 줍니다. 그러므로 만약 우리가 당신들에게 땅을 판다면 당신들은 그 땅을 따로 떼어서 신성하게 보존해야 할 것입니다. 인간이 찾아가 초원의 온갖 꽃향기가 풍기는 바람 냄새를 맡을 수 있는 장소로 말입니다.

당신의 아이들에게 우리가 우리 아이들에게 가르쳐 준 것을 가르쳐 주겠습니까? 대지는 우리의 어머니라는 사실을. 대지에게 일어난 일은 대지의 모든 자식들에게도 마찬가지로 일어난다는 사실을 말입니다.

우리는 잘 알고 있습니다. 대지는 인간에 속해 있지 않고, 인간이 대지에 속해 있다는 사실을 말입니다. 모든 것은 우리 모두를 하나로 묶어 주는 피처럼 서로 연결되어 있습니다. 인간은 생명의 거미줄을 짜지 않았습니다. 다만 그 거미줄의 한 매듭일 뿐입니다. 그러므로 인간이 거미줄에 가하는 짓이 무엇이든 그것은 곧 그 자신에게 하는 짓입니다.

우리는 이 한 가지 사실을 잘 알고 있습니다. 우리의 신은 또한 당신의 신이기도 합니다. 대지는 그분에게 소중하고, 대지에게 해를 가하는 것은 곧 그 창조주를 모멸하는 것입니다.

당신들의 운명은 우리에게는 알 수 없는 신비입니다. 들소가 모두 살해당할 때 어떤 일이 일어날까요? 야생마가 모두 길들여진다면요? 숲 속의 비밀스러운 귀퉁이들이 수많은 인간의 냄새로 코를 찌르고, 온갖 열매들이 무르익은 언덕이 전신주로 가로막혀 있다면 어떤 일이 일어날까요? 덤불이 어디 있을까요? 사라져 버리고 없겠지요! 독수리들은 어디에 있을까요? 사라져 버리고 없을 테지요! 그리고 재빠르게 달리는 조랑말과 사냥이 모두 종말을 고한다면 또 어떻게 될까요? 살아 있는 생명이 끝나고 생존을 위한 사투가 시작될 것입니다.

마지막 홍인종이 이 황야와 함께 자취를 감추고, 그에 대한 기억이 한낱 대초원을 가로질러 움직이는 구름 그림자에 지나지 않는다면, 이 강변과 숲이 여전히 이곳에 존재할까요? 우리 인종의 영혼이 하나라도 남아 있게 될까요?

우리는 갓난아이가 어머니의 심장 맥박을 사랑하듯이 이 대지를 사랑합니다. 그래서 만약 우리가 당신들에게 이 땅을 판다면, 우리처럼 그 땅을 사랑하십시오. 우리가 돌본 것처럼 그 땅을 돌보십시오. 이 땅을 받을 때처럼 이 땅에 대한 기억을 소중히 간직하십시오. 모든 아이들을 위해 이 땅을 잘 보존하고, 하느님이 우리를 사랑하시듯이 그 땅을 사랑하십시오.

우리가 이 땅의 일부이듯이 당신들도 이 땅의 일부입니다. 이 대지는 우리에게 소중합니다. 또한 당신들에게 소중합니다.

우리는 이 한 가지 사실을 잘 알고 있습니다. 이 세상에는 오직 한 분의 신만이 계십니다. 홍인종이든 백인종이든, 어느 쪽도 서로 떨어져 살 수는 없습니다. 결국 우리는 모두 형제들입니다.

1854년 북아메리카 대륙 서부 지역에 살았던 두와미시-수콰미시 족 인디언 추장 세아틀이 원주민 말로 행한 연설이다. 영어식으로는 '시애틀'이지만 두와미시-수콰미시 족 인디언 말로는 '세알트(Sealth)'에 가깝다. 워싱턴 주의 주도로, 스타벅스 커피숍이 처음 문을 연 것으로 유명한 도시로, 할리우드 영화로 「잠 못 이루는 시애틀의 밤(Sleepless In Seattle)」(1993년) 더욱 유명해진 도시 시애틀은 바로 그를 기념하기 위해 이름 붙인 것이다.

미국의 14대 대통령 프랭클린 피어스(Franklin Pierce, 1804~1869년)가

세알트 추장에게 오늘날의 워싱턴 주 시애틀 근교의 땅을 미국 정부에 팔라고 제안하였다. 말이 좋아서 제안이지 땅을 내놓고 다른 곳으로 이주하라는 협박과 다름없었다. 추장은 결국 미합중국 정부에 자신들의 땅을 팔 수밖에 없다는 사실을 잘 알고 있었다. 자신들이 거부하면 백인들이 강제로 이 땅을 빼앗을 것이기 때문이다. 이 무렵 원주민들은 자신들이 살던 땅에서 쫓겨나 서쪽으로 또 서쪽으로 계속 쫓겨났다. 태평양이 가로막혀 있어 이제 더 앞으로 나아갈 수 없는 서부 맨 끝자락까지 쫓겨 와 있었다. 다른 인디언 부족 추장의 말대로 인디언들은 백인들한테 땅을 모두 빼앗긴 나머지 이제 "담요 한 장 깔 수 있는 땅"조차 남아 있지 않았던 것이다.

세알트 추장이 피어스 대통령의 제안을 받고 매각 협상 막바지에 접어들 무렵이니 연설한 시기는 1854년 말 또는 1855년 초로 추정된다. 물론 세알트 추장이 이 연설을 하던 자리에 피어스 대통령은 없었고, 주지사 아이작 스티븐스(Isaac Stevens, 1818~1862년)만 참석했다고 전해진다. 이러한 자료가 흔히 그러하듯이 여러 사람의 손을 거쳐 영어로 번역되는 과정에서 없던 말이 덧붙여졌는가 하면, 원래 있던 말이 빠지기도 하였다. 이 연설문의 역사는 인디언의 역사만큼이나 복잡하고 우여곡절이 많다.

세알트 추장의 연설은 인디언 원주민의 생태 의식을 읽을 수 있는 좋은 자료로 자주 입에 언급된다. 조금 과장하자면 이 연설문은 '생태주의의 복음서'이자 '산상수훈'에 비할 수 있다.

세알트 추장은 먼저 하늘과 땅 같은 대자연이란 돈을 주고 사고팔 수 있는 대상이 아니라고 못 박는다. 그러한 것들을 사고팔 수 있다고 생각하는 백인들이 "참으로 낯설게 느껴진다."라고 고백한다. 세알트는 우리가 들이마시는 공기와 시내나 강에 흐르는 물을 돈을 주고 사고팔 수 없듯이 하늘과 땅도 사고팔 수 없다고 지적한다. 땅이 한 개인이나 국가 같은 집단의 소유물이 아니라 모든 사람이 공유해야 하는 공동 재산이기 때문이다.

인디언들은 땅에 화폐로 도저히 그 가치를 측정할 수 없는 신성함과 거룩함이 깃들어 있다고 굳게 믿고 있었다. 그들은 일종의 물활론이나 정령 신앙을 받아들이고 있었다. "만약 우리가 당신들에게 우리 땅을 판다면, 당신들은 그 땅이 신성하다는 사실을 기억해야 할 것입니다."라는 구절에서 단적으로 엿볼 수 있다. 인디언들은 땅을 비롯하여 그것과 관련한 모든 것에는 초월적인 존재자의 모습을 찾아볼 수 있다고 생각하였다.

인디언들이 땅을 소중하게 생각하는 데는 그럴 만한 까닭이 있다. "대지에게 일어난 일은 대지의 모든 자식들에게도 마찬가지로 일어난다."라는 구절에서도 엿볼 수 있듯이, 인간이 만물을 낳고 기르는 땅을 소중하게 생각하지 않고 함부로 다루면 그 피해는 고스란히 인간에게 되돌아오기 때문이다. 세알트 추장의 말대로 만약 이 대지에 살고 있는 인간이 대지에 침을 뱉는다면, 그 침은 고스란히 인간 자신에게 되돌아오고 말 것이다.

인간과 그의 주거지라고 할 대지에 대해 세알트 추장은 이번에는 그물의 비유를 사용한다. "인간은 다만 그 그물의 한 매듭일 뿐입니다. 인간이 그 그물에 하는 짓은 곧 자기 자신에게 하는 짓입니다"라고 잘라 말한다. 그물에서 실이나 노끈 따위를 묶어 맺어 놓은 자리가 매듭이다. 그런데 그물에서는 매듭이 생명이다. 매듭 한 가닥이 풀리면 나머지 가닥도 자연히 풀려 버린다. 매듭이 모두 풀려 버리고 나면 그물은 더 이상 그물로 사용할 수가 없다.

생태계는 그물의 매듭과 같다. 생태계를 구성하는 종과 개체는 그물의 매듭처럼 긴밀하게 연결되어 있다. 그물 한쪽 끄트머리를 살짝 건드리면 반대쪽까지 파상적으로 움직인다. 지구상에 살고 있는 종이나 개체는 어느 하나가 없어지게 되면 나머지도 영향을 받을 수밖에 없다. 하루에도 수십 종씩 지구에서 사라지고 있는 멸종 생물, 그리고 그런 위기에 놓여 있는 생물에 대해 우리가 그토록 안타깝게 생각하는 까닭이 바로 여기에 있다. 그래서 세알트 추장은 "모든 것들은 우리 모두를 한데 묶어 주는 피처럼 서로 연결되어 있습니다."라고 말하는 것이다. 인디언들은 만물이 서로 긴밀하게 연결되어 있다는 사실을 하루라도 잊지 않으려고 "미타쿠예 오야신"을 인사말로 사용했던 것이다.

7월

•

사슴이
뿔을 가는 달

우리가 공산주의자란 말인가

미국 정부가 북아메리카 대륙 원주민들에게 붙인 딱지가 무엇인지 아는가? 공산주의자들이라는 것이다. 미국 정부 당국자들은 우리를 공산주의자라고 부른다. 그렇다. 실제로 이로쿼이 연합이 일하는 방식은 공산주의 방식이다. 음식을 함께 나누어 먹고 땅을 함께 소유한다. 보다시피 어디를 둘러보아도 우리 땅에는 울타리가 없다. 루이스 헨리 모건이 우리 부족의 이야기와 생활 방식을 『세네카 족 인디언들과의 생활』로 엮어 낸 적이 있다. 책이 출간되어 도서관에 소장되었는데 카를 마르크스라는 독일인이 뉴욕 브루클린에 와서 1년간 지내면서 도서관에서 모건의 책을 읽게 되었다. 그가 독일로 돌아가서 쓴 책이 바로 『공산당 선언(*Manifest der Kommunistischen Partei*)』이다. 그러나 그의 책에는 중요한 한 가지가 빠져 있다. 다름 아닌 영적인 측면이다. 공산주의가 실패한 이유가 바로 거기에 있다.

모호크(Mohawk) 족 인디언 여성 로레인 커누의 말이다. 그녀는 뉴욕 시 헌터 칼리지에서 백인들에게 정복당한 소수 민족에 대한 강의를 해 왔다. 그녀의 인디언 이름 '카나라티타케'는 '잎사귀 들고 다녀'라는 뜻이다. 늘 나뭇잎을 들고 다니기 때문에 붙은 이름이다.

커누는 미국 정부가 북아메리카 대륙에 살아온 인디언들을 공산주의자로 매도하고 있다고 언급한다. 그러면서 정부의 주장이 그렇게 틀린 것도 아니라고 말한다. 이로쿼이 연합은 일찍부터 공산주의를 삶의 방식으로 받아들였기 때문이라는 것이다. 실제로 인류는 원시 공산 사회 또는 원시 공동체 사회라는 사회 조직을 이루고 살아왔다. 원시 공산 사회란 혈연을 기반으로 토지와 기본적인 천연자원을 공유하고 먹거리를 서로 나누는 사회를 말한다. 빈부의 차가 없고 타고난 지위나 권위적 지배가 없기 때문에 정치적으로 평등한 사회다. 이러한 사회에서 의사 결정은 다양한 방법으로 공감대를 형성하여 가족들이나 원로들에 의하여 민주적으로 이루어진다.

가장 대표적인 원시 공산 사회가 북아메리카 대륙의 인디언 사회다. 인디언과 관련하여 원시 공산주의 개념을 처음 체계적으로 밝혀낸 사람 미국의 인류학자 루이스 헨리 모건(Lewis Henry Morgan, 1818~1881년)은 1851년에 『호데노사우니 또는 이로쿼이 족의 연합(*The League of the Ho-de-no-sau-nee or Iroquois*)』을 출간하였다. 그러나 커누의 주장과는 달리 카를 마르크스(Karl Marx, 1818~1883년)가 읽고 공산주의 이념을 정립하는 데 영향을 받은 책은 이 책이 아니라 『원시 사회(*Ancient*

Society)』(1877년)다. 마르크스뿐만 아니라 그의 동료 프리드리히 엥겔스(Friedrich Engels, 1820~1895년)도 이 책을 읽고 변증법적 유물론을 정립하는 데 큰 영향을 받았다.

엄밀히 말해서 이로쿼이 족 같은 원시 공산 사회는 현대 공산주의 사회와는 사유 재산을 인정하지 않는 등 몇 가지 공통점 외에는 적잖이 차이가 난다. 이로쿼이 족의 원시 공산 사회는 현대 공산주의처럼 이데올로기를 토대로 의도적으로 이루어진 사회와는 거리가 멀었다. 그들에게 원시 공산 사회는 자연적이고 사회적인 환경에서 생존하기 위한 가장 효율적인 사회 조직이었다. 즉 자연 발생적으로 생긴 집단주의적인 동시에 개인주의적인 성격의 소규모 자급자족 사회였다. 원시 공산주의는 광활한 자연 환경을 배경으로 공간적으로 여유가 있고 선택에 따라 다른 공동체로 자유롭게 이동하거나 공동체를 떠나 홀로 생활할 수도 있었다. 한편 현대 공산주의 사회는 인구 밀도가 높은 대규모 인간 사회에서 다 같이 평등하게 살기 위하여 만든 인위적인 사회다. 계획적이고 집단주의적 성격이 강한 현대 공산주의 사회에서는 체제가 싫다고 홀로 떠나서 살 수 없다.

계급을 인정하지 않는다는 점에서 이로쿼이 족 원시 공산 사회나 현대 공산주의 사회와 비슷하다. 『공산당 선언』은 "인류 역사는 계급 투쟁의 역사로 시작한다."라는 그 유명한 명제로 시작한다. 이러한 계급 투쟁을 없이 자본가들이나 노동자들이 평등하게 살 수 있는 이상주의 사회 건설이 마르크스와 엥겔스가 꿈꾸던 사회였다. 그러나 윌 로저스(Will Rogers, 1879~1935년)가 지적했듯이 공산주의는 금주법과 같아서 생각은 좋지만 제대로 실행되기란 여간 어렵지 않다.

커누는 『공산당 선언』에 영적 측면이라는 중요한 한 가지가 빠져 있다고 지적한다. 공산주의가 유물론에 깊이 뿌리를 두고 있다는 사실을 말하는 듯하다. 그녀는 공산주의가 실패한 원인을 바로 영혼이 결여되어 있다는 점에서 찾는다. 영혼의 결여로 말하자면 자본주의나 그것을 기반으로 하는 자유 민주주의도 이러한 혐의에서 그렇게 자유롭지 않다. 자본주의에 처음 이론적 동력을 마련해 준 막스 베버(Max Weber, 1864~1920년)는 일찍이 "영혼이 없는 전문가, 가슴을 갖지 않은 쾌락주의자"를 경계했던 것이다.

원주민에 깊은 관심을 기울인 소로는 「허클베리」에서 문명인들과 비교해 볼 때 인디언들이 얼마나 현명하게 자연을 공동 재산으로 관리했는지 언급한다. "인디언들 사이에서는 대지와 거기에서 나는 모든 물건은 공기와 물처럼 대체로 모든 부족이 자유롭게 사용할 수 있는 공동 재산이었다." 소로는 한탄한다. "인디언들을 내쫓은 우리(백인) 사회에서는 일반 사람들은 기껏해야 작은 뜰이나 마을 한가운데의 공터, 그리고 그 옆의 공동묘지를 공동으로 사용하고 있을 뿐이다." 소로에게 인디언들의 원시 공동체의 생활 방식이야말로 가장 이상적인 삶의 형태였던 것이다.

이제 담요 한 장 펼 땅도 남지 않았구나

형제여, 우리가 하는 말을 잘 들으십시오. 우리 선조들이 이 광활한 땅을 소유하던 때가 있었습니다. 그들의 땅은 해가 뜨는 곳에서 해가 지는 곳까지 광활하게 펴져 있었습니다. '위대한 영혼'께서 인디언들이 사용하도록 그 땅을 만드셨습니다. 그분은 우리의 먹이로 들소와 사슴과 다른 짐승들을 만드셨습니다. 그분은 곰과 비버를 만드셔서 우리가 그 가죽으로 옷을 해 입을 수 있도록 해 주셨습니다. 그 짐승들을 온 땅에 흩어지게 하시고 우리에게 사냥하는 법을 가르쳐 주셨습니다. 그분은 빵을 만들 수 있도록 땅에서 옥수수가 자라게 하셨습니다. 그분은 홍인종의 자녀들을 사랑하셨기에 이런 모든 것을 해 주신 것입니다. 만약 우리가 행여 사냥터를 두고 다투는 일이 있다면 피를 많이 흘리지 않고 해결했습니다.

하지만 우리에게 저주의 날이 오고야 말았습니다. 당신들의 선조들이 엄청난 바다를 건너 이 섬에 왔던 것입니다. 그들의 수는 적었지만 이곳에서 적이 아닌 친구들을 만났습니다. 그들은 사악한 사람들이 두려워 자신들의 나라에서 도망쳐 나왔고 자신들의 종교를 향유하기 위하여 이곳에 왔다고 했습니다. 그들은 땅을 조금 원했고, 우리는 그들을 동정하여 그들의 부탁을 들어주었습니다. 그들은 우리와 함께 자리에 앉았고, 우리는 그들에게 옥수수와 고기를 주었습니다. 그러나 그들은 우리에게 독으로 은혜를 갚았습니다.

백인들은 이제 우리가 살고 있는 땅을 찾아냈습니다. 그들에게 소식이 전해지더니 더 많은 백인들이 우리에게 몰려왔습니다. 하지만 우리는 그들을 무서워하지 않습니다. 우리는 그들을 친구로 대했습니다. 그들도 우리를 형제라고 불렀습니다. 우리는 그들의 말을 믿고 그들에게 좀 더 넓은 자리를 내주었습니다. 마침내 그들의 수가 아주 많이 늘어났습니다. 그들은 더 많은 땅을 원했습니다. 그들은 우리의 땅을 원했습니다. 우리는 두 눈을 크게 떴고, 우리의 마음은 불안해졌습니다. 그래서 전쟁이 벌어졌습니다. 인디언들과 대항해 싸우기 위해 다른 인디언들이 고용되었습니다. 우리 부족이 많이 살해당했습니다. 그들은 또한 우리 사이에 독한 술을 가져왔습니다. 그 술은 아주 강하고 독해서 수천 명이 죽어 나갔습니다.

형제여, 한때 우리 부족의 땅은 넓었고, 당신들의 땅은 좁았습니다. 그러나 이제 당신들은 거대한 부족이 되었으며, 우리에게는 겨우 담요 한 장 펼칠 땅밖에는 남아 있지 않습니다. 당신들이 우리 땅을 차지했지만, 그것으로 만족하지 않습니다. 당신들은 이제 우리에게 당신들의 종교를 강요하고 있습니다.

형제여, 계속해서 내가 하는 말을 잘 들으십시오. 당신들은 말합니다. 당신들은 '위대한 영혼'의 마음에 들도록 숭배하는 법을 가르치기 위해 우리에게 보내진 사람들이라고 말입니다. 그리고 만약 우리가 당신 백인들이 가르치는 종교를 받아들이지 않는다면 우리는 그 시간 이후로 불행한 삶을 살게 될 것이라고 말이지요. 또한 당신들은 말합니다. 당신들은 옳고, 우리는 길을 잃었다고요. 그 말이 옳다는 것을 우리가 어떻게 알 수 있을까요? 우리는 당신들의 종교가 위대한 어떤 책에 기록되어 있다고 들었습니다. 만일 그 책이 당신들뿐 아니라 우리를 위해서도 쓰인 것이라면, '위대한 영혼'은 왜 우리에게 그 책을 주지 않았을까요? 우리뿐만 아니라 우리 조상들에게도 그 책에 대한 지식과 함께 올바로 이해하는 방법을 가르쳐 주지 않았을까요? 우리는 오직 당신들의 말을 통해서만 그것에 대해 알 뿐입니다. 백인들에게 너무 자주 속아 온 우리가 어떻게 믿을 수 있단 말입니까?

형제여, 당신들은 '위대한 영혼'을 숭배하고 봉사하는 길은 오직 하나밖에 없다고 말합니다. 만약 종교가 하나밖에 없다면 도대체 왜 백인들은 그것을 두고 그토록 서로 의견이 다릅니까? 당신들은 모두 그 책을 읽을 수 있는데, 왜 서로 의견이 일치하지 않습니까?

형제여, 우리는 이 일을 잘 모르겠습니다. 우리가 듣기로는 당신들의 종교는 당신들의 선조들에게 부여되었고, 그 뒤 아버지에게서 아들한테로 전해진 것으로 알고 있습니다. 우리한테도 우리 선조들에게 주어진 종교가 있고, 그것이 다시 그 자녀들에게 전해졌습니다. 우리는 그런 식으로 숭배합니다. 우리 종교는 우리가 받은 모든 호의에 대해 감사하라고, 서로 사랑하라고, 서로 하나로 뭉치라고 가르칩니다. 그래서 우리는 종교에 대해서 절대로 다투는 법이 없습니다.

형제여, '위대한 영혼'은 우리 모두를 창조하셨습니다. 하지만 그분은 백인종의 자녀와 홍인종의 자녀 사이에 큰 차이를 두셨습니다. 우리에게 서로 다른 피부 색깔과 서로 다른 풍습을 주셨습니다. 당신들에게 그분은 예술을 주셨습니다. 그분은 이런 예술에 대해서는 우리 눈을 뜨게 해 주지 않으셨습니다. 우리는 이런 것들이 사실이라고 알고 있습니다. 다른 일들에서 우리 사이에 그토록 큰 차이를 두신 이상, 그분이 우리가 이해할 수 있는 다른 종교를 우리에게 주셨다고 결론지을 수 있지 않겠습니까? '위대한 영혼'은 옳은 일을 하시는 분입니다. 그분은 그분의 자녀들에게 무엇이 최선인지 잘 알고 계십니다. 우리는 그것으로 만족합니다. 형제여, 우리는 당신들의 종교를 파괴하거나 당신들한테서 그것을 뺏고 싶지 않습니다. 우리는 다만 우리 자신의 종교를 향유하기를 원할 뿐입니다.

형제여, 우리는 당신들이 이곳에 사는 백인들에게 설교를 해 왔다고 들었습니다. 이 사람들은 우리의 이웃들입니다. 우리는 그들을 잘 알고 있습니다. 당신들의 설교가 그들에게 어떤 영향을 끼치는지 우리는 잠시 기다려 지켜보겠습니다. 만약 그들이 선량해지고 정직해지고 인디언들을 전보다 덜 속이게 된다면 우리는 당신들이 한 말을 다시 한 번 심사숙고해 보겠습니다.

형제여, 지금껏 당신들은 당신들의 제안에 대한 우리의 답을 들었습니다. 지금으로서는 이것이 우리가 할 수 있는 모든 말입니다. 우리가 헤어지는 지금 우리는 당신들에게 다가가 당신들의 손을 잡고 '위대한 영혼'이 여행길에 당신들을 보호해 주셔서 친구들에게 무사히 돌아갈 수 있기를 빌겠습니다.

세네카(Senekas) 족 인디언 사고예와타 '레드 재킷'이 1805년에 한 연설의 일부이다. 오늘날의 동부 뉴욕 주에서 태어난 레드 재킷은 미국 북동부 지방에 살았던 이로쿼이 연합체뿐만 아니라 미국 전체 인디언 중에서도 가장 뛰어난 웅변가로 꼽힌다. 그가 '레드 재킷'이라는 별명을 얻은 것은 영국 동맹군들이 준 붉은색 외투를 즐겨 입었기 때문이다. 웅변술과 사교술이 뛰어나 신생 국가 미국과 세네카 족 인디언 사이에서 중재자 역할을 하였고 1792년에는 초대 대통령 조지 워싱턴과 만난 인디언 대표단을 이끈 인물이기도 하다.

이로쿼이 연합은 북아메리카 대륙에 살았던 인디언 중에서 가장 강력한 연합체를 구성한 인디언이었다. 처음에는 모호크 족, 오노다가(Onondaga) 족, 오네이다(Oneida) 족, 카유가(Cayuga) 족, 세네카 족 등 모두 다섯 부족으로 이루어진 '5부족 연합(Five Nations)'이었다. 그 뒤 투스카로라(Tuscarora) 족이 합세하면서 마침내 '6부족 연합(Six Nations)'

이 되었다. 이로쿼이 연합은 신생 국가 미국 출범에 크게 이바지한 것으로도 유명하다. 영국의 식민지 굴레에서 미국을 독립시키는 데 기여한 토머스 제퍼슨(Thomas Jefferson, 1743~1826년)과 벤저민 프랭클린 ((Benjamin Franklin, 1706~1790년)이 정부 형태와 조직을 구상하면서 이로쿼이 연합 정부 제도에서 미국 민주주의의 초석이 될 기본 정신을 빌려왔던 것이다.

한편 이 연설에서는 이로쿼이 족의 종교관을 엿볼 수도 있다. 1805년 보스턴의 선교회는 레드 재킷에게 찾아와 이로쿼이 족 원주민 부락에서 원주민을 상대로 기독교를 전파할 수 있도록 해 달라고 요청하였다. 위 인용문은 바로 레드 재킷이 백인들의 제안에 대한 답으로 한 연설로 내용에 따라 크게 세 부분으로 나뉜다.

전반부에서 레드 재킷은 인디언들이 '위대한 영혼'의 은총 가운데 북아메리카 대륙에서 행복하게 살아왔다고 말한다. 여기서 '위대한 영혼'이란 인디언들이 믿는 초월적 존재로 백인들의 신(神)과 비슷한 개념이다. 실제로 인디언들은 북아메리카 대륙의 대자연에서 의식주를 얻으며 만족하게 살아왔다. "그분은 홍인종의 자녀들을 사랑하셨기에 이런 모든 것을 해 주신 것입니다."라는 문장에서도 엿볼 수 있다. 인디언들에게 '위대한 영혼'은 기독교의 하느님처럼 창조주일 뿐만 아니라 그들의 삶을 주관하고 보호해 주는 초월적 존재자다.

연설문의 중반부에서 레드 재킷은 백인들이 대서양을 건너 처음 북아메리카 대륙에 도착하던 신대륙의 역사를 언급한다. "당신들

의 선조들이 엄청난 바다를 건너 이 섬에 왔던 것입니다."라는 문장에서 '엄청난 바다'란 다름 아닌 대서양을 말하고, '이 섬'이란 바로 신대륙을 말한다. 그리고 메이플라워 호를 타고 험난한 대서양을 건너 신대륙에 건너온 사람들은 영국 국교에 맞서 종교적 순결주의를 부르짖은 청교도들이다.

자신들을 '순례자(필그림, pilgrim)'라고 일컫던 초기 청교도들이 대서양 연안 플리머스에 도착한 1620~1621년의 겨울은 유난히 혹독하게 추웠다. 혹독한 추위뿐만 아니라 세 달 넘게 거친 바다를 항해하면서 질병에 시달리기도 하였다. 만약 이때 왐파노아그 족의 도움이 없었더라면 청교도들은 혹독한 겨울을 넘기며 살아남기 어려울 것이다. 신앙만으로 굳게 무장되어 있을 뿐 이렇다 할 준비도 없이 신대륙에 도착한 정착민들에게 인디언들은 옥수수 씨앗을 주는가 하면 농사짓는 법을 가르쳐 주기도 하였다. 그 이듬해 가을 개척자들이 인디언들을 초대하여 함께 음식을 나눠 먹은 것이 추수 감사절의 시작이라는 것은 널리 알려진 사실이다.

그러나 백인들은 일단 원주민들의 도움이 없어도 정착할 수 있게 되자 초기 정착을 도왔던 인디언들을 공격하기 시작하였다. 유럽인들은 인디언들에게 땅을 요구했을 뿐만 아니라 평화롭고 유순한 그들을 나태하고 미개한 종족이라며 자신들의 '우월한' 생활 방식을 강요하였다. 레드 재킷이 백인들이 대서양을 건너 신대륙에 도착한 날이야말로 인디언들에게는 다름 아닌 '저주의 날'이었다고 말하는 까닭이 바로 여기에 있다. 이날부터 그들의 행복했던 삶이 산산조각이 나기 시작했기 때문이다. 인디언들이 동정심에서 백인들에게 땅을 내어 주면 고마운 줄도 모르고 더 많은 땅을 요구하였다. 해가 뜨는 동쪽에서 해가 지는 서쪽까지 그토록 광활하게 펼쳐져 있던 땅이 백인들의 손에 넘어가고 인디언들에게는 이제 "담요 한 장 펼칠 땅밖에는 남아 있지 않다."라고 절망감을 피력한다.

여기서 담요라는 말은 인디언들에게 남다른 의미가 있다. "가장 훌륭한 인디언은 죽은 인디언"이라는 말이 있을 정도로 백인들은 인디언들을 무차별적으로 살해하기 시작하였다. 가뜩이나 자가 면역성이 없는 원주민들은 유럽 인들이 옮겨 온 전염병에 걸려 속수무책으로 죽어 나갔다. 유럽 개척자들은 초기의 원주민 정복이니 퇴치니 하는 복잡한 절차를 거치지 않고서도 쉽게 식민지를 확장해 나갈 수 있었다. 이러한 상황에서 백인들은 의도적으로 원주민을 살해하였다. 최근의 연구에 따르면 백인들은 천연두 등의 전염병으로 숨진 병사의 담요를 모아 두었다가 원주민들에게 선물로 나누어 주었다. 그렇다면 이 무렵 백인 개척자들은 '바이오 테러'를 통한 인종 청소를 한 것과 크게 다르지 않다.

연설문의 후반부에서 레드 재킷은 종교 상대주의에 대해서 언급한다. 한마디로 백인들에게는 백인들의 종교가 있고, 인디언들에게는 인디언들만의 종교가 있다고 밝힌다. 그는 피부 색깔이 다르고 풍습이 다르면 종교도 다를 수밖에 없다고 지적한다. "형제여, 우리는 당신들의 종교를 파괴하거나 당신들한테서 그것을 뺏고 싶지 않습니다. 우리는 다만 우리 자신의 종교를 향유하기를 원할 뿐입니다." 백인들은 자신이 믿는 기독교를 믿지 않는 사람들은 하나같이 악마라고 생각한다. 그래서 '위대한 영혼'을 믿는 인디언들이 길을 잃고 헤매고 있다고 간주한다. 레드 재킷의 종교 다원주의적인 태도는 "우리는 당신들의 종교를 파괴하거나 당신들한테서 그것을 뺏고 싶지 않습니다. 우리는 다만 우리 자신의 종교를 향유하기를 원할 뿐입니다."라는 말에서 단적으로 엿볼 수 있다. 레드 재킷은 백인들의 신앙과 행동 사이에 큰 괴리가 있다고 생각한다. 백인들은 입으로는 기독교의 복음을 외쳐 대면서도 실제로는 사악하고 부정직하고 속임수에 능하기 때문이다.

레드 재킷은 연설을 마치고 자리에서 일어나 백인 선교사 크램에게 다가가 손을 내밀고 악수를 청하였다. 그러나 선교사는 그의 손을 잡지 않고 그냥 자리를 떠났다고 전해진다. 이 무례한 행동에서 인디언 원주민들에 대한 태도를 읽을 수 있다. 백인들은 겉으로는 "원수를 사랑하라."라고 입버릇처럼 사랑과 관용을 외치면서도 막상 실제 행동에서는 전혀 그렇게 하지 않았던 것이다.

연어 떼를 보며 행복해 본 적이 있는가

내 이름은 세알트입니다. 당신들이 바라보고 있는 이 많은 사람들은 우리 사람들입니다. 그들은 지금 올해의 첫 연어 떼가 강물로 거슬러 올라오는 것을 축하하기 위해 이곳에 내려왔습니다. 연어는 우리의 주식(主食)이기 때문에 연어 떼가 일찍 큰 무리를 지어 강 위쪽으로 거슬러오는 모습을 바라보는 것은 언제나 무척 기쁜 일입니다. 연어 떼의 수를 보고서야 비로소 우리는 다가오는 겨울에 식량이 풍부하다는 것을 확인할 수 있으니까요. 오늘 우리 마음이 더없이 기쁜 까닭은 바로 그 때문입니다. 그러니 우리가 무리를 이루어 몰려왔다고 해서 전투를 벌일 것이라고는 생각할 필요는 없습니다. 허드슨 베이 회사 사람들이 빅토리아에 도착할 때 우두머리들에게 인사를 하는 것을 흉내 내어 인사를 하는 것뿐입니다. 나는 당신들이 우리 지역에 온 것이 기쁩니다. 우리 인디언들은 아는 것이 거의 없고, 보스턴과 조지 왕의 신민들인 당신들은 모든 일을 할 줄 알기 때문입니다. 우리는 당신들의 담요, 총, 도끼, 옷, 담배 그리고 당신들이 만드는 다른 모든 물건들이 필요합니다. 우리는 그런 것들을 만들 줄 모르기 때문에 당신들이 만드는 이런 모든 물건들이 필요합니다. 그러니 우리는 당신들이 우리 지역에 온 것을 환영합니다. 우리가 교환할 수 있도록 당신들이 밀가루와 설탕과 기타 물건들을 만들도록 말입니다. 우리는 왜 보스턴의 세 남자가 고향에서 그렇게 멀리 떠나 그렇게 많은 인디언한테로 와야 했는지 잘 모르겠습니다. 당신들은 무섭지도 않습니까?

두와미시-수콰미시 족 추장 세알트(시애틀)의 연설이다. 1850년 늦여름, 벤저민 쇼(Benjamin F. Shaw, 1814~1897년)와 아이작 네프 에비 대령(Isaac Neff Ebey, 1818~1857년) 등은 인디언들과 물물교환을 하기 위하여 보트에 식량과 몇 가지 물건을 싣고 오늘날의 워싱턴 주 퓨젯 만(灣)을 향해 떠났다. 이튿날 엘리엇 베이 강변에서 인디언 부락을 발견하고 상륙한 그때 수많은 인디언들이 특유의 소리를 지르며 해변으로 몰려왔다. 몸집이 큰 중년의 인디언 한 사람이 군중을 헤치고 나타나 모래에 박힌 통나무에 올라가 연설을 하기 시작하였다. 세알트의 유명한 연설 「어떻게 땅을 사고팔 수 있는가?」는 '생태주의 복음서'로 널리 알려져 있지만 연어와 관련한 이 연설문은 그동안 다른 연설문과 뒤섞인 채 거의 알려져 있지 않았다.

태평양 연안에서도 두와미시-수콰미시 족 인디언들이 살고 있던 지역은 연어가 많이 살기로 유명하다. 가을이 되면 연어들은 산란을 위하여 강을 따라 거슬러 올라오고, 인디언들은 연어 떼를 행복한 마음으로 맞이하고는 하였다. 이날 인디언들이 강가로 몰려나온 것은 낯선 백인들이 도착했기 때문이기도 하지만 세알트의 말대로 무리를 지어 강을 따라 올라온 연어 떼를 만나기 위해서였다. 연어는 한겨울을 나는 데 필수적인 먹거리였기 때문이다. 대초원에서 살던 인디언들이 가을이 되면 겨우살이를 위하여 옥수수를 저장하는 것과 같다. 오늘날에도 워싱턴 주 이사쿠아를 비롯한 여러 지역에서는 해마다 연어 축제를 열어 전 세계에서 관광객들을 끌어 모은다.

연어는 회귀 본능이 아주 강하다. "흐르는 강물을 거꾸로 거슬러 오르는/ 연어들의 도무지 알 수 없는 그들만의 신비한 이유처럼." 강산에가 부른 「거꾸로 강을 거슬러 오르는 저 힘찬 연어들처럼」대로 연어는 강에서 태어나 바다에서 자란 뒤 다시 자기가 태어난 강으로 돌아와 산란하고 일생을 마친다. 연어는 가을철에 물이 찬 하천이나 호수의 자갈 사이에서 분홍빛 알을 낳고, 부화해서 25센티미터가량 자랄 때까지 겨울 동안 하천이나 호수에 머물면서 미지의 바다를 향하여 먼 길을 떠날 차비를 한다. 바다에서 4~5년 지낸 뒤 태어난 곳으로 돌아온 연어는 일주일 정도 산란과 수정을 한 뒤 고단한 의무를 마치고 기운이 다 빠져 일생을 마감한다.

19세기 중엽만 해도 늦가을이면 강을 따라 떼를 지어 몰려오던 연어는 어느덧 사라지고 이제는 멸종 위기 생물 리스트에 올라 있다.

인디언 원주민과 백인 가릴 것 없이 연어를 마구잡이로 잡은 탓도 있고, 연어가 살기에는 강과 바다의 환경이 너무 열악해진 탓도 있다. 바다와 강의 생태계의 변화 때문에 캘리포니아 주 서부 해안의 연어 산란처인 새크라멘토 강으로 회귀하는 치누크 연어가 최근 급격히 줄어들었다. 수려한 자연 경관을 자랑하는 물의 도시 시애틀과 근교 이사쿠아를 따라 흐르는 강과 개울에서도 연어가 점차 사라지고 있다. 특히 이 지역에서는 그동안 벌목과 석탄 채광 등 무분별한 온갖 개발이 이루어졌기 때문에 연어가 알을 낳기에는 더더욱 어렵게 되었다.

사정이 이러하다 보니 태평양 연안의 도시에서는 연어 잡이를 금지하기에 이르렀다. 몇 해 전 미국의 태평양 어로 작업 위원회는 오리건 주와 캘리포니아 주 연안의 연어 잡이를 전면 금지하고 워싱턴 주의 연어 잡이 기간을 대폭 줄이기로 했다고 발표하였다. 골드러시와 함께 서부 지역으로 개척민들이 밀려들어 온 이래 연어 잡이 금지는 150여 년 만에 처음 이루어지는 것이어서 큰 관심을 모을 수밖에 없었다.

그러자 워싱턴 주 정부는 자연 복원 프로젝트를 진행하여 대대적으로 연어 부화장을 만들고 계속 그 수를 늘려 나갔다. 한때 주 정부는 예산 부족을 이유로 갑자기 이사쿠아 연어 부화장의 문을 닫으려고 했지만 주민들의 반대에 부딪쳤다. 이사쿠아 주민들은 부화장과 연어를 지키자는 자발적인 시민 운동을 전개하여 "이사쿠아에 연어가 돌아오게 하자!"라고 외치며 여러 차례 거리 행진으로 관심을 촉구하였다. 결국 주 정부는 주민들의 뜻에 따라 부화장을 유지하기로 했을 뿐만 아니라 주민들과 손을 잡고 이사쿠아 부화장을 시애틀의 대표적인 환경 교육장으로 탈바꿈시켰다. 그래서 탄생한 것이 바로 시민 단체 '이사쿠아 연어 부화장의 친구들'이다. 교육 프로그램을 돕는 자원 봉사자만 무려 65명에 이르고, 100여 개 단체와 기업이 동반 관계를 맺으며, 연어 과학 캠프 프로그램을 운영하고 있다.

세알트 추장이 언급한 '허드슨 베이 회사'는 캐나다에 본부를 두고 있는 국제적인 도매업 그룹(HBC)으로 성장했지만 19세기 중엽만 해도 인디언들과 모피를 교환하는 소규모 회사에 지나지 않았다. 자급자족의 생활 방식에 익숙한 인디언들에게 이 회사는 큰 의미가 있었다. 세알트 추장이 "나는 당신들이 우리 지역에 온 것이 기쁩니다. 우리 인디언들은 아는 것이 거의 없고, 보스턴과 조지 왕의 신민들인 당신들은 모든 일을 할 줄 알기 때문입니다."라고 말하는 까닭이 바로 여기에 있다. 세알트 추장은 백인들에게 담요를 비롯하여 총, 도끼, 옷, 담배 등이 필요하다고 말한다. 또 백인들에게 자신들의 물건과 교환할 테니 밀가루와 설탕 같은 물건을 만들어 달라고 부탁하기도 한다.

세알트 추장이 백인들에게 도끼와 담배를 부탁했다는 것은 조금 이상하게 들린다. 인디언들에게 도끼는 나무를 자르고 전쟁을 하는 데 아주 중요한 연장이요 무기였다. 'bury the hatchet(싸움을 끝내는 데 동의하다)'라는 관용어는 옛날 인디언들이 전쟁을 끝낸 뒤 화해의 몸짓으로 도끼를 땅에 묻은 데서 유래한다. 그들에게 도끼는 백인들의 소총처럼 아주 중요한 무기였다. 이러한 사정은 담배도 크게 다르지 않아서 북아메리카 인디언들은 예로부터 담배 연기를 신성하게 생각하였다. 그래서 신령한 의식을 거행할 때는 들판에 자라는 담배를 뜯어 말려 세이지와 섞은 다음 말아 피워서 연기를 사방에 내뿜어 몸과 주위를 정결하게 하였다. 담배를 뜻하는 '토바코'는 '토마토'나 '카누'처럼 인디언 토박이말에서 온 말이다.

인디언 원주민들에게 담요, 총, 옷, 밀가루, 설탕 등은 아주 소중한 물품이었음에 틀림없다. 물론 푸에블로 족 인디언들이나 나바호 족 인디언들은 그들 나름대로 담요를 만드는 기술이 있었다. 나바호 족 여성들이 만든 담요 제품이 서유럽에 보급되며 높은 평가를 얻었다. 요즈음에도 '나바호 러그'는 벽에 걸어 두는 예술품으로 인기가 높다. 그러나 직조기로 만든 백인들의 담요는 보온성이 무척 뛰어나 인디언들이 좋아하는 품목에 속하였다. 인디언들은 보온성이 뛰어난 백인들의 옷을 원하기도 하였다. 총은 재래식 무기였던 활이나 창보다 훨씬 효율적이었다. 또한 옥수수를 주식을 삼고 있던 인디언들에게 밀가루와 설탕은 사치품이었다.

문제는 인디언들이 문명사회의 물건에 익숙해지면서 원주민들의 생활 방식도 눈에 띄게 달라지게 시작했다는 데 있었다. 특히 젊은 세대들은 전통적인 문화에서 멀어진 채 백인들의 생활 방식에 점차 동화되어 가기 시작하였다. 술을 마시는가 하면 방탕한 생활을 일삼기도 하였다. 그래서 많은 인디언 추장들은 기회가 있을 때마다 후손들이 백인들의 생활 풍습을 답습하지 말고 자신들처럼 자연과 더불어 살면서 인디언 전통을 고수해 나가기를 간절히 바랐던 것이다.

나는 대자연의 아들이다

나는 대자연의 드넓은 들판에서 태어났다! 나무들이 나의 어린 팔다리를 보호해 주었고, 푸른 하늘이 나의 머리를 덮어 주었다. 나는 대자연의 자녀 중 하나다. 나는 언제나 자연을 존경해 왔다. 자연은 나의 영광이 될 것이다. 자연의 표정도, 옷도, 이마 주위에 걸린 화환도, 계절도, 늠름한 참나무도, 상록수도 — 대지 위의 머리카락이며 고수머리 — 이 모든 것 때문에 나는 대자연을 영원히 사랑하지 않을 수 없다.

그래서 대자연을 바라볼 때마다 나의 가슴은 기쁨으로 용솟음치고 솟아올라 대양의 해변에 부딪치는 파도처럼 부서진다. 나의 손을 잡아 준 그분에게 기도를 드리고 찬미할 때면 말이다. 온갖 부(富)가 흘러넘치는 궁전에서 태어난다는 것은 엄청난 일일 것이다. 그러나 대자연의 드넓은 들판에서 태어난다는 것은 훨씬 더 엄청난 일이 아닌가!

여기저기 황금 기둥이 서 있는 대리석 궁전에서 태어나는 것보다 머리 위에 드넓은 창공이 펼쳐 있고 숲에는 나무들이 거대한 팔을 벌려 나를 보호해 주는 곳에서 태어나는 것이 훨씬 더 영광스럽다! 대자연은 여전히 대자연으로 남아 있을 테지만 궁전은 언젠가는 허물어 폐허가 될 것이 아닌가.

그렇다, 나이아가라 폭포는 지금부터 수천 년의 세월이 지난 뒤에도 여전히 나이아가라 폭포로 남아 있을 것이다! 그 이마에 덮고 있는 화환인 무지개는 태양이 있고 강물이 흐르는 한 영원히 떠 있을 것이다. 하지만 예술 작품은 아무리 조심스럽게 다루고 보존하더라도 언젠가는 낡아 한 줌의 흙으로 변하고 말 것이 아닌가?

오지브와(Ojibwa)족 인디언 조지 코프웨이(George Copway, 1818~1869년)의 말이다. 인디언 작가 중에서도 그는 가장 널리 읽힌 작가다. 그는 선조 대대로 추장을 지낸 집안에서 온타리오에서 태어났다. 뒷날 선교사가 되어 종교 텍스트를 번역하기도 하였다.

오지브와 족은 미국과 캐나다에 살던 인디언 원주민 부족이다. 미국에서는 나바호 족과 체로키 족에 이어 세 번째로 인구가 많으며, 북아메리카 전체를 통틀어서도 크리크(Creek) 족에 이어 네 번째로 인구가 많다. 흔히 '치페와(Chippewa) 족'이라고도 부른다. '오지브와'라는 말은 '주름을 댄 가죽신(모카신)'을 뜻한다. 가죽신 윗부분에 다른 가죽으로 주름을 잡아 봉합하여 신을 만드는 풍습이 있어 그런 이름을 얻었다.

오지브와 족은 북아메리카 대륙 동북부 지역에 살던 부족들과 마찬가지로 백인 개척자들에게 땅을 빼앗기고 점차 서부로 이주하였다. 1730년대에는 슈피리어 호수를 비롯하여 휴런 호수와 이리 호수 주변에 삶의 터전을 마련하였다. 코프웨이가 나이아가라 폭포를 언급하는 까닭도 여기에 있다. 미국 뉴욕 주와 캐나다 온타리오 주 국경을 이루는 나이아가라 폭포는 이리 호에서 흘러나온 나이아가라 강이 온타리오 호로 들어가는 도중에 만들어진 폭포로 '천둥소리를 내는 물'이라는 뜻의 '오니가라(Onigara)'라는 인디언 말에서 왔다. 실제로 나이아가라 폭포 소리는 천둥소리처럼 엄청나서 트럼본 7만 6000개 정도가 동시에 울리는 것과 같은 효과를 낼 수 있다고 한다.

마이클 윌리엄 발페(Michael William Balfe, 1808~1870년)의 오페라 「보헤미아의 소녀(Bohemian Girl)」 2막에 나오는 「나는 대리석 궁전에 사는 꿈을 꾸었네」가 떠오른다. 오페라는 많은 사람의 뇌리에서 잊혔지만 이 아리아만은 조수미가 불러 유명해졌다. "나는 대리석 궁전에 사는 꿈을 꾸었어요./ 하인들이 내 옆에서 시중을 들었죠./ 하지만 꿈속에서 내가 무엇보다 행복했었던 것은/ 당신이 여전히 나를 사랑하고 있었다는 거예요." 아리아의 주인공 아를린은 그녀의 연인 타테우스에게, =화려한 대리석 궁전에 산 것이 아니라 연인이 여전히 자신을 사랑하고 있다는 것이 무엇보다도 행복했다고 꿈 이야기를 한다.

코프웨이는 대리석으로 으리으리하게 지은 궁전에서 태어난 것보다 대자연 속에 태어난 것이 기쁘다고 말한다. 대자연 자체가 그에게는 편안한 주거 공간이다. 그에게는 대리석과 황금으로 화려하게 장식한 궁전보다도 훨씬 소중한 집이다. 머리 위에 걸려 있는 푸른 하늘은 지붕이고, 숲 속의 나무들은 그의 팔과 다리를 보호해 주는 옷이다. 나이아가라 폭포 위에 걸려 있는 무지개는 궁전 벽에 걸려 있는 어떤 그림이나 조각품보다도 더 화려하다.

크리 족 노파의 예언에서 백인들의 탐욕 때문에 시냇물에는 물고기가 죽고, 공중에 날던 새들이 땅에 떨어지게 되며, 물은 검게 변하고, 나무들이 더 이상 살지 못하는 때가 오게 될 것이라고 했다. 그때가 되면 원시 부족의 관습과 신화, 전설을 간직해 온 사람들, '무지개 전사'들이 나타나 백인들이 더럽힌 땅을 건강하게 회복시킬 것이다. 무지개는 나이아가라 폭포라는 아리따운 여성이 이마에 걸치고 있는 화려한 화환일 뿐만 아니라 병든 지구를 되살리는 희망의 구원자인 셈이다.

인디언들에게 대자연은 소중한 주거 공간일 뿐만 아니라 그들처럼 생명체를 지닌 인간이다. 대자연은 표정도 짓고, 옷도 입으며, 이마에 아름다운 화환으로 장식하기도 한다. 쾌청한 날이면 대자연은 활짝 웃음을 웃는 것이고, 구름이 낀 날이면 우울한 표정을 짓는 것이다. 비바람이 몰아치면 슬프고 괴로운 표정을 짓는 것이다. 대자연이 입는 옷이란 계절 따라 피고 지는 온갖 아름다운 꽃과 나뭇잎일 것이다. 우리말로 옮기는 과정에서 놓치고 말았지만 코프웨이는 대자연을 3인칭 여성 대명사 'she'로 언급한다.

더구나 대자연은 인간이 만든 궁전과는 달리 좀처럼 세월의 풍화작용을 받지 않는다. 자연은 처음이나 끝이나 똑같은 상태로 남아 있기 마련이다. 코프웨이는 "대자연은 여전이 대자연으로 남아 있을 테지만 궁전은 언젠가는 허물어 폐허가 될 것이 아닌가."라고 말한다. 그러면서 나이아가라 폭포의 이마에 걸쳐 있는 화환이라고 할 무지개는 하늘에 태양이 떠 있고 강물이 흐르는 한 영원히 변치 않고 걸려 있을 것이라고 말한다. 비 온 뒤에 개었을 때나 비가 오기 직전 태양을 등지고 섰을 때 나타나는 무지개는 인디언들에게는 그들의 신이 준 아름다운 선물일 것이다.

대초원에 떠돌며 살고 싶어라

평화 조약 위원회 여러분, 당신들은 우리의 불만을 듣기 위하여 먼 길을 왔습니다. 내 마음은 기쁘고, 그래서 당신들에게 아무것도 숨기지 않겠습니다. 나는 당신들이 우리를 만나기 위하여 이곳에 오고 있다는 것을 알고 있었습니다. 나 또한 전쟁을 좋아하는 하는 사람들에게서 떠나 당신들을 만나기 위해서 이곳에 왔습니다. 키오와 족과 코만치 족은 그동안 전쟁을 하지 않았습니다. 당신들이 우리를 만나러 온다는 소식을 들었을 때 우리는 멀리 남쪽 지방에 있었습니다. 샤이엔 족은 당신들과 전쟁을 해 온 부족입니다. 그들은 모든 사람이 볼 수 있도록 밝은 대낮에 싸웁니다. 내가 싸웠어도 어두운 밤이 아닌 밝은 대낮에 싸웠을 것입니다.

2년 전, 나는 하니 장군, 샌본 장군, 레븐워스 대령과 리틀 아칸소 입구에서 평화 조약을 맺었습니다. 나는 그 평화 조약을 단 한 번도 깨뜨린 일이 없습니다. 봄이 되어 목초가 자라기 시작할 때 많은 병사들이 무리를 지어 산타페 길을 따라 왔습니다. 나는 잘못한 일이 아무것도 없었기 때문에 두려운 생각도 없었습니다. 키오와 족과 코만치 족과 아라파호 족의 추장들이 모두 오늘 이 자리에 와 있습니다. 그들은 좋은 소식을 듣기 위해서 온 것입니다. 우리는 당신들을 만나기 위하여 오랫동안 이곳에서 기다려 몸이 피곤합니다.

아칸소 강 남쪽 땅은 하나같이 키오와 족과 코만치 족 인디언의 땅이었습니다. 나는 이 땅 중 어느 부분도 넘겨주고 싶지 않습니다. 나는 이 땅과 들소를 사랑하고 그들과 헤어지지 않을 것입니다. 당신들은 내가 하는 말을 잘 들어주기 바랍니다. 내 말을 종이에 기록해 주십시오. '위대한 아버지'에게 그것을 보여 주고, 그가 하는 말을 나에게도 전해 주시기 바랍니다. 또한 당신들은 키오와 족과 코만치 족이 싸우고 싶지 않다는 사실, 우리가 조약을 맺은 이후로 한 번도 전투를 한 적이 없다는 사실을 알아주기 바랍니다. 나는 '위대한 아버지'가 우리에 보낸 신사들로부터 좋은 이야기를 많이 들었습니다. 하지만 그들은 입으로 뱉은 말을 한 번도 실행에 옮기는 법이 없습니다. 나는 이 땅 안에 어떤 '메디신 로지'도 원하지 않습니다. 나는 우리 아이들이 내가 자란 것처럼 그렇게 자라기를 바랄 뿐입니다.

내가 일단 평화 조약을 맺으면, 그 조약은 영원히 지속됩니다. 우리는 당신들의 선물에 대하여 감사하게 생각하고 있습니다. 모든 추장들과 용사들이 기뻐하고 있습니다. 그들은 당신들이 원하는 대로 행할 것입니다. 그들은 당신들이 나름대로 최선을 다하고 있다고 알고 있기 때문입니다. 나와 그들 역시 최선을 다할 것입니다. 내가 보니 여러분들은 모두 대단한 추장들입니다. 당신들이 이 지역에 있는 동안은 우리는 편안한 마음으로 잠자리에 들 것이며, 조금도 두려워하지 않을 것입니다.

당신들이 우리를 산 근처의 한 보호 구역에 정착시키려고 한다는 이야기를 들었습니다. 나는 정착하고 싶지 않습니다. 대초원을 떠돌아다니고 싶습니다. 대초원에서 우리는 자유와 행복을 느끼지만, 정착을 하면 우리는 얼굴이 창백해져서 그만 죽고 말 것입니다. 나는 창과 활과 방패를 내려놓았지만 당신들 곁에 있으니 안전하다고 생각합니다.

나는 진실을 말했을 뿐, 눈곱만큼도 숨기거나 거짓을 말하지 않았습니다. 하지만 평화 조약 위원회들은 어떨지 잘 모르겠습니다. 그들도 나만큼 솔직합니까? 오래전에 이 땅은 우리의 선조들에게 속해 있었습니다. 그러나 일어나 강가로 가 보니 강둑 양쪽에 병사들의 진영이 보입니다. 이 병사들은 우리 나무들을 잘라 내고, 들소를 마구 죽입니다. 그 광경을 보고 있자니 내 가슴이 그만 찢어질 것만 같습니다. 그리고 너무나 마음이 아픕니다.

키오와 족 인디언 추장 사탄타(흰 곰)가 1867년 10월에 '메디신 로지 크리크(Medicine Lodge Creek)' 회의에서 스페인 어로 한 연설이다. 본디 '메디신 크리크'란 북아메리카 대륙의 인디언들이 주술적이고 종교적인 예식을 위하여 지은 목조 건물이다. '메디신 로지 크리크'은 미국 정부와 대평원 지역에 살던 인디언들 사이에 평화 조약을 맺은 곳으로 오늘날 캔자스 주 지역이다. 여기서 '위대한 아버지'란 에이브러햄 링컨 대통령 후임으로 임명된 앤드루 존슨 대통령을 말한다. 사탄타 추장이 이 연설을 한 장소에는 5000여 명의 인디언들과 평화 조약을 위한 미국 정부 행정 위원, 언론인, 통역 들이 참석한 것으로 알려져 있다.

'대초원의 웅변가'라는 별명이 붙을 만큼 그는 웅변술이 아주 뛰어났다. 그는 조약을 맺기 위하여 찾아온 미국 정부 행정관들에게 단호하게 자신의 입장을 밝혔다. 사탄타는 몇 년 뒤 미국 정부가 서부로 철도를 확장하려 하자 이에 맞서 싸운 것으로 유명하다. 그가 서부 철도 건설을 반대하는 것은 키오와 족의 식량인 들소가 영향을 받기 때문이었다. 사탄타는 윌리엄 셔먼 장군이 평화 조약을 맺자고 한 속임수에 빠져 체포당하는 신세가 되었다. 텍사스 주 감옥에 갇힌 그는 자살로 삶을 마감하였다.

북아메리카 대륙 인디언 역사에서 메디신 로지 조약(Medicine Lodge Treaty)은 중요하다. 미국 정부는 인디언 원주민들에게 행정관들을 파견하여 평화 조약을 맺어 더 이상 이 지역에서 피비린내 나는 전투를 중지하자고 설득하였다. 그런데 백인들이 노리는 것은 인디언들을 이 지역에서 몰아내고 자신들이 평화롭게 살려는 것이었다. 사탄타의 말대로 아칸소 강 남쪽에 위치한 드넓은 땅은 키오와 족과 코만치 족의 땅이었다. 세 차례에 걸쳐 미국 정부와 남부 대평원 인디언 부족 사이에 체결된 조약 때문에 이 지역에 살던 인디언들을 백인 거주지와 멀리 떨어진 인디언 보호 구역으로 이주해야 하였다. 드넓은 땅을 백인들에게 모두 내어 주고 인디언들이 쫓겨난 곳은 오늘날의 오클라호마 주의 척박한 지역이었다. 보호 구역으로 이주하여 편안히 살라는 백인들의 말은 얼핏 그럴 듯해 보이지만, 실제로는 보호 구역 안에서 강제로 갇혀 사는 창살 없는 감옥살이와 다름없었다.

미국 정부가 파견한 평화 조약 위원회 위원들의 인디언 보호 구역 제안에 대하여 사탄타 추장은 "나는 정착하고 싶지 않습니다. 대초원을 떠돌아다니고 싶습니다."라고 단호하게 말한다. 오랫동안 키오와 족 인디언들은 대초원에서 들소를 잡고 살아 왔기 때문이다. 사탄타는 대초원에서는 자유로움과 행복을 만끽할 수 있지만 한 장소에 정착하여 살게 되면 그만 죽고 말 것이라고 한다. 대초원을 떠돌며 자유롭게 살아온 인디언들을 가둬 두는 것은 야생 짐승을 집이나 농장에 가두어 놓고 사육하는 것이나, 박새나 매 같은 야생조를 붙잡아 새장에 가두어 놓고 기르는 것과 크게 다르지 않을 것이다.

인디언 보호 구역에 대하여 좀 더 자세히 언급할 필요가 있다. 폴 리비어와 레이더스(Paul Revere & the Raiders)가 불러 크게 히트한 팝송 「인디언 보호 구역」은 인디언들의 애환을 더욱 널리 알리는 데 이바지하였다. "그들은 체로키 땅 전부를 빼앗아 갔네./ 우리를 이 보호 구역에 처박아 두고/ 우리의 생활 방식 , 돌도끼/ 그리고 활과 칼마저 가져가 버렸네." 이 노래 가사처럼 인디언들이 빼앗긴 것은 땅만이 아니었다. 토착 언어를 비롯하여 전통적인 삶의 방식마저 모두 잃어버렸다. "우리의 모국어도 빼앗고/ 우리 아이들에게 영어를 가르쳤네./ 그리고 우리가 손으로 꿴 구슬들은/ 지금은 일본에서 만들어 내고 있다네."

19세기 중엽 미국 정부가 '명백한 운명'이라는 깃발을 내걸고 서부로 진출하면서부터 개척민과 원주민 인디언 사이에 활시위처럼 긴장이 팽팽해지면서 관계가 극도로 악화되었다. 인디언들은 백인들의 서부 개척에 걸림돌이 되었기 때문에 특정 지역에 이주시켜 살게 하려고 하였다. 그래서 1860년대 후반 율리시스 심프슨 그랜트(Ulysses S. Grant, 1822~1885년) 대통령은 이러한 갈등을 해결하기 위한 방안으로 공식적으로는 평화 정책 추구를 내걸었다. 이 정책에는 인디언들의 주거지를 새로 마련한 땅으로 재배치하고 인디언 업무를 재정비하는 내용이 포함되어 있었다. 1851년, 미국 의회는 마침내 오늘날 오클라호마 주에 있는 인디언 보호 구역을 설정하기 위하여 이른바 '인디언 전유법(專有法)'을 통과시켰다.

현재 인디언 보호 구역은 미국 국무부의 인디언 정책국이 관리하고 있다. 미국에는 30여 개의 인디언 보호 구역이 있다. 그러나 원주민 부족들에게 그들만의 보호 구역이 있는 것은 아니다. 어떤 부족에게는 둘 이상의 보호 구역이 있는가 하면, 또 다른 부족에게는 자신들의 보호 구역이 아예 없기도 하다. 인디언 보호 구역은 줄잡아

23만 제곱킬로미터로 미국 전체 영토의 2.3퍼센트를 차지한다. 이 보호 구역 안에서 각 부족은 한정된 주권을 행사할 수 있고, 법에 따라 인디언 보호 구역 안에서는 관광객 유치를 목적으로 합법적으로 카지노 등을 세워 운영할 수 있다.

미국의 원주민들은 조상들이 백인 이주민에게 고통받고 탄압받은 대가로 여러 이권을 독점적으로 누려왔다. 그들은 자치 그룹을 조성하여 주류 판매 같은 수익성 높은 사업을 운영하고 있지만 이중에서 가장 효자 노릇을 하고 있는 것은 카지노다. 한때 포커 테이블 몇 개와 담배 연기가 자욱한 빙고 홀이 고작이었던 인디언 카지노는 이제 골프 코스와 스파, 최고급 레스토랑들을 갖추고 있을 정도다. 캘리포니아 주에만 200여 개에 이르는 인디언 보호 구역이 있다. 이중 50여 개 보호 구역에서 자체 리조트와 카지노를 운영하고 있다. 그들은 인디언 보호 구역 카지노를 '제2의 화이트 버펄로(들소)'라고 부른다. 옛날 대초원을 누비던 들소처럼 황금 알을 낳는 고부가 가치 사업으로 각광을 받고 있기 때문이다.

그러나 인디언 보호 구역의 카지노는 여러 부작용을 낳고 있다. 폭력과 마약, 자살 등 온갖 사회악이 들끓는 곳이기도 하다. 옛날 인디언들은 자식들에게 직접 물고기를 잡아 주는 것이 아니라 물고기를 잡는 방법을 가르쳐 주었다. 백인들이 진정으로 인디언들의 생활을 도와주려고 했다면 카지노 사업으로 손쉽게 돈을 벌게 해 주기보다는 스스로 노력하여 일어설 수 있는 방법을 가르쳐 줬어야 했을 것이다.

백인들은 인디언들을 보호 구역으로 이주시키면서 집을 비롯하여 헛간과 학교 같은 건물과 편의 시설을 제공해 주었다. 인디언들이 요구한 것은 아니었다. "나는 이 땅 안에 어떤 '메디신 로지'도 원하지 않습니다. 나는 우리 아이들이 내가 자란 것처럼 그렇게 자라기를 바랄 뿐입니다."라고 말하는 대목을 눈여겨봐야 한다. 메디신 로지란 인디언들에게는 주술적이고 종교적 의식을 거행하는 목조 건물로 백인들에게는 학교나 간단한 의료 시설을 뜻하였다. 사탄타는 키오와족 인디언의 자손들이 백인의 생활 방식을 받아들이지 않고 전통적인 원주민 생활 방식에 따라 살기를 바랄 뿐이었다.

"이 병사들은 우리 나무들을 잘라 내고, 들소를 마구 죽입니다. 그 광경을 보고 있자니 내 가슴이 그만 찢어질 것만 같습니다. 그리고 너무나 마음이 아픕니다." 사탄타는 연설을 마친다. 나무에 대한 인디언들의 애정은 아주 각별하였다. 인디언들은 나무에게도 영혼이 있다고 믿었기 때문이다. 백인 개척자들이 그들의 터전을 황량한 벌판으로 만들 때 목숨을 걸고 싸웠던 것도 나무를 지키기 위한 이유도 큰 몫을 하였다. 그래서 어쩔 수 없이 나무를 잘라야 할 때는 나무에게 음식을 대접하여 위로를 하거나 제사를 지낸 뒤에야 잘랐다. 어떤 부족은 아예 도끼를 사용하여 나무를 자르지 않고 오래전부터 날마다 "너를 땔감으로 쓸 것이니 너는 곧 죽게 된다."라는 말을 들려주었다. 나무는 그 말을 듣고 서서히 죽음을 맞이할 준비를 한다는 것이다.

나무만이 아니다. 인디언들은 모든 생명체를 소중하게 생각하였다. 이 우주에 살아 있는 모든 생명체를 인간을 위한 도구나 수단이 아니라 동반자로 간주하였다. 들소에 의존하여 살아가야 하는 대초원의 원주민들에게 들소는 무엇보다도 소중할 것이다. 세알트 추장의 말을 다시 떠올리는 것이 좋을 것이다. “당신들의 운명은 우리에게는 알 수 없는 신비입니다. 들소가 모두 살해당할 때 어떤 일이 일어날까요? 야생마가 모두 길들여진다면요?” 대초원에 자유롭게 뛰놀던 들소가 살해당하고 야생마들이 인간들에게 길들여진다면 생태계의 균형이 깨지고 인간의 삶도 위협받게 될 것이다.

8월

•

모든 일을
잊게 하는 달

독수리가 까마귀가 될 필요는 없습니다

나는 홍인종입니다. 만약 위대한 정령이 내가 백인이 되기를 원했다면 그분은 무엇보다도 먼저 나를 그렇게 만드셨을 것입니다. 그분은 당신의 가슴에 어떤 소망과 계획을 주셨고, 나의 가슴에는 그와 다른 소망을 주셨습니다. 모든 사람은 저마다 옳습니다. 독수리가 까마귀가 될 필요는 없습니다. 우리는 가난합니다. …… 하지만 우리는 자유롭습니다. 어떤 백인도 우리가 걷는 길을 간섭할 수는 없습니다. 만약 우리가 죽어야 한다면 우리는 우리 권리를 옹호하면서 죽겠습니다.

라코타의 한 부족인 훙크파파 수(Hunkpapa Sioux) 족 인디언의 추장이요 의술인인 시팅 불의 연설이다. 타탕카 이오타케 또는 타탕카 요탕크라고도 부른다. 그의 이름을 흔히 '앉아 있는 황소'로 번역하지만 엄밀히 말하면 '소를 주저앉힌 사나이'라는 뜻이다. 그는 서 있는 황소를 주저앉힐 정도로 무척 힘이 셌다고 전해진다. 시팅 불은 다른 어떠한 대초원 인디언들보다도 관대함을 비롯한 용기, 인내, 백인 침입에 대한 저항 등 인디언의 미덕을 고루 갖춘 인물로 꼽힌다. 성격이 워낙 신중하고 차분하여 한 번도 혈기를 부린 적이 없고 지나친 정도로 침착하여 '느림보(Slow)'라는 별명이 붙었다.

19세기 후반의 미국 역사를 잠깐 살펴볼 필요가 있다. 남북 전쟁이 북군의 승리로 끝나고 1870년대에 접어들면서 백인들은 수 족이 살던 지역을 차지할 기회를 호시탐탐 노리고 있었다. '블랙 힐스(Black Hills, 검은 언덕)' 지역에 사냥감과 땔감이 풍부하여 인디언들은 오래전부터 이곳을 중요한 삶의 터전으로 삼았다. 그러던 중 이 지역에서 금이 발견되자 미국 정부는 남북 전쟁의 영웅인 조지 암스트롱 커스터(George Armstrong Custer, 1839~1876년) 장군을 급파하였다.

그러나 시팅 불은 1876년 '태양 춤(Sun Dance)' 축제 때 백인 군대에 대한 승리를 보여 주는 계시를 받았다. 이해 6월 리틀 빅혼에서 백인들과 큰 전투가 벌어졌다. 그는 이 전투에서 3500명밖에 안 되는 수 족과 샤이엔 족의 전사들을 지휘하여 커스터 장군이 지휘하던 미국의 제7기병대를 궤멸시켰다. 수 족은 미국 군대와의 전투에서 여러 차례 승리했지만 결국 완전한 승리를 거둘 수는 없었다.

시팅 불은 마침내 1877년 5월 추종자들을 이끌고 국경을 넘어 캐나다로 건너갔다. 미국과 외교적인 갈등을 빚게 되자 캐나다 정부는 시팅 불 일행을 냉대하였다. 시팅 불은 굶주림과 헐벗음 때문에 미국 정부에 항복하지 않을 수 없었다. 7월 몬태나 부포드 요새에 항복한 뒤 그는 얼마 동안 전쟁 포로 취급을 받았다. 1890년에 미국 정부는 시팅 불을 체포하기 위하여 인디언 경찰과 군인을 파견하고, 그는 자신의 통나무집에서 인디언 경찰의 총에 맞아 최후를 맞이하였다.

이 연설에서 시팅 불은 인종의 다양성, 문화의 다양성에 대하여 말하고 있다. 하느님이 백인들을 창조한 의도가 있듯이 초월적인 존재자인 '위대한 정령'이 홍인종을 창조한 의도가 있을 것이다. 홍인종은 홍인종대로, 백인종은 백인종대로 나름의 존재 이유가 있다는 말이다. 시팅 불의 문화 다원주의적 생각은 "모든 사람은 저마다 옳습니다. 독수리가 까마귀가 될 필요는 없습니다."라는 말에서 단적으로 엿볼 수 있다.

백인 개척들과 비교하여 인디언 원주민들이 가난하다는 것은 크게 문제가 되지 않는다. 백인들은 물질적으로 부유할지는 몰라도 마음이나 정신은 가난하기 때문이다. 백인들이 북아메리카 대륙에 도착하기 전까지 인디언들은 물질적으로는 궁핍할지 몰라도 정신적으로는 하늘을 높이 나는 독수리처럼 자유롭게 살아왔다. 시팅 불은 이러한 자유를 지키기 위하여 온갖 위협을 무릅쓴 채 백인들과 투쟁하였다. 그는 "어떤 백인도 우리가 걷는 길을 간섭할 수는 없습니다."라고 말하면서 "만약 우리가 죽어야 한다면 우리는 우리 권리를 옹호하면서 죽겠습니다."라고 천명하였다. 커스터 장군과 그 기병대에 맞서 싸운 리틀 빅혼 전투는 이러한 투쟁의 일부에 지나지 않았다.

그는 미국 정부에게 최후로 항복한 수 족 인디언이었던 것이다.

'눈물의 길(Trail of Tears)'은 1831년 촉토 족의 강제 이주와 관련하여 처음 사용된 뒤 백인들의 인디언 탄압과 학대의 은유로서 사용되고 있다. 1830년 미국 정부가 제정한 인디언 이주법에 따라 북아메리카 대륙에 살고 있던 원주민 부족들은 정부가 정한 특정 지역으로 옮겨 살아야만 하였다. 촉토 족을 비롯하여 머스코지 족, 세미놀 족, 치카소 족, 체로키 족 등이 조상 대대로 살아오던 미국 남동부 지역을 등지고 미시시피 강 서부 지역으로 이주해야 하였다. 물론 기존 지역에 계속 남아서 백인들과 동화되는 길을 택한 원주민들은 그들이 속한 주에서 미국 시민권을 받았다. 서쪽 인디언 준주로 강제로 이동하는 과정에서 원주민들은 추위와 질병, 배고픔으로 무척 큰 고통을 받았을 뿐만 아니라 미처 목적지에 닿기 전에 사망하였다.

친구들이여, 다시 봄이 왔도다

보라, 나의 친구들이여, 새봄이 왔도다. 대지는 태양의 포옹을 기쁘게 맞이하였다. 이제 머지않아 우리는 그 사랑의 결실을 보게 될 것이다. 씨앗 하나하나가 잠에서 깨어나고, 짐승들도 모두 잠에서 깨어날 것이다. 우리가 존재하는 것도 바로 이 신비스러운 힘 때문이다. 그러므로 우리는 우리의 이웃들에게, 또 우리의 또 다른 이웃인 짐승들에게도 우리처럼 이 대지를 차지할 똑같은 권리를 주어야 한다.

친구들이여, 내 말을 잘 들으라. 이제 우리는 또 다른 사람들을 상대해야 한다. 우리 선조들이 처음 그들을 만났을 때 그들은 수효도 적고 연약한 사람들이었지만 지금은 수효도 많고 거만해졌다. 참으로 낯설게도, 그 사람들은 땅에 쟁기질을 할 생각을 하고, 땅을 소유하려는 욕심이 마치 질병과 같다. 그 사람들은 규칙을 많이 만들었는데 부자들은 그 규칙을 지키지 않아도 되지만 가난한 사람들은 반드시 지켜야만

한다! 그들에게는 가난한 사람들은 숭배하지만 부자들은 숭배하지 않는 종교가 있다! 심지어 그 사람들은 가난하고 힘없는 사람들한테서 십일조를 받아 부자들과 지배자들의 배를 채운다. 그 사람들은 우리의 어머니인 대지를 자신들이 차지하겠다고 권리를 주장하면서 이웃들이 다가오지 못하도록 울타리를 둘러친다. 그리고 건물을 짓고 쓰레기를 버려 어머니의 얼굴을 더럽힌다. 그 사람들은 제철이 아닌데도 곡식을 생산하도록 강요한다. 곡식을 생산하지 않으면 약을 먹여 또 다시 생산을 강요한다. 이 모든 일은 신성모독적인 행위가 아닌가.

이 나라는 마치 봄철 홍수와 같다. 홍수가 강둑으로 넘쳐 흘러가면서 모든 것을 집어삼킨다. 우리는 이제 나란히 함께 살아갈 수가 없다. 겨우 7년 전 그들은 우리와 들소가 사는 지역을 영원히 우리에게 남겨주겠고 조약을 맺었다. 그런데 그 사람들은 그 땅마저 내어 놓으라고 협박하고 있다. 내 형제들이여, 우리는 그들에게 굴복해야 하는가? 아니면 우리는 그들에게 "내 어머니의 땅을 빼앗기 전에 우리를 먼저 죽여라!"라고 말해야 하는가?

시팅 불이 파우더 리버 인디언 회의에서 한 연설로 그의 타고난 시적 재능이 유감없이 표현되었다. 첫 단락에서는 기나긴 겨울이 지나고 새봄이 온 것을 기뻐하며 이 축복을 인간뿐만 아니라 짐승 같은 피조물도 함께 나눠야 한다고 말한다. 짐승들도 인간처럼 대지를 차지하고 그곳에서 자양분을 얻으며 살아갈 권리가 있다는 것이다. 시팅 불은 인간과 짐승 사이에서도 이럴진대 백인 개척자들은 동료 인간인 인디언들과 대지를 함께 나누지 않고 독차지하려 한다고 한탄한다.

'또 다른 사람'이란 바로 백인 개척자들이다. '얼굴 흰 사람들'과 같은 의미다. 17세기 초엽 청교도들이 북아메리카 대륙에 처음 도착했을 때 백인들은 "수효도 적고 연약한 사람들"이었다. 그러나 200여 년이 지나자 수효도 많아졌을 뿐만 아니라 원주민을 대하는 태도도 고압적이고 폭력적으로 변해 버렸다.

시팅 불은 동료 인디언들에게 백인들의 생활 방식을 도무지 이해할 수 없다고 말한다. 땅에 쟁기질을 하여 농사를 지을 뿐만 아니라 땅을 돈을 주고 사고팔 수 있다고 생각하기 때문이다 또한 백인들은 병적으로 '어머니인 대지'를 소유하려는 욕심이 많다. 계절이 맞지 않는데도 곡식들을 생산해 내라고 땅을 윽박지르는가 하면, 땅이 곡식을 생산할 힘을 잃었는데도 쉬게 하지 않고 계속해서 농약을 뿌리며 생산을 강요한다. 시팅 불은 이러한 백인들의 행위를 두고 '신성모독적인 행위'라고 못 박는다. 어머니 대지를 백인들이 섬기는 하느님처럼 거룩한 초월적 존재로 간주한다.

마지막 단락에 이르러 시팅 불은 백인들이 자신들과 조약을 맺어 들소가 사는 지역을 영원히 남겨 주겠다는 약속을 하고서 지키지 않았다고 밝힌다. 라코타 족 인디언들에게 들소는 중요한 식량이었다. 잇따른 백인들의 침입과 서부 횡단 철도 건설로 들소가 급속히 사라져 갔다. 먹을 것이 없어지자 시팅 불을 따르던 부족들이 하나둘씩 백인에게 항복하고 보호 구역으로 들어갔던 것이다.

시팅 불이 연설의 첫 머리에서 말하는 '태양'에 다시 주목할 필요가 있다. 북아메리카 대륙에 살아온 원주민 부족들에게 태양은 각별한 의미가 있었다. 마을에서 목청이 큰 사람이나 부족의 어른들은 새벽이 밝아 오기 훨씬 전에 젊은이들과 아이들을 잠에서 깨웠다. 일찍 마을 근처의 냇가에 가서 목욕을 하고 나서 태양을 맞이할 수 있도록 하기 위해서였다. 병에 걸려 몸을 제대로 움직이지 못하는 사람들도 아침 시간에는 반드시 강으로 데려가 몸을 씻기고 하루 일과를 시작하였다. 마침내 동쪽 하늘에서 둥근 아침 해가 떠오르면 남녀노소를 가리지 않고 모든 인디언들은 그 자리에 멈춰 서서 기도를 올렸다. 그렇게 하는 것이 곧 몸과 마음의 건강을 유지하는 길이라고 굳게 믿고 있었기 때문이다. 인디언들에게 태양은 흔히 할아버지로 의인화되었다.

전사들은 모두 어디로 갔는가?

얼굴 흰 사람들이 지킨 조약을 우리 얼굴 붉은 사람들이 어긴 적이 있는가? 지금껏 단 한 번도 없다. 우리와 함께 맺은 조약을 얼굴 흰 사람들이 지킨 적이 있는가? 단 한 번도 없다. 내가 어렸을 때 이 세상은 수 족 인디언의 것이었다. 태양은 수 족 인디언의 땅에서 떴다가 졌다. 인디언들은 전쟁이 일어나면 수만 명이 말을 타고 전쟁터로 나갔다. 그런데 그 전사들은 지금 모두 어디로 갔는가? 누가 그들을 죽였는가? 우리 땅은 지금 어디에 있는가? 누가 그 땅을 차지하고 있는가?

어떤 얼굴 흰 사람이 내가 그의 땅을 뺏고 그의 돈을 한 푼이라도 훔쳤다고 말할 수 있는가? 그런데도 그들을 나를 보고 도둑놈이라고 부른다. 백인 여자가 포로로 잡혀 있을 때 혼자 있다고 내가 그 여자를 한 번이라도 모욕한 적이 있는가? 그런데도 그들은 나를 타락한 인디언이라고 부른다. 어떤 백인이 내가 술에 취하여 비틀거리는 것을 본

적이 있는가? 굶주린 배를 움켜쥐고 나를 찾아와 그냥 허기진 배로 돌아간 사람이 있는가? 내가 내 아내들을 때리거나 내 아이들을 학대하는 것을 본 사람이 있는가? 지금껏 내가 어긴 법이 있는가? 내가 나의 것을 사랑하는 것이 잘못이란 말인가? 내 피부가 붉은 것이 죄란 말인가? 내가 수 족 인디언이기 때문에, 내가 조상이 살던 곳에서 태어났기 때문에, 또 내가 내 부족과 내 나라를 위해 목숨을 바치려 한다고 하여 죄가 된단 말인가?

시팅 불은 백인들이 인디언들과 맺은 약속을 저버리고 인디언들이 대대로 살아온 땅을 빼앗으려 했다고 말한다. 그들이 살던 대초원은 해가 뜨는 동쪽에서 해가 지는 서쪽에 이르기까지 무척 드넓었다. 그러나 백인이 이렇게 드넓은 땅을 차지하기 위하여 평화 조약을 깨뜨린 채 전쟁을 일으키고는 하였다. "그 전사들은 지금 모두 어디로 갔는가?", "누가 그들을 죽였는가?", "우리 땅은 지금 어디에 있는가?", "누가 그 땅을 차지하고 있는가?"라는 수사적 의문에서 그동안 인디언들이 겪어 온 고통과 비극을 훨씬 더 실감나게 느낄 수 있다.

시팅 불은 백인들의 무책임한 언행에 대해, 백인들이 자신을 두고 '도둑놈'이니 '타락한 인디언'이니 하고 부르는 것은 어불성설이라고 밝힌다. 자신은 남의 땅을 한 뼘도 빼앗은 적이 없고, 포로로 잡힌 백인 여성을 능욕한 적도 없으며 오히려 백인 개척자들이 길을 잃고 배고파 찾아오면 배불리 먹여 보냈던 것이다. 시팅 불은 계속하여 만약 자신에게 죄가 있다면 자신이 속한 수 족을 위하여 목숨을 바쳐 싸운 죄밖에는 없다고 잘라 말한다. 또한 그가 술에 취하여 비틀거린 적도 없고 아내들을 때리거나 아이들을 학대한 적이 없으며 법을 어긴 적이 없다고 말하는 것은 백인들이 그런 짓을 한다는 사실을 에둘러 말하는 것이다.

백인들은 도대체 왜 시팅 불을 그렇게 부정적으로 묘사하려고 하였을까? 인디언 사회에서 그가 차지하는 위치가 아주 높고 비중이 몹시 크기 때문이었다. 그의 위신을 떨어뜨려 동료 인디언들에 대한 영향력을 줄이자는 속셈이었던 것이다.

이제는 한 뼘의 땅도 내줄 수 없다

형제들이여, 얼굴 흰 대추장(大酋長)이 보낸 대리인들, 인디언 담당국 직원들, 소인배들과 혼혈아들, 통역자들, 그리고 백인들한테서 배급을 받아먹고 살아가는 추장들 때문에 우리는 또 다시 혼란에 빠졌다. 이번에 그들은 우리에게서 무엇을 원하는가? 우리 부족의 넓은 땅덩어리를 내어 달라고 요구하고 있다. 이것이 처음도 아니고 마지막도 아니다. 그들은 우리의 마지막 땅뙈기까지 다 빼앗아 갈 것이다.

우리가 자신들의 소원을 들어주기만 하면 많은 것을 해 주겠다고 그들은 또 다시 감언이설을 늘어놓고 있다. 우리가 그들에게 땅을 내주고 한 푼이라도 받은 적이 있는가? 전혀 그런 적은 단 한 번도 없다. 우리가 전에 받은 조약문에는 온갖 약속이 기록되어 있다. 그들은 우리가 지금 소유하고 있는 땅에서 평화롭게 살게 해 줄 것이고, 새로운 삶의 방식을 보여 줄 것이며, 심지어 죽어서 천당에도 갈 수 있게 해 주겠다고 약속하였다. 그러나 우리는 그 약속이 지켜지기만을 기다리다가 죽어 가고 있다.

그런데도 또 다시 얼굴 흰 대추장의 대리인들이 그럴듯하게 포장한 말로 서류를 갖고 와서 우리한테 내밀고 있다. 그 서류에는 우리가 바라는 것은 모두 무시한 채 그들이 원하는 것만 적혀 있다. 그런 식으로 그들은 우리를 이 땅에서 내쫓으려 하고 있는 것이다. 우리 부족은 지금껏 장님처럼 속아서 살아왔다. 어떤 사람들은 그 사람들의 제안을 좋게 생각하지만 우리의 아이들과 자손들을 걱정하는 사람들은 더 멀리 미래를 내다보고 그들의 제안을 단호히 거절해야만 한다. 지금까지의 경험으로 미루어보건대 얼굴 흰 대추장은 사기꾼임이 밝혀졌다.

그러므로 나는 우리 부족들의 땅을 한 뼘도 얼굴 흰 대추장에게 양보할 생각이 없다. 만일 내가 우리 땅의 한 귀퉁이라도 얼굴 흰 사람들에게 내어 준다면 그것은 우리의 아이들의 입에서 먹을 것을 빼앗는 것과 같다. 나는 그럴 짓을 할 생각이 전혀 없다. 그들은 우리에게 귀에 듣기 좋은 감미로운 좋은 말을 하고 있지만 일단 목적을 달성하고 나면 집으로 돌아가 우리와 한 약속 따위는 까마득히 잊어버릴 것이다. 얼굴 흰 사람들은 무엇이든지 잘 만들어 내지만 그것을 나누어 갖는 방법에 대해서는 잘 모르고 있다.

이 연설에서도 시팅 불은 백인들의 위선과 기만을 폭로한다. 문제는 백인들의 위선과 기만이 몇몇 사람에 그치지 않고 위로는 대통령에서 아래로는 그 밑에서 일하는 사람들에 이르기까지 아주 폭넓게 이루어진다는 데 있다. '얼굴 흰 대추장'이란 미국의 수도 워싱턴에 있는 대통령을 말한다. 이 무렵은 존 애덤스(John Adams, 1735~1826년) 대통령의 재임 기간이었다. 시팅 불은 미국 대통령을 '사기꾼'이라고 부른다. 또한 대통령이 보낸 대리인들을 비롯하여 인디언 담당국 직원들과 통역들도 인디언을 착취하는 데 한몫을 톡톡히 맡았다. 시팅 불이 말하는 '소인배들'이란 아마 미국 정부의 하수인들을 가리킬 것이다.

미국 정부 관리들은 인디언들에게 찾아와 "그럴듯하게 포장한 말로" 계약 서류에 서명을 하도록 설득하였다. 그러나 겉보기와는 달리 그러한 서류에는 백인들이 요구하는 내용만 적혀 있을 뿐 인디언들이 바라는 것은 모두 빠져 있다. 제대로 문자도 없는 인디언들로서는 백인들의 법률 조항에 무지할 수밖에 없었다. 시팅 불이 "우리 부족은 지금껏 장님처럼 속아서 살아왔다."라고 말하는 것도 무리는 아닌 듯하다. 오죽 하면 그는 이제 "나는 우리 부족들의 땅을 한 뼘도 얼굴 흰 대추장에게 양보할 생각이 없다."라고 잘라 말하겠는가.

원주민 인디언들을 속이고 땅을 빼앗으려고 한 것은 백인들에게만 그치지 않는다. 인디언들도 적잖이 이바지하였다. 백인과 원주민 사이에서 태어난 '혼혈아들'은 백인 편에 서서 인디언들의 배신하기 일쑤였다. '백인들한테서 배급을 받아먹고 살아가는 추장들'이란 구절은 자신이 속해 있는 부족을 저버리고 미국 정부에 항복하여 백인들의 도움을 받아 살아가고 있는 인디언들을 말한다. 한마디로 시팅 불은 온갖 불리한 상태에서 백인들에 맞서 선조들한테서 물려받은 땅을 지키기 위하여 싸워야 했던 것이다.

시팅 불이 온갖 희생을 감수하면서 그토록 땅을 지키려고 하는 데는 까닭이 있다. 지금 살고 있는 인디언들한테도 문제지만 앞으로 태어날 후손들이 더 큰 문제이기 때문이다. 그는 "우리의 아이들과 자손들을 걱정하는 사람들은 더 멀리 미래를 내다보고 그들의 제안을 단호히 거절해야만 한다."라고 말한다. '일곱 세대 사고'처럼 인디언들은 미래 세대에 무척 큰 희망을 품고 있었다. 시팅 불은 또 다른 연설에서 "나는 우리 후손의 이익을 위하여 미래를 내다보고 있다. 우리 땅을 잘 돌보아야 한다고 말하면서 내가 염두에 둔 것이 바로 그것이다."라고 말한다. "내 자손들은 이 땅에서 자랄 것이다. 내가 미래를 내다보는 것은 그들의 이익을 위해서고, 그들의 후손을 위해서고, 이후의 미래 세대를 위해서다."

나는 떡갈나무와 들소를 좋아한다

나는 이 땅을 한 조각도 당신들 얼굴 흰 사람들에게 팔 생각이 없다. 이 사실을 당신들이 알았으면 좋겠다. 또한 당신들이 우리 강가에 늘어서 있는 아름다운 나무를 자르지 않기를 바란다. 특히 떡갈나무를 말이다! 나는 떡갈나무를 가장 좋아한다. 떡갈나무를 바라보고 있노라면 삶의 외경심을 느낄 수 있기 때문이다. 그 나무들은 한겨울의 매서운 바람과 여름의 폭염을 꿋꿋이 견뎌 내기 때문이다. 그 나무들도 우리처럼 자신들의 힘으로 꿋꿋이 살아왔다.

저쪽 기슭의 들소들은 이제 얼마 시간이 지나지 않아 사라지라는 사실을 우리는 잘 알고 있다. 왜 그러할까? 그곳은 이미 피로 물들어 있기 때문이다. 들소들은 끝없이 죽임을 당하고 이 땅에서 내몰리고 있다. 얼굴 흰 사람들은 우리가 들소를 잡는다고 불평한다. 다른 짐승들도 그렇듯이 우리가 들소를 잡는 이유는 먹이와 옷을 얻기 위한 것이고, 우리의 집을 따뜻하게 하기 위해서다. 하지만 당신들은 무엇 때문에 들소를 죽이는가? 이 나라 전역을 돌아다녀 보라. 대초원마다 썩어 가는 들소 시체로 가득하지 않은가! 당신의 젊은이들은 재미 삼아 들소를 사냥한다. 들소를 죽여 그들이 가져가는 것이라고는 기껏 긴 꼬리나 머리, 뿔 정도다. 자신들이 들소 사냥을 했다는 사실을 과시하려는 것이다. 도대체 어찌 그러한 행동을 한단 말인가? 그러한 행동은 강도짓과 다름없지 않은가! 당신들은 우리를 야만인이라고 부르는데 그렇다면 들소를 재미 삼아 죽이는 그들은 도대체 어떠한 사람들이란 말인가? 들소들이 북쪽 지역으로 떠나 버렸기 때문에 우리도 온갖 기만이 난무하는 곳을 떠나 들소들을 따라 이곳 북쪽까지 왔던 것이다.

시팅 불이 떡갈나무를 좋아하는 까닭은 그 견고한 나무에서 삶의 교훈을 배울 수 있기 때문이다. 모양새도 꽃도 볼품없어도 떡갈나무는 단단하기로 유명하다. 시팅 불의 말대로 떡갈나무는 "한겨울의 매서운 바람과 여름의 폭염을 꿋꿋이 견뎌 내기" 마련이다. 그래서 시인들이 떡갈나무를 즐겨 노래하였다. 빅토리아 시대 시인인 테니슨의 「떡갈나무」를 보자. "인생을 살되/ 젊거나 늙거나/ 저 떡갈나무처럼 살라./ 봄에는 눈부신 황금빛으로// 여름에는 무성하고/ 그러고 나서/ 가을이 찾아오면/ 은근한 빛을 지닌/ 황금빛으로 다시.// 마침내 나뭇잎이/ 다 떨어진 그때/ 보라, 벌거벗은 채/ 줄기와 가지뿐/ 그 적나라한 그 힘을." 시팅 불은 떡갈나무를 바라보며 온갖 회유와 폭력에 조금도 굴하지 않는 강인한 정신을 읽었는지 모른다.

시팅 불이 들소를 좋아하는 것은 떡갈나무를 좋아하는 것과는 또 다른 이유에서다. 들소는 인디언들의 의식주에서 없어서는 안 될 필수품이었다. 고기는 먹이로 삼고, 가죽으로는 옷을 해 입고 티피를 짓는 데 사용하였다. 시팅 불은 이렇게 소중한 들소가 북아메리카 대륙의 대초원에서 멸종되고 있다고 한탄한다. 백인들은 소총으로 들소를 살해한 뒤 전리품처럼 꼬리나 뿔, 머리 정도만 취해 갈 뿐이다. 시팅 불은 그러한 행동이 '강도짓'과 다름없다고 말한다. 그러면서 백인들이 인디언들을 '야만인'이라고 부르는데 과연 누가 더 야만적이냐고 따져 묻는다.

이솝 우화의 한 토막이 연상된다. 아이들은 장난삼아 무심코 연못에 돌을 던지지만 그 돌에 맞는 개구리로서는 생사의 문제가 달려 있다. 백인들은 장난삼아 들소를 쏘아 죽이지만 들소가 다니는 곳을 따라 거주지를 옮길 수밖에 없는 인디언들로서는 생계가 달려 있는 아주 심각한 문제인 것이다.

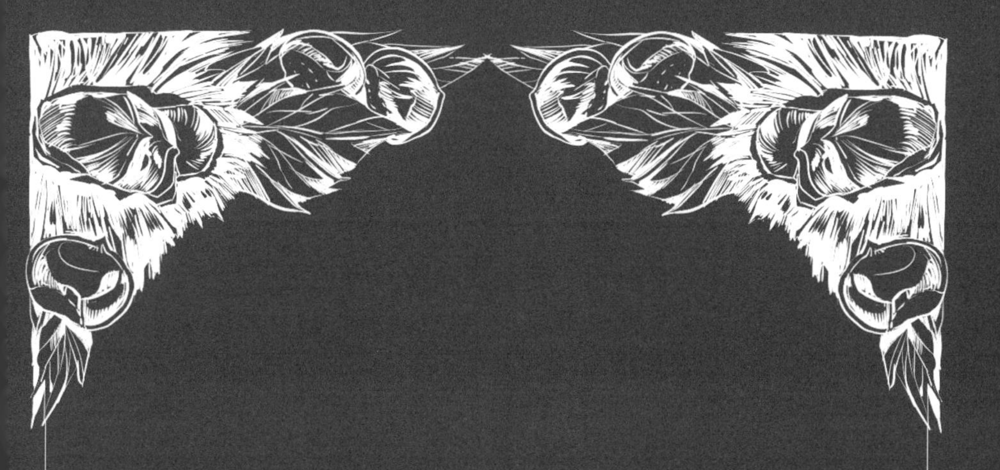

9월

•

익지 않은 밤을 따는 달

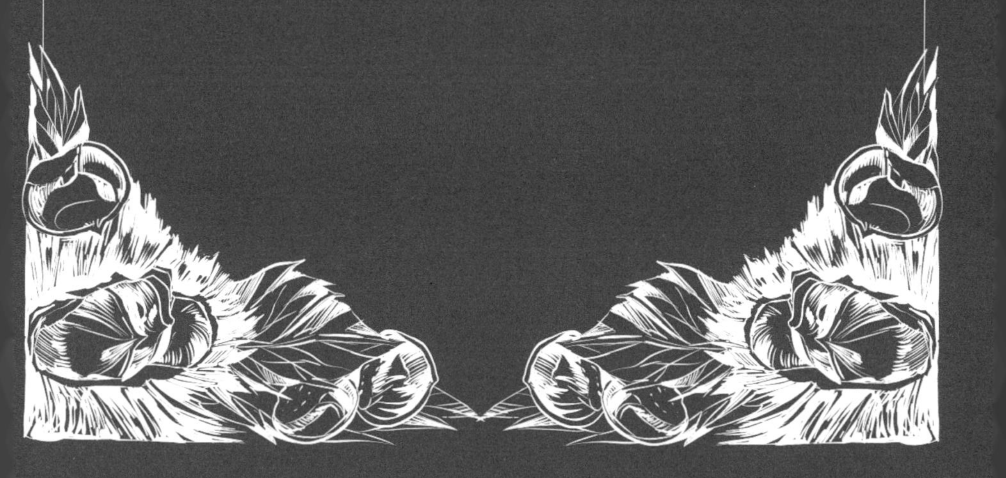

백인들의 삶은 노예의 삶이다

나는 이미 오래 살았으며 꽤 많은 것들을 보았다. 그리고 내가 해 온 행동에는 하나같이 그럴 만한 이유가 있었다. 살면서 내가 해 온 행동에는 하나같이 분명한 목적이 있었다. 누구도 내가 사실을 외면하거나 분별없이 생각했다고 비난할 수 없다.

나는 독립적인 수 부족의 마지막 추장 중 한 사람이며, 부족 사이에서 내가 차지하고 있는 위치는 나보다 앞서 내 조상들이 차지하고 있었다. 만약 이 세상에서 내게 주어진 위치가 없다면 나는 이 세상에 존재하지 않을 것이다. 그리고 내가 존재한다는 사실 때문에 나는 내가 소유하고 있는 영향력을 행사할 수 있다. 나는 어떤 목적을 달성하기 위하여 이 세상에 태어났다는 사실에 만족한다. 그렇지 않다면 도대체 왜 내가 이 세상에 있겠는가?

이 땅은 위대한 정령이 우리를 이곳에 태어나게 하면서 우리에게 주셨기 때문에 우리에게 속해 있다. 우리는 마음대로 자유롭게 이 땅을 오가면서 우리 방식대로 살아왔다. 그런데 다른 땅에 속한 백인들이 우리에게로 와서는 자신들의 생각에 맞게 살라고 강요하고 있다. 이러한 행동은 옳지 않다. 우리는 백인들에게 우리가 사는 방식대로 살라고 강요할 생각을 한 번도 해 본 적이 없다.

백인들은 식량을 얻기 위하여 땅을 파헤치는 것을 좋아한다. 우리 부족 사람들은 우리 선조들이 그랬듯이 들소를 사냥하는 것을 더 좋아한다. 백인들은 한곳에 머물러 사는 것을 좋아한다. 그러나 우리 부족은 티피를 들고 여기저기 다른 사냥터를 찾아 이동하고 싶어 한다. 백인들의 삶은 노예의 삶이다. 그들은 도회지나 농장에 수인(囚人)처럼 갇혀 살아간다. 우리 부족이 원하는 삶은 자유로운 삶이다. 백인들이 집이며 철도며 옷과 음식을 누리고 살고 있다. 그러나 그 어느 것 한 가지도 탁 트인 야외를 자유롭게 돌아다니면서 우리 방식대로 살아가는 특권만큼 그렇게 훌륭하다고 생각해 본 적이 한 번도 없다. 왜 우리가 당신의 병사들 때문에 피를 흘려야만 하는가?

보라! 당신들의 병사들은 우리 땅에 이렇게 금을 긋고는 우리더러 그 안에서 살라고 명령하였다. 그들은 우리에게 먹을 것을 주었고 병이 들면 의사를 보내 주었다. 그들은 이제부터는 우리가 일을 할 필요도 없이 살아갈 수 있다고 하였다. 하지만 우리더러 오직 이쪽 방향으로만 가야 한다고, 오직 저쪽 방향으로만 가야 한다고 말하였다. 그들은 우리에게 고기를 주었지만 우리한테서 자유를 빼앗아 가 버렸다. 백인들은 우리가 원하는 것을 많이 가지고 있지만 우리가 무엇보다도 가장 좋아하는 한 가지를 가지고 있지 못하다. ― 그것은 다름 아닌 자유다. 설령 백인들이 가진 모든 것을 가지게 될지라도 나는 자유로운 인디언으로서의 특권을 포기하기보다는 차라리 티피에서 살면서 사냥감이 없을 때는 고기 없이 사는 쪽을 택할 것이다. 우리가 보호 구역 경계선을 넘어 이동하자 당신들의 병사들이 우리를 추격해 왔다. 그들은 우리 마을을 공격했고, 그래서 우리는 그들을 모두 죽여 버렸다. 만약 당신들의 집이 공격당한다면 당신들은 어떻게 할 것인가? 당신들도 용감하게 맞서 집을 지킬 것이다.

1881년 시팅 불은 사우스다코타 주 포트 랜달에서 전쟁 포로로 잡혀 수감되었다. 이듬해 백인 저널리스트와의 면담에서 이루어진 연설이다. 수 족 인디언 추장으로 백인들에 맞서 싸우면서 느낀 감회를 솔직하게 술회한 것으로 보는 쪽이 옳을 것이다.

여기에서도 시팅 불은 문화 다원주의나 상대주의를 언급한다. 백인들이 갑자기 나타나 북아메리카 대륙에 오랫동안 살아온 인디언들에게 자신들의 삶의 방식을 강요하는 것은 옳지 않다는 것이다. 굴러온 돌이 박힌 돌을 빼내는 격이고, 손님이 주인을 몰아내고 안방을 차지하는 격이다. 백인들에게 나름의 생활 방식이 있듯이 인디언들에게도 나름의 생활 방식이 있다는 논리다. 백인들이 정착민이라면 원주민들은 유목민이다. 백인들이 농사를 지으며 살아간다면 원주민들은 들소를 사냥하여 살아간다. 또 백인들이 목조 건물이나 벽돌 건물에 산다면, 인디언들은 이동이 간편한 티피에 산다. 시팅 불은 여전히 자신들의 삶의 방식이 백인들의 삶의 방식보다 더 낫다고 생각한다. 백인들은 도회지나 농장이라는 감옥에 갇혀 살아가는 죄수와 다름없기 때문이다. 백인들의 의식주나 교통수단이 아무리 편리해도 자신들의 자유로운 삶에는 미치지 못한다는 것이다.

시팅 불은 땅에 네모 칸을 그려 보이면서 인디언 보호 구역에 대하여 말한다. 백인 병사들이 인디언 땅에 금을 긋고는 그들에게 그 테두리를 벗어나지 말고 오직 그 안에서만 살라고 명령했다는 것이다. 백인들은 먹을 것을 주고 병이 들면 의사를 보내 주면서 굳이 사냥할 필요도 없이 편안하게 살아가라고 하였다. 그러나 대초원을 마음대로 누비며 살아온 자유로운 영혼에게 인디언 보호 구역은 그야말로 창살 없는 감옥과 다름없다. 시팅 불은 그들에게 정녕 필요한 것은 편안한 의식주가 아니라 드넓은 들판을 마음대로 누빌 수 있는 자유라고 역설한다.

신대륙의 식민지 정부가 독립을 쟁취하는 데 활약한 영국의 정치 철학자 토머스 페인(Thomas Paine, 1737~1809년)은 "자유 아니면 죽음을 달라!"라고 외치며 프랑스 혁명과 미국 독립 전쟁에 몸을 바쳤다. 시팅 불도 마찬가지로 부르짖었을 법하다.

아니오, 절대 아니오

오늘날 피쿼트 족은 어디에 있는가?

나라간세트 족은? 모히칸 족은? 포카노케트 족은?

한때 막강했던 우리 부족들은 어디에 있는가?

그들은 백인들의 탐욕과 억압 앞에서 사라져 버렸다.

마치 한여름 태양에 눈이 녹아 버리듯이 말이다.

이번에는 아무 저항 없이 우리가 파괴될 것인가?

우리 집을 포기해야 할 것인가?

위대한 정령한테서 물려받은 우리 땅을

우리 선조의 무덤을

그 밖에 우리에게 소중하고 신성한 모든 것을 포기해야 하는가?

나는 그대들이 나와 함께 이렇게 외칠 것임을 잘 알고 있다.

"아니오, 절대 아니오!"라고 말이다.

쇼니(Shawnee) 족 인디언 추장 테쿰세(유성, 하늘을 가르는 표범)의 연설이다. 미국 독립 전쟁과 북서 인디언 전쟁의 전쟁터였던 오늘날의 오하이오 주에서 태어나 자랐다. 그는 인디언 중에서 가장 용맹하고 혜안을 지닌 지도자로 꼽힌다. 인디언들은 말할 것도 없고 백인 개척자들로부터도 존경과 함께 두려움의 대상이었다. 테쿰세는 광범위하게 인디언 부족 연합을 이끌었던 인물로 유명하다. 테쿰세의 동생인 텐스콰타와도 토착 원주민 고유의 삶의 방식으로 돌아갈 것을 부르짖었던 종교적 지도자였다.

테쿰세는 피쿼트(Pequot) 족을 비롯한 나라간세트(Narragansett) 족, 모히칸(Mahican) 족, 포카노케트(pokanoket) 족을 언급하고 있지만 북아메리카 대륙에 살아온 인디언 부족은 열거할 수 없을 만큼 많았다. 2000여 부족이 넘는 원주민들이 소규모 부족 집단을 형성하여 흩어져 살고 있었다. 부족의 수가 많다는 것은 곧 전체 원주민의 수가 많다는 것과 같다. 크리스토퍼 콜럼버스가 신대륙에 도착했을 무렵 아메리카 대륙 전체에 적어도 1000만 명 넘는 원주민이 살고 있었다.

다양한 원주민 부족들은 17세기 초엽 백인 개척자들이 신대륙에 발을 디디며 조금씩 사라지기 시작하더니 불과 100~200년이 지나자 그 수가 급격히 줄어들었다. 테쿰세는 "한때 막강했던 우리 부족들은 어디에 있는가?"라고 물음을 던진 뒤 곧바로 "그들은 백인들의 탐욕과 억압 앞에서 사라져 버렸다."라고 대답한다. 대자연에서 태어나 자란 아들답게 테쿰세는 원주민 부족들이 "마치 한여름 태양에

눈이 녹아 버리듯이" 사라지고 말았다고 말한다. 또 다른 연설에서 그는 백인들이 밀물처럼 밀려드는 바람에 원주민 인디언들이 "고향에서 쫓겨나 추풍낙엽처럼 흩어져 버릴" 것이라고 한탄한 적이 있다.

유럽의 이주민들이 북아메리카 대륙에 온 뒤로 원주민의 90퍼센트가량이 죽었다. 백인들은 강력한 무기와 문명의 이기를 방패 삼아 경제 발전과 산업화의 이름으로, 또는 기독교 전파와 문명화의 깃발을 내걸고 원주민을 무자비하게 억압하고 착취하였다. 이 과정에서 인디언들은 그야말로 작열하는 여름 태양 아래의 눈처럼, 강풍에 떨어지는 가을 낙엽처럼 대륙에서 자취를 감추고 말았던 것이다.

테쿰세는 백인들이 온갖 회유와 협박으로 인디언의 땅을 빼앗으려고 할 때마다 강하게 반발하였다. 백인 개척자들에게 북아메리카 대륙의 땅은 소유의 대상일지 모르지만 오랫동안 이곳에 살아온 인디언들에게는 삶의 터전이요 소중한 집이었다. 또한 '위대한 정령'한테서 물려받은 땅일뿐더러 그들의 선조들이 묻혀 있는 성스러운 곳이기도 하였다. 테쿰세는 자신들에게 이렇게 "소중하고 신성한 모든 것"을 포기할 수 없다고 항변하는 것이다. 위 연설문을 읽노라면 그가 백인을 향하여 낭랑한 목소리로 "아니오, 절대 아니오!"라고 힘주어 외치는 소리를 직접 듣는 듯하여 숙연한 기분마저 든다.

나는 쇼니 족이다

나의 선조들은 용맹스러운 전사들이었다. 그들의 자손들 역시 용맹스러운 전사들이다. 나는 선조들로부터 내 존재를 받았을 뿐 내 종족에게서 어떤 것도 취하지 않는다. 나는 스스로 내 운명을 개척한 사람이다. 우주를 다스리는 정령을 생각할 때, 오, 내 종족과 내 조국의 운명을 마음속의 생각만큼 위대하게 만들 수 있다면 얼마나 좋을까? 그러면 내가 해리슨 주지사에게 가서 그 약정서를 찢어 버리고 땅의 경계를 지워 버리라는 말 대신에 "선생님, 당신은 당신 나라로 돌아갈 자유가 있습니다."라고 말할 수 있을 텐데 말이다. 지난 과거의 모든 세대와 소통하는 내 마음속의 존재가 나에게 말한다. 저 옛날에, 아니 최근까지도 이 북아메리카 대륙에 백인은 없었다. 그리고 이 땅은 같은 부모에서 태어난 자손이며 그들을 만드신 위대한 정령이 이 땅을 지키고 뛰어다니며 이 땅에서 나는 것을 먹고 마시고 온 땅을 같은 종족으로 채우라고 이곳에 데려다 놓은 인디언들에게 속한 땅이다. 우리는 행복한 종족이었다. 그러나 결코 만족할 줄 모르고 계속 우리 땅을 잠식해 오는 백인들 때문에 불행해지고 말았다. 이런 악한 일을 저지하고 중단시키는 방법, 그 유일한 방법은 모든 인디언이 일치단결하여 이 땅에 대한 동등한 권리를 주장하는 것이다. 이 땅은 처음부터 그러했고 지금도 결코 나뉜 적이 없었다. 각 부족이 사용하도록 모두에게 속한 것이기 때문이다. 어느 쪽도 땅을 팔 권리가 없다. 심지어는 서로에게도 팔 권리가 없다. 하물며 이 땅 전부를 원할 뿐만 아니라 적은 부분으로는 만족할 줄 모르는 이방인에게는 더더욱 팔 수 없다. 인디언들이 처음 이 땅을 소유했고 이 땅이 우리 것이기 때문에 백인들은 인디언에게서 이 땅을 빼앗을 아무런 권리가 없다. 인디언들이 그 땅을 판다 하더라도 그것은 모두가 승인한 것이어야 한다. 모두가 동의하지 않은 어떤 거래도 효력이 없다.

최근의 거래는 조금도 옳지 않다. 그것은 어느 한쪽에만 유리한 일방적인 거래이기 때문이다. 인디언들은 어떻게 땅을 팔아야 할지를 잘 모른다. 모든 사람을 위한 거래는 모든 사람이 관여해야 한다. 모든 인디언은 점유되지 않은 땅에 대하여 동등한 권리가 있다. 점유권은 한 지역뿐만 아니라 다른 지역에서도 마찬가지로 유효하다. 똑같은 땅을 두 사람이 점유할 수는 없다. 처음 점유자가 다른 모든 사람의 권리를 배제하기 때문이다. 사냥터나 여행지는 같은 장소를 여러 사람이 쓸 수 있고 하루 종일 서로 다른 사람들이 함께 이동할 수 있기 때문에 사정이 다르다. 그러나 캠프는 고정된 것이기 때문에 점유권이 있다. 그것은 땅에 깔아 놓은 담요나 가죽 위에 먼저 앉은 사람에게 속하기 때문에 다른 어떤 사람도 권리를 주장할 수 없다.

1810년 8월에 테쿰세가 미국 정부가 사기와 기만에 가까운 계약으로 인디언의 사냥터를 빼앗은 것을 비난하며 인디애나 준주(準州) 주지사였던 윌리엄 헨리 해리슨(William Henry Harrison, 1773~1841년)에게 한 연설이다. 해리슨은 스스로 '독립 혁명의 아들'로 자처한 군인이요 정치가였다. 미국 정부는 해리슨 장군에게 1000명의 군대를 이끌고 인디언을 습격하도록 하였다. 해리슨은 1811년 11월 테쿰세가 다른 부족들을 방문하려고 캠프를 비운 사이 공격하여 큰 피해를 입혔다. 그는 마틴 밴 뷰런(Martin Van Buren, 1782~1862년)의 뒤를 이어 제9대 대통령이 된다.

대서양 연안에 살던 백인 개척자들이 점차 서쪽으로 계속 몰려오자 테쿰세는 백인들이 오하이오 강 서쪽으로 넘어오는 것을 막으려고 애썼다. 백인의 침략을 막을 수 있는 유일한 방법은 오직 모든 토착 종족이 똘똘 뭉쳐 인디언 연맹을 결성하는 것뿐이라고 생각하였다. 강을 사이에 두고 인디언들과 백인들의 경계를 확정 지으려고 한 테쿰세는 오늘날의 위스콘신 주에서 플로리다 주에 이르기까지 흩어져 있는 부족들을 차례로 방문하여 중서부와 남부의 인디언 부족의 연합체를 구성하는 데 온힘을 쏟았다. 해리슨 장군의 군대에 패

배한 테쿰세는 남은 인디언들을 데리고 영국군에 합류하여 미국 정부군에 맞서 싸우다가 1813년 10월에 해리슨이 이끄는 미국 정부군에 의하여 살해당하였다. 이로써 원대한 인디언 연방의 꿈은 산산조각으로 깨지고 말았다.

테쿰세가 시도한 인디언 연합은 영토를 서부로 확장시키려는 미국 정부에게 반(反)영국 정서를 불러일으키는 역할을 하였다. 이 무렵 미국의 정치가들은 인디언 연방이라는 것이 영국이 꾸며 낸 음모에 지나지 않는다고 판단하였다. 그래서 북아메리카 대륙에서 영국군을 완전히 쫓아내야 한다는 생각이 의회를 지배하게 되었다. 호전적이며 강력한 힘을 지니고 있던 하원의장 헨리 클레이(Henry Clay, 1777~1852년)의 주도로 제임스 매디슨(James Madison, 1751~1836년)은 재선 선거 운동 와중인 1812년 6월 영국에 전쟁을 선포하기에 이르렀다.

테쿰세는 위대한 정령이 북아메리카 토착민에게 삶의 소중한 터전으로 땅을 주었다고 말한다. 이 신성한 땅은 공동 재산으로 어떤 소수 부족이 백인들에게 매각하는 등 마음대로 처분할 수 없으며 인디언끼리도 땅을 사고팔 수 없다고 밝힌다. 그러므로 지금까지 각 인디언 부족들이 미국 정부를 상대로 맺은 모든 조약이나 협정이 무효라고 지적한다.

우리는 한 가족이다

형제들이여, 우리는 모두 한 가족의 구성원이다. 우리는 모두 위대한 정령의 자손들이다. 우리는 똑같은 길을 걷고, 똑같은 샘물에서 갈증을 달랜다. 이제 우리에게 가장 중대한 문제가 생겨 똑같은 모닥불을 피워 놓고 그 주위에 둘러앉아 파이프 담배를 피우며 회의를 해야 한다!

형제들이여, 우리는 친구다. 우리는 짐을 지기 위하여 서로를 도와야 한다. 백인들의 탐욕을 충족시키기 위하여 우리의 선조와 형제들이 피를 흘렸고, 그 피가 땅 위에 물처럼 흐르고 있다. 우리 자신도 지금 엄청난 악행의 위협을 받고 있다. 백인들은 우리 홍인종을 완전히 파멸시킬 때까지는 그 무엇으로도 마음을 달랠 길이 없을 것이다.

형제들이여, 백인들이 우리 땅에 처음 발을 디뎠을 때 그들은 배가 고팠으며, 담요를 깔거나 불을 피울 땅도 없었다. 그들은 힘이 약해 스스로 무엇 하나 할 수 있는 것이 없었다. 우리 선조들이 그들이 고통받는 것을 불쌍히 여겨 위대한 정령이 그의 홍인종 자녀들에게 베풀어 주신 것이 무엇이건 백인들에게 아낌없이 나눠 주었다. 배가 고플 때는 음식을 주었고, 아플 때는 약을 주었으며, 잠을 잘 수 있도록 짐승 가죽을 깔아 주었다. 그들이 사냥하고 곡식을 재배할 수 있도록 땅을 주었다. 형제들이여, 백인들은 독사와 같다. 몸이 차가우면 힘이 없고 해를 끼치지 않지만, 일단 온기로 따뜻해지면 은혜를 베풀어 준 사람들을 물어 죽인다.

백인들이 우리한테 왔을 때는 힘이 없었다. 그들을 강하게 만들어 주었더니 이제 늑대와 표범처럼 우리를 죽이거나 뒤쪽으로 내쫓으려고 한다.

형제들이여, 백인들은 인디언들에게 친구가 아니다. 처음에는 그들은 집을 지을 땅만 달라고 요구하였다. 그러나 이제 와서는 해가 뜨는 곳에서 해가 지는 곳에 이르기까지 우리 사냥터 전체를 주어야만 만족할 것이다.

형제들이여, 백인은 우리 사냥터 이상의 것을 요구한다. 그들은 우리 전사들을 죽이려 한다. 그들은 우리 노인들과 여자들, 어린아이들을 죽이려고 한다.

형제들이여, 아주 오래전 이 세상에는 땅이 없었다. 태양은 동쪽에서 뜨고 서쪽에서 지지 않았다. 모든 것이 흑암이었을 뿐이다. 위대한 정령이 만물을 창조하셨다. 그분은 백인들에게 대서양 건너 쪽에 집을 주셨다. 그분은 이 땅을 온갖 사냥감으로 가득 채워 홍인종 자녀들에게 주셨다. 또한 그분은 그 땅을 방어하도록 홍인종에게 힘과 용기를 주셨다. (중략)

형제들이여, 만약 당신이 우리와 연합하지 않는다면 백인들이 우리를 먼저 파멸시킬 것이다. 그러고 나면 당신들은 그들에 쉽게 희생될 것이다. 백인들이 많은 홍인종 부족을 파멸시킨 것은 서로 연합하지 않고 서로에게 친구가 되지 않았기 때문이다.

1811~1812년 겨울, 테쿰세가 오늘날의 미주리 주 서쪽과 뒷날 캔자스 주 남동부 지방 대초원에 살던 오세이지(Osage) 족 인디언들에게 한 연설이다. 이 부족의 이름은 미주리 강의 한 지류인 오세이지 강에서 따온 것이다. 오세이지 족에 대하여 일찍이 그들과 접촉한 선교사들은 "난폭하고 용맹하고 호전적인 부족"이라고 말하였다. 미국 작가 워싱턴 어빙(Washington Irving, 1783~1859년)은 오세이지 족 인디언들을 "내가 서부에서 본 인디언 중에서 가장 잘생긴 부족"이라고 평한 적이 있다.

테쿰세는 백인들의 침략을 막기 위해서는 인디언들이 하나같이 똘똘 뭉쳐야 한다고 주장한다. 물론 그동안 인디언들은 때로 부족 사이에 치열한 싸움을 벌여 온 것이 사실이다. 그러나 백인의 침략을 받고 있는 지금, 한데 뭉쳐 백인을 물리쳐야 한다고 부르짖는다. "우리는 친구다."라고 말하면서 테쿰세는 인디언들이 한데 뭉치지 않는 한

막강한 힘을 지닌 백인에 도저히 맞설 수 없다고 지적한다. 백인들은 단순히 인디언들의 사냥터를 빼앗는 것에 그치지 않고 더 나아가 인디언 종족 자체를 파멸시키려 하기 때문이다.

테쿰세는 한마디로 백인들을 배은망덕한 사람들이라고 칭한다. 그들이 굶주릴 때는 음식을 나눠 주었고, 병에 걸렸을 때는 약을 주었으며, 편안히 잠을 잘 수 있도록 짐승 가죽을 깔아 주었다. 또한 백인들이 사냥하고 곡식을 재배할 수 있도록 땅을 내어 주었다. 그런데도 백인들은 그런 고마움을 까맣게 잊은 채 이제 와서는 홍인종들을 멸종시키려고 한다고 말한다. 물에 빠진 사람을 건져 주니 봇짐을 내놓으라고 떼를 쓰는 격이다.

최소한으로 살아간다

우리는 사냥감을 활로 쏘아 잡았을 때는 몸통을 남김없이 모두 먹는다. 뿌리를 뽑거나 집을 세울 때는 땅에 구멍을 작게 판다. 메뚜기를 퇴치하려고 들판을 불태울 때도 결코 들판 전체에 불을 지르지는 않는다. 도토리나 솔방울을 떨어뜨릴 때도 가지만 흔든다. 나무를 통째로 베어 내지 않는다. 마른 나무를 주워서 사용할 뿐이다. 그런데 백인들은 땅을 갈아엎고, 나무들을 베어 내며, 살아 있는 것을 모두 죽인다.

"그만 둬요. 아파요. 나를 손상하지 말아요." 나무들은 부르짖고 있다. 그런데도 백인들은 나무를 벌채해서 여러 토막으로 자른다. 대지의 영혼은 그것을 증오하고 있다. 백인들은 나무들을 뽑아 없앰으로써 대지의 영혼을 마음 밑바닥으로부터 벌벌 떨게 하고 있다. 대지의 영혼은 백인을 사랑하지 않을 것이다. 백인의 손이 닿은 곳에서는 어디서나 대지의 영혼이 깊은 상처를 받고 있기 때문이다.

윈투(Wintu) 족 인디언 노파가 한 말로 전해진다. 윈투 족은 오늘날의 캘리포니아 주 북부 지역에 살던 부족이었다. 윈투 족은 자연에 대한 사랑이 남달랐다. 먹이로 짐승을 잡되 일단 잡은 짐승은 남기지 않고 모두 먹어 치운다. 백인들이 스포츠로 들소를 죽이는 것과는 하늘과 땅만큼 큰 차이가 난다.

동물뿐만 아니라 식물도 마찬가지다. 윈투 족 인디언들은 식물을 채취할 때는 뿌리를 살짝 뽑아 될 수 있는 대로 땅에 무리가 가지 않도록 한다. 천막집을 세울 때도 될 수 있는 대로 구멍을 작게 판다. 메뚜기를 퇴치할 때도 들판 전체에 불을 지르는 대신 특정 지역에만 불을 지른다. 도토리나 솔방울을 채취할 때도 가지를 자르는 대신 가지를 흔들어 떨어뜨릴 뿐이다. 식물처럼 광합성을 할 수 없는 인간은 어쩔 수 없이 식물이나 다른 동물을 먹고 살아갈 수밖에 없다. 그러나 살생을 최소한으로 줄여만 멸종되지 않고 계속 살아남아 있을 것이다.

윈투 족 인디언들은 나무에 대한 생각이 각별했다. 그들은 나무를 통째로 베어 내는 법이 없다. 나무가 필요할 때는 살아 있는 나무를 베는 대신 죽은 나무를 주워서 사용할 뿐이다. 나무들이 벌목하는 사람에게 "그만 둬요. 아파요. 나를 손상하지 말아요."라고 부르짖는다고 상상하는 장면은 참으로 놀랍다. 나무도 인간과 마찬가지로 감각이 있다고 본 것이다.

김성동(金聖東)의 「산란(山蘭)」이 떠오른다. 절에서 동자승으로 자라면서 온갖 궂은일을 하던 어느 날 능선은 염화실에서 결가부좌를 튼 채 벽을 향하여 좌선을 하고 있는 노승에게 잿빛 헝겊을 동여맨 왼손 검지를 내밀면서 이제 풀베기는 안 하겠다고 말한다. 노승이 "일일부작(一日不作)이면 일일불식(一日不食)이어늘, 일하지 않고 먹겠다 하느뇨?"라고 나무라자, 동자승은 세차게 고개를 흔들면서 "손가락이 아파요. 풀들은 …… 얼마나 아프겠어요?"라고 대꾸한다. 식물에 감각이 있다는 생각은 생태주의에 있어 아주 소중하고 값진 것이다.

10월

•

나뭇잎이 떨어지는 달

죽음은 전혀 두렵지 않다

죽음은 조금도 두려운 것이 아니었다. 우리는 단순하고 평온하게 죽음과 만났으며, 가족과 후손에게 마지막 선물이 될 수 있도록 명예롭게 최후를 맞기를 바랐다. 그래서 우리는 싸움터에서 죽기를 자청했으며, 개인적인 싸움에서 목숨을 잃는 것을 가장 큰 불명예로 여긴다.

집에서 죽음을 맞이할 때는 전통에 따라 마지막 순간에 침대를 집 밖의 마당으로 내간다. 우리의 영혼이 툭 트인 하늘 아래에서 떠나갈 수 있도록 하기 위해서다. 확실히 인디언들은 인간 영혼의 불멸성을 믿어 의심하지 않았다. 그렇다고 내세에서 좋은 상태나 조건을 얻기 위하여 안달하지도 않았다. 삶이 다하면 우리의 영혼은 처음 생명을 불어넣어 준 '위대한 신비'에게로 돌아가며, 그다음에는 육체로부터 자유로워져서 모든 곳에 있게 되고, 모든 자연물들 속에 널리 머물게 된다고 우리는 믿는다.

수 족 인디언 찰스 알렉산더 이스트먼(Charles Alexander Eastman, 1858~1939년), 또는 오히예사의 말이다. 미네소타 주 레드우드 폴스에서 태어난 그는 북아메리카 대륙 인디언 중 최초의 의사로 꼽힌다. 사학 명문인 다트머스 대학을 졸업하고 보스턴 대학에서 의학 수업을 받았다. 이스트먼은 미국 보이 스카우트와 캠프파이어 걸스 창단에 중요한 역할을 맡기도 하였다.

이스트먼은 인디언들에게 죽음이란 공포의 대상이 아니라 어디까지나 삶의 일부라고 말한다. 삶 속에 죽음이 있고, 죽음이 있기 때문에 삶이 있다는 것이다. 그들에게 삶과 죽음은 동전의 양면처럼 늘 붙어 있다. 삶 자체가 죽음을 향하여 가는 과정이다. 인디언들은 이러한 사실을 깨닫지 않고서는 삶을 제대로 살 수 없다고 생각한다. 이 점은 무신론적 실존주의자들의 생각과 맞닿아 있다.

인디언들은 침대에 누워 평안하게 삶을 마감하기보다는 전쟁터에서 적과 싸우다가 용감하게 죽기를 바란다. 집에서 죽음을 맞이할 때는 최후의 순간에 집 밖의 마당으로 침대를 옮겨 놓고 바깥에서 죽음을 맞으려 한다. 탁 트인 하늘 아래에서라면 영혼이 좀 더 자유롭게 긴 여행을 떠나갈 수 있기 때문이다. 기독교에서는 인간이 '흙에서 왔다가 흙으로 돌아간다.'라고 한다. 인디언들도 인간이 처음 왔던 상태로 다시 돌아가는 것이 곧 죽음이라고 여긴다. 차이가 있다면 인디언들은 그들의 영혼에게 처음 생명을 불어넣어 준 '위대한 신비'로 돌아간다고 믿는다. '위대한 신비(기치 마니투)'란 바로 수 족을 비롯한 다른 인디언들이 '와칸 탄카'라고 부르는 초월적 존재를 말한다. 죽으면 신한테도 돌아간 뒤 다시 육체로부터 자유로워져서 삼라만상에 머물러 있게 된다.

"인디언들은 인간 영혼의 불멸성을 믿어 의심하지 않았다." 북아메리카 인디언들은 눈에 보이는 현상계 너머에 또 다른 초월적 세계가 있다고 믿는다. 죽음이란 육신의 옷을 벗고 영혼이 저승으로 들어가는 것을 말한다. 그런데 저승이 없다면 어떻게 될까? 영혼은 갈 곳이 없어 마치 미아처럼 헤매고 있을 것이다. 저승이 있기 때문에 인간의 영혼은 저승에 갔다가 다시 이 세상에 돌아와 삼라만상 속에 머물러 있을 수 있는 것이다. 인디언들에게 죽음은 삶에 종지부를 찍은 것이 아니라 또 다른 형태의 영적인 삶을 새롭게 시작하는 것이라고 할 수 있다.

저승은 기독교에서 말하는 지옥과는 아주 다르다. 신약 성서 「누가복음」에는 선량한 거지인 나사로가 천국에 가서 어떤 사악한 부자가 지옥에서 고통 받는 것을 아브라함과 함께 바라보는 장면이 나온다. "그래서 그가 소리를 질러 말하기를 아브라함 조상님, 나를 불쌍히 여겨 주십시오. 나사로를 보내서, 그 손가락 끝에 물을 찍어서 내 혀를 시원하게 하도록 하여 주십시오. 나는 이 불 속에서 몹시 고통을 당하고 있습니다."(16장 24절) 4복음서에서 예수는 천국의 아름다운 모습보다는 지옥의 끔찍스러운 모습에 대하여 더 많이 언급한다.

인디언의 세계관에서 저승은 먼저 간 조상들이 살고 있는 곳이

기도 하다. 그곳에서 조상들과 함께 잠시 머물다가 다시 이 세상에 온다. 인디언들에게는 불교나 자니교, 특히 인도의 정통 사상인 브라만교나 힌두교에서 말하는 카르마(karma, 업)에 관한 관념이 없다. 그래서 죽음 뒤에 죄 값 때문에 벌레나 짐승으로 환생하지 않을까 두려워할 필요가 조금도 없다. 이스트먼이 "내세에서 좋은 상태나 조건을 얻기 위하여 안달하지도 않았다."라고 말하는 까닭이 바로 여기에 있다. 죽은 뒤에 나무가 되어도 좋고, 곤충이 되어도 좋고, 짐승이 되어도 좋고, 심지어 길가에 나뒹구는 돌이 되어도 좋다.

내 모든 친척들에게

이 거북 대륙에 사는 모든 원주민 부족들에게 공통된 말이 하나 있다. "우리 모두는 하나로 연결되어 있다."와 "내 모든 친척들에게"이다. 기도나 대화를 마칠 때 우리는 그 말로 끝을 맺는다. 지금까지 존재해 온 모든 생명체들, 그리고 앞으로 존재할 모든 생명체들, 동물, 새, 곤충, 풀, 약초, 나무, 바위, 공기, 물, 불, 흙까지도 모두가 인간과 똑같은 창조의 일부분이다. 우리는 영혼과 에너지에서 하나다. 우리 모두는 생명의 원에 연결되어 있다. 당신이 이 연결을 이해한다면 당신은 힘의 근원을 이해하게 될 것이다.

오네이다(Oneida) 족 인디언 와나니체의 말이다. 와나니체는 오네이다 족의 치료사로 알려져 있다. '똑바로 서 있는 돌의 사람들'이라는 뜻의 오네이다 족은 뉴욕 주에 기반을 둔, 이로쿼이 연합을 구성하는 여섯 미국 인디언 부족 중 하나이다. 그들은 스스로를 '하우데노쇼니(Haudenosaunee)', 즉 긴 집에 사는 사람들이라고 부르는데, 전통적으로 길쭉하게 지은 집에 살았기 때문이다. 역사적으로 오네이다 족은 14세기 등장한 뒤 뉴욕 중심부에 위치한 오네이다 호수와 오네이다 매디슨 카운티 근처 지역에 살았다. 미국 독립 전쟁 이후 그들은 땅의 절반을 미국 정부에 양도해야 하였으며, 다른 부족처럼 계속하여 땅을 빼앗겼다. 연방 정부의 압력에 못 이겨 대부분 18세기에 위스콘신으로 이주하였고, 영국군에 협력한 일부는 캐나다로 이주하였다.

"거북 대륙"이란 인디언들이 오랫동안 삶의 터전으로 삼아 온 북아메리카 대륙을 일컫는다. 이로쿼이 연합의 전설에 따르면 '하늘의 여성'이 온 땅이 물에 뒤덮여 있을 때 내려왔다. 온갖 동물이 땅을 만들려고 대양의 밑바닥까지 헤엄쳐 흙을 가져오려고 하였다. 사향쥐가 가까스로 흙을 긁어모아 거북이 등에 싣는 데 성공하고, 거북이 점차 땅이 되어 오늘날의 북아메리카 대륙이 되었다는 것이다. 많은 인디언 부족들을 비롯하여 원주민 권익을 부르짖는 사람들과 환경운동가들은 북아메리카 대륙을 '거북 섬'이라고 부른다. 세네카 족은 이 전설적인 거북을 '하누나(hah-nu-nah)', 일반 거북을 '하노와(ha-no-wa)'라고 부른다.

'거북 섬' 용어는 1970년대 생태주의 시인 게리 스나이더(Gary Snyder, 1930년~)가 에세이에서 사용하면서 널리 통용되기 시작하였다.

시 부문 퓰리처상을 받은 그의 시집이 『거북 섬(*Turtle Island*)』이다. 그는 이렇게 부르면 북아메리카 대륙과 원주민과 백인을 새롭게 바라볼 수 있을 것이라고 말한다. '거북 섬 사중단'이라는 재즈 현악 사중주단이 있는가 하면, 콩으로 주원료로 하는 식품 회사 '거북 섬 푸드'도 있다.

거북 섬에는 여러 원주민 부족이 흩어져 살고 있지만, 부족의 언어적 장벽을 뛰어넘어 공통으로 사용하는 표현이 있다. "우리 모두는 하나로 연결되어 있다."라는 '미타쿠예 오야신'은 다코타(Dakota) 족의 인사말이었지만 이제는 거의 모든 부족 사이에서 통용되다시피 하고 있다. "내 모든 친척들에게"도 '미타쿠예 오야신'을 조금 바꾼 것일 뿐이다.

인디언들의 세계관이나 생태 의식은 '미타쿠예 오야신'에 요약되어 있다고 하여도 그렇게 틀린 말이 아니다. 백인 개척자들이 야만인이나 미개인이라고 업신여기던 원주민들에게는 예로부터 백인들보다 한 수 높은 정신 문화가 있었다. 문명인으로 자처하는 서구인들이 이 단순하고 자명한 진리를 깨닫는 데 수백 년이 걸렸다. 그 사이 지구라는 행성은 이제 돌이킬 수 없을 만큼 망가지고 그 위에 살아가는 수많은 생물은 삶을 위협받고 있다. 모든 것이 하나로 연결되어 있다는 명제야말로 오늘날의 문명인들에게 가장 절실한 인사말일지도 모른다.

인간의 신체만 보아도 모든 것이 서로 깊이 연결되어 있다는 사실을 쉽게 알 수 있다. 인간의 몸에는 온갖 생물이 살며 인간과 공생하기도 하고 더러는 기생한다. 창자 속에 사는 대장균을 포함하여 100여 종이 넘는 박테리아를 '장내 세균'이라고 부른다. 우리 몸에서 만들어 내는 물질만으로는 섭취하는 온갖 음식물을 소화할 수 없고, 또 몸에 필요한 각종 물질을 모두 만들어 낼 수도 없다. 장내 세균은 사람이 섭취한 음식물을 먹는 과정에서 음식물의 분해를 돕고, 우리 몸에 필요한 온갖 효소와 영양분을 생산한다. 또 외부에서 들어온 세균이 번식하는 것을 방해해 질병을 막아 준다.

와나니체가 "우리 모두는 생명의 원에 연결되어 있다."라고 말하는 이유를 알 만하다. 모든 것이 하나로 연결되어 있다는 것은 곧 원을 이루고 있다는 말이다. 생태계를 모형으로 나타낸다면 둥근 모양이 될 것이다. 원은 어디에서 시작하여 어디에서 끝나는지 알 수 없다. 시작도 없고 끝도 없는 것이 원이다. 이 원 속에서는 온갖 생명이 살아서 꿈틀거린다. 인류가 겪고 있는 생태계 위기나 환경 위기는 원을 잇는 매듭이 끊겨서 생긴 결과다. 더 늦기 전에 지금이라도 열린 원을 다시 닫아야 할 것이다.

오직 감사할 뿐

우리가 이해하기로 당신들의 기도에는 두 가지 의미가 담겨 있다. 하나는 요구하는 것이고 또 하나는 감사하는 것이다. 우리 인디언들은 감사만 할 뿐 결코 요구하지 않는다. 그러나 당신들은 "우리에게 일용할 양식을 주소서."라고 기도한다. 우리는 그러한 기도를 믿을 수가 없다. 물론 나는 당신들에게 반대할 생각이 없다. 모두가 저마다 다른 방식을 갖고 있는 법이니까 말이다. 한편 우리는 언제나 감사의 기도를 올린다. …… 하지만 감사의 기도는 식사를 끝냈을 때 드리는 것이다. …… 나는 언제나 "니아웨!"라고 말한다.

아시니보인(Assiniboin) 족 인디언의 추장 크레이지 베어(미친 곰)의 말이다. 이 부족은 오늘날 미국의 몬태나 주와 노스다코타 주, 캐나다의 앨버타와 새스캐처원 지역에서 살았다. 그들이 살아온 삶이 궤적은 그들의 삶의 터전만큼이나 복잡하고 굴곡졌다. 처음에는 스페인 영토였다가 프랑스로 넘어가고, 프랑스 인들이 다시 미국 정부에 팔아넘기면서 치욕의 역사를 간직하고 있는 곳이다. 200여 년 전에는 아시니보인 족이 양크턴 수(Yankton Sioux) 족에서 떨어져 나오면서 갈등이 끊이지 않았다.

크레이지 베어는 족 오글라라 수(Oglala Sioux) 족 추장 크레이지 호스만큼 잘 알려져 있지는 않지만, 북아메리카 원주민 사이에서는 백인들과 조약을 맺고 모피상들과 거래를 할 때 능수능란하게 협상을 벌인 지도자로 이름을 떨쳤다. 또한 그는 1851년 제1차 포트 래러미 조약(Treaty of Fort Laramie)에 위원회 대표로 참석한 것으로도 유명하다. 그에게 '크레이지 베어'라는 이름이 붙은 것은 미친 곰처럼 용감하게 싸웠기 때문이다.

크레이지 베어가 문제 삼는 것은 백인들의 주기도문, 그중에서도 특히 중간 구절이다. 개신교에서는 "오늘날 우리에게 일용할 양식을 주옵시고"라고, 가톨릭교회에서는 "오늘 저희에게 일용할 양식을 주시고"라고 번역하였다. 한편 공동 번역에서는 좀 더 쉽게 풀어서 "오늘 우리에게 필요한 양식을 주시고"라고 옮겼다. 하나같이 어떻게 해 달라고 부탁하는 것이다. '하소서'라는 존경 명령법이 주류를 이룬다. 크레이지 베어가 보기에는 백인들이 기도할 때 하느님께 요구하고 부탁하는 것으로만 보이는 것도 그다지 무리가 아닌 듯하다. 그러면서 그는 백인들의 기도 방식을 믿을 수가 없다고 밝힌다. 물론 그는 백인들이 때로 감사 기도를 드린다는 점을 놓치지 않는다.

크레이지 베어는 기도를 드릴 때 감사만 할 뿐 결코 요구하지 않는다는 점에서 인디언들은 백인들과는 다르다고 지적한다. 그는 "우리는 언제나 감사의 기도를 올린다."라고 말한다. 백인들이 식사를 끝내고 마음에도 없으면서 입으로만 고맙다고 말하기 일쑤인데, '니아웨(Niawe)'에는 진심이 담겨 있다.

"모든 것에 대해서, 심지어 우리의 고통과 의무에 대해서도 나는 그렇게 기도를 드린다."라는 구절을 보자. 크레이지 베어는 인디언들이 음식을 주신 데 대하여 감사 기도를 드릴 뿐만 아니라 모든 일에 대하여 감사를 드린다고 말한다. 물론 기독교에서도 "범사에 감사하라."(「데살로니가전서」 5장 18장)라고 가르친다. 크레이지 베어는 인디언들이 이보다 한발 더 나아가 고통과 의무에 대해서도 감사 기도를 드린다고 말한다. 행복하고 기쁜 일에 대하여 감사하는 것을 쉬울 터지만 고통과 의무에 대해서 감사를 드린다는 것은 무척 어려울 것이다.

감사하는 사람이 그렇게 하지 않는 사람보다 행복해진다는 연구가 있다. 감사가 인간이 느끼는 감정 중에서 가장 강력한 감정이라는 주장을 뒷받침하는 것이어서 더욱 관심을 끌었다. 감사한 생각을 하거나 말로 표현하면 전전두피질을 활성화하여 스트레스를 완화시켜 주고 행복하게 해 준다는 것이다. 심리학자들은 이를 전자 기기에서 '재설정' 버튼을 누르는 것과 같은 효과라고 설명하였다.

최후의 날이란 없다

당신들은 세계의 종말과 인류 최후의 날에 대해 이야기한다. 하지만 최후의 날이란 존재하지 않는다. 다만 한 시대가 끝나고 다른 시대가 시작될 뿐이다. 그것은 달력에 적힌 날짜들처럼 단순한 시간의 변화만이 아니다. 파괴와 재창조라는 거대한 변화가 뒤따른다. 인간의 관점에서 보면 대변혁일 것이다.

그것은 일종의 정화 과정과 같다. 한 세계에서 다음 세계로 옮겨가는 과정일 뿐 최후의 날은 아니다. 사람들은 그것을 이해해야 한다. 일어나고 있는 일들을 더 넓은 그림의 관점에서 바라볼 수 있어야 한다. 의식을 갖고 그 변화에 동참해야 한다. 그것은 물질 위주의 삶에서 깨어나 정신적인 세계와 다시금 연결되는 것을 의미한다. 자연의 생명력을 이해하고 그것과 협조하는 것을 뜻한다.

아시니보인 족 인디언 추장 크레이지 베어의 말이다.

"당신들은 세계의 종말과 인류 최후의 날에 대해 이야기한다."에서 '당신'은 백인 개척자들을 가리킨다. '세계의 종말'과 '최후의 날'은 성서에 기록된 최후 심판의 날을 말한다. 기독교에서 종말론이 차지하는 비중은 무척 크다. 기독교 신앙은 역사의 종말이 올 것을 믿으며 마지막에 하느님의 나라가 완성될 것이라고 기대한다. 기독교인이라면 으레 새 하늘과 새 땅이 이루어질 마지막 날을 기다린다. 이 점에서 기독교 신앙과 신학은 본질적으로 종말론적이다. 독일 신학자 위르겐 몰트만(Jürgen Moltmann, 1926년~)에 따르면 종말론은 기독교 신앙과 신학의 일부가 아니라 그 전체다.

한편 오늘날 인류가 겪고 있는 생태계 위기나 환경 위기를 보면 또 다른 의미에서 인류는 멸망을 향하여 치닫고 있다. 영국 기상청은 2015년 지구 기온이 1850~1900년 평균 온도보다 1도 이상 높다는 조사 결과를 내놓았다. 9월까지 지구 기온이 1850년부터 1900년까지 평균치보다 1.02도 높다고 하면서 당시보다 지구 기온이 1도를 넘는 첫해가 될 것이라고 밝혔다. 영국 기상청은 지구 온난화에 따른 재앙의 관문으로 간주하는 '지구 온도 2도 상승'의 절반에 이르렀다는 의미라고 설명하였다. 과학자들이 이산화탄소 방출과 엘니뇨 효과 때문에 사상 처음으로 '1도 이상'을 기록할 것으로 예상했던 것이 적중한 셈이다. 스티븐 벨처(Stephen Belcher) 소장은 "지구 기온의 차이가 1도만큼 벌어진 적은 없었던 만큼 인간에 의한 영향이 지구 기온을 미지의 영역으로 몰고 가고 있음에 틀림없다."라고 덧붙였다.

유엔 기후 변화 협약(UNFCCC)을 비롯한 국제 환경 단체는 산업화 이전 기준으로 지구 평균 기온이 2도 이상 오를 경우 대대적인 기후 변화가 발생할 것으로 보고 있다. 전문가들은 지구 평균 기온이 2도 이상 상승하면 폭염으로 유럽에서만 수만 명이 사망하고 전 세계 생물의 3분의 1가량이 멸종 위기에 내몰릴 것으로 예상하고 있다.

기독교 신앙을 믿지 않는 크레이지 베어의 입장에서 보면 "최후의 날이란 존재하지 않는다."라고 말하는 것은 당연하다. 실제로 그를 비롯한 인디언 지도자들은 자신들에게 최후의 날은 영원히 오지 않을 것이라고 굳게 믿고 있었다. "다만 한 시대가 끝나고 다른 시대가 시작될 뿐이다."라는 크레이지 베어의 말에서는 구약 성서 「전도서」 구절이 떠오른다. "한 세대는 가고 한 세대는 오되 땅은 영원히 있도다."(1장 4절) 크레이지 베어는 인간이 "자연의 생명력을 이해하고 그것과 협조하는" 한 인류는 어쩌면 영원히 지속할 것이라고 말한다. 백인 개척자들이 유럽에서 북아메리카 대륙으로 몰려오면서 이러한 믿음에는 조금씩 금이 가기 시작하였다. 이제는 지구 멸망이 눈 앞의 현실로 다가왔다. 멸망이라는 표현이 조금 지나치다면 지구는 이제 인간이 예전처럼 살기에는 여러모로 부적합한 행성이 된 것만은 틀림없다.

모든 것에 감사드립니다

이 세상에 인간으로 존재한다는 것은 명예로운 일입니다.
우리를 이처럼 인간으로 살게 해 주신 위대한 정령의 선물에 감사드립니다.
또한 우리에게 필요한 것을 주시는 어머니 대지에게 감사드립니다.
어머니 대지의 가슴을 감싸는 푸른 호수에게도 감사드립니다.
살아 있는 모든 생명의 갈증과 목마름을 채워 주시는 당신은 위대한 힘을 갖고 계십니다.
어머니 대지의 살갗 위에 차갑지만 끝없이 아름다운 융단을 깔고 있는 들판의 초록 풀에게도 감사드립니다.
풀이 있기에 우리의 발바닥은 언제나 부드럽습니다.
어머니 대지로부터 자라난 맛있는 음식에게도 감사드립니다.
그 음식은 우리를 기르고 자라게 해 줍니다.

그리고 배고플 때 우리를 행복하게 해 줍니다.

과일들과 열매들, 아름다운 빛깔과 달콤한 맛에 감사드립니다.

우리는 신성한 약초에게도 감사드립니다.

약초는 우리의 질병을 낫게 해 줍니다.

우리의 귀중한 숲을 깨끗하게 해 주시는 이 세상의 모든 동물에게 감사드립니다.

이 세상의 모든 나무들에게도 감사드립니다.

당신들은 우리에게 온갖 모습과 휴식을 줍니다.

날마다 우리를 즐겁게 하려고 노래를 불러 주는 이 세상의 모든 새에게도 감사드립니다.

네 방향에서 불어오는 부드러운 산들바람에게도 감사드립니다.

당신들은 우리가 숨을 쉴 수 있도록 네 방향에서 맑은 공기를 가져다 줍니다.

또한 살아 있는 모든 생명들이 자라도록 비를 가져다주시는 할아버지 천둥이여, 고맙습니다.

우리의 맏형이며 어르신인 해님에게도 감사드립니다.

당신은 늘 우리를 비춰 주시고 어머니 대지를 따스하게 해 줍니다.

달마다 둥글게 차오르는 할머니 달님에게도 감사드립니다.

어린 아이들을 위해 빛을 비춰 주시고 물결을 반짝거리게 해 주시는 달님이시여, 고맙습니다.

밤하늘에 반짝거리는 별님들에게도 감사드립니다.

당신들은 밤하늘을 아름답게 수놓으시고, 이른 아침 풀잎에 이슬
방울을 반짝반짝 빛나게 하십니다. 고맙습니다.
과거와 현재의 영적 보호자들이시여,
우리가 평화와 조화 속에서 살 수 있게 해 주신 데에 감사드립니다.
우리 모두의 마음을 하나로 모아 이처럼 놀라운 선물들을 주신 위대
한 정령께 감사드립니다.
우리는 하루하루의 낮과 밤이 더없이 행복합니다. 즐겁습니다.
우리를 이처럼 건강하게 보살펴 주신 위대한 정령께 다시 한 번 감사드
립니다.

이로쿼이 인디언 연합에 속한 모호크 족의 추장 제이크 스웜프(Jake Swamp, 1941~2010년)의 기도문으로 알려진 글이다. 그는 모호크 부족의 외교관, 저술가, 영적 지도자, 교사 등으로 활약하였다. 1984년에 '평화의 나무 협회'를 처음 설립한 장본인이 바로 제이크 스웜프 추장이었다. 그는 20세기를 통틀어 가장 존경받는 인디언 지도자 중의 한 사람으로 꼽힌다. 이 글은 이 연합에 속한 부족들이 공식 행사가 있을 때마다 드리는 기도문이자 인디언 아이들이 아침마다 드리는 기도문이기도 하다.

제이크 스웜프 추장은 인간에게 필요한 모든 것을 아낌없이 주는 어머니 대지에게 감사드리면서 푸른 호수를 어머니 대지의 가슴을 감싸는 옷에 빗댄다. 소로는 「겨울 산책(A Winter Walk)」에서 여름철

푸른 호수를 두고 "물기를 머금고 있는 대지의 눈(眼)"이라고 부른 적이 있다. 제이크 스웜프 추장은 맨발로 걸을 때마다 발바닥에 부드럽게 닿는 풀밭을 어머니 대지의 살갗 위에 끝없이 펼쳐놓은 '아름다운 융단'에 빗대기도 한다. '겨울 산책'이라는 말이 나왔으니 말이지만, 19세기 말엽에서 20세기 초엽에 걸쳐 주로 미국 서부 지방과 원주민들을 그린 화가 프레더릭 레밍턴(Frederic Remington, 1861~1909년)은 "옛 인디언들의 사회적 관계에서는 위엄을 느낄 수 있는데 마치 한겨울 숲 속을 산책하는 것 같은 기분이다."라고 말한 적이 있다.

아시시의 성 프란체스코의 「태양의 찬가(Canticle of the Sun)」를 쉽게 떠올리게 된다. 죽음을 앞둔 성 프란체스코는 우주의 삼라만상을 형제자매라고 불렀다. 그에게는 하늘 높이 솟아 따뜻한 햇볕을 주는 태양이 형이었고, 밤하늘의 달과 별이 누이였다. 바람과 공기와 구름도, 물도 불도 하나같이 형제자매라고 불렀다. 심지어 인간이 끔찍이 싫어하는 죽음마저도 '나의 사랑스러운 누이'라고 부르지 않았던가. 1979년 교황 요한 바오로 2세(Johannes Paulus Ⅱ, 1920~2005년)가 프란체스코 성인을 '생태 주보 성인'의 반열에 올린 것은 지극히 당연한 것인지도 모른다. 인간을 자연의 일부로 생각해 온 인디언들도 성 프란체스코처럼 자연을 정복이나 착취의 대상이 아닌 한 핏줄에서 태어난 형제자매로 간주했던 것이다.

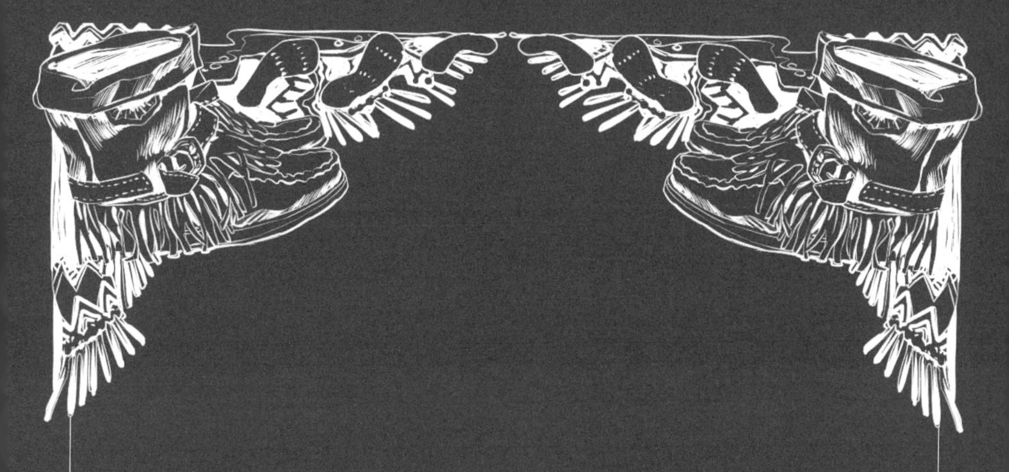

11월

•

산책하기에 알맞은 달

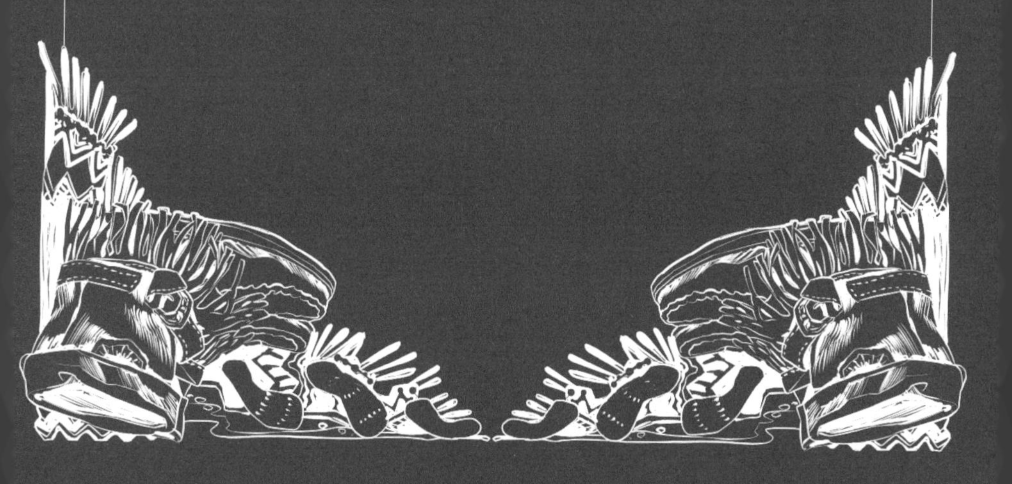

꿈꾸는 돌이 되지 않고서는

당신들이 이곳에 들어오기 전까지만 해도 우리는 욕설이라는 것을 모르고 살았다. 우리는 남이 자기를 모욕해도, 그것이 진실이 아니고 오해나 어리석음에서 비롯된 것이라면 그것이 사라질 때까지 묵묵히 기다릴 뿐이다. 언젠가는 진실이 밝혀지리라는 것을 믿기 때문이다. 당신들은 진실이 아닌 것이 오래가는 것을 본 적이 있는가? 우리는 각자의 삶이 각자의 것이고, 누구도 타인의 길을 지시하거나 명령할 수 없다고 생각한다.

들쥐는 들쥐만의 세계에서 열심히 살아갈 것이고, 비록 그가 이승에서 약간의 잘못을 저질렀다 해도 위대한 정령은 그것을 하나의 배움의 과정으로 여길 것이다. 들쥐는 찌르레기에게 들쥐의 믿음을 강요하지 않고, 찌르레기는 들쥐에게 찌르레기의 믿음을 강요하지 않는다. 우리 역시 그 누구에게도 자신의 믿음을 선전하고 강요하는 것을 금기로 삼고 있다.

누구나 홀로 있는 시간을 자주 가져야 한다. 이른 아침이면 홀로 잠에서 깨어나 초원에 어리는 안개와 지평선의 한 틈을 뚫고 비춰 오는 햇살과 만나야 한다. 그리고 어머니 대지의 숨결을 느껴야 한다. 가만히 가슴을 열고 한 그루 나무가 되어 보거나 꿈꾸는 돌이 되어 봐야 한다. 그래서 내가 대지의 일부라는 사실, 대지 또한 오래전부터 나의 일부였다는 사실을 깨달아야 한다. 우리는 대지 모두가 어머니의 품이고, 학교이며 교회라고 믿는다. 대지 위의 모든 것은 책이며 교사들이다. 그리고 우리를 선함과 밝음으로 인도하는 성직자들이다. 우리는 그 밖의 다른 어떤 교회도 바라지 않는다.

델라웨어(Delaware) 족 인디언 운디드 하트(상처 입은 가슴)의 말이다. 그는 인디언들이 아이들을 키울 때 될 수 있는 대로 자주 들판이나 산에 나가 혼자서 시간을 보내게 한다고 말한다. 들판이나 산 같은 자연만큼 아이들에게 훌륭한 교육장이 없기 때문이다. 19세기 미국 작가 허먼 멜빌(Herman Melville, 1819~1891년)은 바다를 두고 "나의 하버드 대학이요 나의 예일 대학"이라고 부른 적이 있다. 그는 가정 형편이 어려워 젊은 시절부터 드넓은 바다에서 선원 생활을 하면서 삶의 경험을 쌓았다. 『모비딕(*Moby-Dick*)』 같은 훌륭한 소설을 쓸 수 있었던 것도 그가 거친 바다 위에서 온갖 경험을 겪었기 때문이었다. 멜빌이 드넓은 바다에서 삶의 교훈을 배웠다면 델라웨어 족 인디언들은 들판과 산에서 삶에 관한 소중한 교훈을 배운다.

그렇다면 인디언들이 들판과 산에서 배우는 삶의 교훈이란 과연 무엇일까? 이미 '미타쿠예 오야신'에 대하여 언급했지만, 그들은 이 세계에 존재하는 모든 피조물은 서로 깊이 연결되어 있다는 사실을 배운다. 자신은 결코 혼자만이 아니라는 교훈을 배우는 것이다. 운디드 하트는 "대지는 보이지 않는 정령들로 가득 차 있고/ 부지런히 움직이는 곤충들과 찬란한 햇빛이 내는 소리로 가득 차 있기에/ 그 속에서는 그 누구도 혼자가 아니다."라고 말한다. 이곳에서 인디언들은 온갖 모습을 한 형제자매를 만난다. 단순히 만나는 것에 그치지 않고 잠시나마 "가만히 가슴을 열고" 나무 한 그루가 되어 본다. 문명인들이 무생물이라고 부르는 돌이 되어 보기도 한다.

운디드 하트는 어린아이들이 들판과 산에서 무엇보다도 '어머니 대지'를 느껴야 한다고 말한다. 어머니 대지의 숨결을 느끼면서 자신들이 대지의 일부라는 사실이고 대지 또한 자신의 일부라는 사실을 깨닫는다. 운디드 하트는 "대지 모두가 어머니의 품이고, 학교이며 교회라고 믿는다."라고 말한다. 또 "대지 위의 모든 것은 책이며 교사들"로서 자신들을 "선함과 밝음으로 인도하는 성직자들"이라고 밝힌다. 인디언들에게는 백인처럼 교회나 성당을 따로 지어 예배를 드릴 필요가 없을 것이다. 대자연 자체가 성스러운 곳이기 때문이다.

운디드 하트는 문명인을 자처하는 백인들이 순수성을 잃은 것도 그동안 자연을 멀리 했기 때문이라고 덧붙인다. 백인들은 지금껏 자연을 체계적으로 정복하면 할수록 문명의 순도가 그만큼 높아지는 것으로 착각해 왔던 것이 사실이다. '문명'의 반대말은 '야만'과 '원시'지만 '자연'도 그중의 하나였다. 자연을 파괴하고 그 위에 높이 지은 문명의 집은 이제 언제 붕괴할지 모르는 위태로운 상태에 놓여 있다.

우리가 이 세상을 소중히 여기지 않는다면

우리가 이 세상을 소중히 여기지 않으면 세상 또한 우리를 소중히 여기지 않을 것이다. 세상은 아름다움을 발견하는 사람에게는 아름다움을 주고, 슬픔을 발견하는 사람에게는 슬픔을 준다. 기쁨이나 지혜 같은 것들도 마찬가지다. 세상은 우리 생각을 그대로 반영한다. 그러므로 우리가 세상의 신비를 무시하고 마음대로 땅을 파헤치고 나무를 베어 넘긴다면, 언젠가 세상 또한 우리를 삶 밖으로 내동댕이쳐 버릴 것이다. 우리는 대자연의 반격을 결코 잊어서는 안 된다. 이 세계 역시 우리 인간과 마찬가지로 살아 있는 하나의 생명체이기 때문이다. 그 생명체에게 위협을 가하면 안 된다. 이것은 단순한 경고가 아니라 진심으로 말하는 것이다. 당신들도 가만히 생각해 보면 알 수 있을 것이다.

히다차(Hidatsa) 족 인디언 추장 빅 클라우드(큰 구름)의 연설에서

뽑은 것이다. 1804년부터 미주리 주 세인트루이스를 출발하여 태평양 연안까지 북아메리카 대륙을 횡단한 루이스와 클라크 탐험대에 따르면 이 부족 인디언들은 미주리 강이 내려다보이는 마을에 살고 있었다. '아와하위'는 언덕 위에 살고 있는 사람들이라는 뜻이다. 프랑스 개척자들에게 이 부족은 '술리에', 즉 '검은 가죽신'으로 알려져 있다. 추장인 빅 클라우드는 '살찐 여우'라는 이름으로도 부른다.

아와하위 히다치 족 인디언들에게는 다른 부족에서는 좀처럼 볼 수 없는 창조 신화가 있다. 만단(Mandan) 족 인디언처럼 그들은 아주 오래전에 땅에서 솟아났다고 믿고 있다. 흔히 대지를 어머니에 빗대지만 땅에서 솟아난 아와하위 족에게는 땅이야말로 비유적 의미에서가 아니라 글자 그대로 어머니라고 할 수 있을 것이다.

빅 클라우드는 인간이 땅을 파헤치고 나무를 베어 내는 등 이 세계를 마음대로 훼손한다면, 언젠가 세상 또한 우리를 삶 밖으로 내동댕이쳐 버릴 것이라고 경고한다. 그러면서 그저 경고 차원에서 하는 말이 아니라 마음속에서 우러나와서 하는 진심어린 말이라고 밝힌다. 인간이 자연을 더럽힌 대가는 고스란히 인간에게로 다시 돌아오기 마련이다. 그래서 빅 클라우드는 인간은 "대자연의 반격을 결코 잊어서는 안 된다."라고 말한다. 환경 위기나 생태계 위기의 시대 지금은 '제국의 반격'보다도 '대자연의 반격'을 두려워해야 할 시점에 이르렀다.

놀랍게도 빅 클라우드는 이 세계를 "인간과 마찬가지로 살아 있는 하나의 생명체"로 간주한다. 러브록의 '가이아 가설'과 닮았다. 러브록은 이 지구를 살아 있는 거대한 유기체로 생각하였다. 유기체란 항상성과 자기 조절 능력이 있으며 유전에 의하여 자손을 낳을 수 있는 존재를 말한다. 물론 지구는 자손을 낳을 수 없다는 점에서는 완벽한 유기체로 규정지을 수 없다. 그러나 지구는 여느 다른 유기체처럼 자기 조절 기능을 갖추고 있다. 항상성은 생명체를 규정짓는 가장 뚜렷한 특징이다.

러브록은 지구와 인간의 몸은 여러모로 서로 닮아 있다고 주장한다. 지구도 70퍼센트가 물로 이루어져 있는 것처럼 인체도 70퍼센트가 물로 구성되어 있다. 인간이 심장, 폐, 피부 등의 여러 부속 기관을 지니고 있는 것처럼 대기권은 지구의 피부, 아마존 밀림 같은 열대 우림은 지구의 폐, 대양은 순환계에 해당하는 셈이다. 또한 온난화는 열병으로, 산성비는 소화 불량으로, 오존층의 파괴는 피부 반점에 빗대기도 한다. 그리고 점차 지구가 자정 능력을 상실한 채 몰락을 향하여 치닫고 있다고 말한다.

이 세상에 잡초란 없다

우리는 우리가 사용하는 약초를 '협력자'라고 부른다. 약초를 캐러 가면 우리는 약초를 발견하기 전에 그것이 어디쯤에 있을 것이라는 사실을 미리 알고 있다. 때로는 약초들이 스스로 모습을 드러내기도 한다. 백인들은 자신들의 마음에 들지 않는 식물을 잡초라 부르는데, 이 세상에 잡초라는 것은 없다. 이 세상의 모든 풀들은 마땅히 존중되어야 할 존재 이유를 지니고 태어났으며, 쓸모없는 풀이란 존재하지 않는다.

식물들도 인간처럼 가족을 이루며 살고 있고, 부족과 추장을 갖고 있다. 따라서 약초를 캐러 가는 사람은 그 약초의 추장에게 선물을 바쳐 존경심을 표해야 한다. 그런 다음 실제로 그 풀에게 꼭 필요한 만큼의 풀만 뜯어 갈 것이고, 그것도 좋은 목적에 사용하리라는 것을 밝혀야 한다. 풀을 채취할 때는 그 필요성과 목적을 반드시 생각해야 한다. 약초는 좋은 목적에 쓰일 때는 도움을 주지만, 잘못하면 더 큰 문제를 일으킬 수가 있다.

음식과 옷을 얻기 위하여 동물을 죽일 때는 생명을 빼앗는 것에 대하여 그 동물에게 사과하고, 동물의 모든 부분을 잘 사용해야 한다. 우리는 아무 이유 없이 동물을 죽이지 않는다. 백인들은 그러한 사실을 잊어버렸다. 그들은 오직 목적만 추구하려고 한 나머지 인간과 자연의 관계를 무시하고, 더 나아가 자신으로부터도 멀어지고 말았다.

체로키 족 인디언의 의술 치료자요 영적 지도자인 롤링 선더(구르는 천둥)의 말이다. 1915년에 미국 남동부 그레이트스모키 산맥에서 태어난 그는 1960년대 미국 히피 세대들의 영적 지도자로 떠오르기도 하였다. 그의 인디언 이름에서도 엿볼 수 있듯이 롤링 선더는 '비를 내리는 인디언'이다. 인디언의 전통적 방식에 따라 환자를 치료하고, 인간과 지구가 조화롭게 살아가야 한다는 가르침을 펼친 것으로 유명하다.

롤링 선더는 이 세상에 잡초란 없다는 소중한 진리를 우리에게 일깨운다. 실제로 아무리 눈을 씻고 식물도감을 샅샅이 찾아보아도 '잡초'라는 식물을 찾아볼 수 없다. 쓸모없는 나무를 '잡목'이라고 하듯이 쓸모없는 풀이 곧 '잡초'다. 국어사전에는 '잡풀'과 같은 뜻으로 "가꾸지 않아도 저절로 나서 자라는 여러 가지 풀"이라고 풀이되어 있다. 그러니까 인간이 의도적으로 재배하느냐 그렇지 않느냐를 잣대로 삼아 잡초와 '비잡초'를 구분 짓는 셈이다. 이를 달리 표현하면 잡초가 아닌 식물은 인간에게 이롭고 잡초는 해롭다는 말이 된다.

잡초는 별로 쓸 곳이 없는데다 번식력도 왕성하여 농작물의 영양소를 빼앗아 먹고 잎사귀나 줄기가 작물을 뒤덮어 생존까지 위협하기 일쑤다. 그러나 잡초가 농사를 짓는 데 방해만 하는 것은 아니어서 식물 성장에 소중한 표토층을 보호하는 역할을 한다. 건조한 미국 텍사스 주 농가에서는 과수원에서 잡초를 모두 제거한 나머지 극심한 토양 침식으로 몇 년 동안 농사를 망치자 이제 과수와 과수 사이에 일부러 잡초를 키워 둔다고 한다.

어떤 사람들에게 해로운 식물이 다른 사람들에게는 얼마든지 이로울 수 있다. 서양에서 잡초라고 부르는 식물이 동양에서는 약초로 쓰이는 경우가 적지 않다. 이러한 현상은 같은 문화권에 속한 사람들한테서도 얼마든지 엿볼 수 있다. 가령 도시 사람들이 잡초로 간주하는 식물이 시골 사람들에게는 맛있는 나물이나 소중한 약초가 되기도 한다.

이 세상에는 잡초뿐만 아니라 해충도 없다. 해충과 익충을 구분 짓는 것은 어디까지나 유용성이라는 인간의 잣대에 따른 것일 뿐이다. 해충이란 인간에게 피해를 주는 벌레를 말한다. 해충의 대부분을 차지하는 곤충뿐만 아니라 선충류 같은 미소 생물들도 포함된다. 그러나 엄밀히 잡초처럼 해충도 이 세상에 존재하지 않는다. 거머리를 흔히 해충으로 간주하지만 의료계에서는 거머리를 의료용으로 사용한다. 거머리가 죽은 피를 빨아내 해독 작용을 한다는 것은 이미

중세 시대에도 유행하던 의술이었다. 그래서 옛날에는 의사를 '리치(leech)'라고 부르기도 하였다.

생태계의 관점에서 보면 잡초나 해충으로 일컫는 생물들은 먹이사슬의 한 고리를 차지하고 있다. 롤링 선더가 말하는 '협력자'란 바로 생태계의 구성 원리를 지적한다. 그러므로 박멸이라는 이름으로 이러한 '잡초'나 '해충'을 함부로 다루다가는 자칫 더 큰 문제를 일으킬 수도 한다. 식물과 동물을 통틀어 전체 생물의 입장에서 보면 인간도 그들에게는 어쩌면 해로운 존재로 비칠지도 모른다.

우리는 평화와 사랑을 원할 뿐

오늘 이 자리에 모인 형제들과 친구들이여, 전능하신 하느님께서 우리 모두를 창조했습니다. 그리고 그분은 지금 여기에서 내가 오늘 여러분에게 하는 말을 듣고 계십니다. 위대한 정령은 백인들과 홍인종 우리 모두를 만드셨습니다. 그분은 우리에게 땅을 주셨고, 당신들에게도 땅을 주셨습니다. 당신들이 이 땅에 왔을 때 우리는 당신들을 형제처럼 맞아 주었습니다. 전능하신 분이 당신들을 창조했을 때 그분은 당신들의 얼굴을 모두 희게 하셨고 옷을 입혀 주셨습니다. 그분이 우리를 창조했을 때 그분은 우리에게 붉은 피부색을 주셨고 가난하게 만드셨습니다. 당신들이 처음 이곳에 왔을 때 우리의 수가 아주 많고 당신들은 수가 아주 적었습니다. 그런데 지금은 당신들이 많고 우리가 적습니다. 당신들은 지금 당신들 앞에서 서서 말하고 있는 사람이 누구인지 잘 모를 것입니다. 그 사람은 이 대륙에 처음부터 살아온 토착 원주민의 대표자입니다.

우리는 선량한 사람들이지 결코 나쁜 사람들이 아닙니다. 당신들이 우리에 대하여 알고 있는 말은 하나같이 한쪽의 입장에서 본 것입니다. 당신들은 우리가 살인자와 도둑이라고만 듣고 있습니다. 그러나 실제로는 그렇지 않습니다. 만약 우리한테 당신들에게 줄 땅이 더 많이 있다면 우리는 기꺼이 당신들에게 그 땅을 줄 것입니다. 그러나 우리한테는 당신들에게 줄 땅이 더 이상 없습니다. 당신들은 우리를 지금 섬처럼 아주 조그마한 땅에 몰아 놓고 있습니다.

우리는 우리의 친구들인 당신들이 우리가 미국 정부와 교섭하는 것을 도와주기를 바랍니다. 위대한 정령은 우리를 가난하고 무식하게 만드셨습니다. 그분은 당신들은 부유하게 만드셨을 뿐만 아니라 우리가 아무것도 모르는 일들을 잘 알고 능란하도록 만드셨습니다. (중략)

나를 보십시오. 나는 가난하고 헐벗고 있지만 이 부족의 추장입니다. 우리는 부(富)를 바라지 않고 오직 우리 아이들을 올바르게 키우기를 바랄 뿐입니다. 부는 우리에게 아무런 도움이 되지 않습니다. 우리는 부를 저 세상까지 가지고 갈 수 없습니다. 우리는 부를 원하는 것이 아니라 평화와 사랑을 원할 뿐입니다.

오글라라 수 족 (또는 라코타 족) 인디언의 전사요 지도자인 레드 클라우드(붉은 구름)가 쿠퍼 유니온 대학 설립자인 피터 쿠퍼(Peter Cooper, 1791~1883년)의 초청을 받고 대학에서 한 연설이다. 인디언 이름은 '마흐피야 루타'로, 백인 개척자들에게는 '레드 클라우드'라는 이름으로 더 잘 알려져 있다. 엄밀히 말하자면 '붉은색'이 아니라 '자줏빛'이다. 그가 태어나던 날 예사롭지 않게 서쪽 지평선에 자줏빛 구름이 떠올랐다고 하여 붙은 이름이다.

오늘날의 네브래스카 주에서 태어난 레드 클라우드는 용맹한 전사로 이름을 떨쳤다. 미국 정부군에 맞서 싸워 승리를 거둔 최초이며 최후의 원주민 인디언 지도자로 흔히 꼽힌다. 그는 1866년부터 1868년까지 와이오밍 주와 몬태나 주에 걸쳐 있는 파우더 강 지역을 둘러싸고 미국 육군과 벌어진 전쟁에서 라코타 족 전사들을 지휘한 뛰어난 지도자였다. 레드 클라우드는 미국 정부군이 가장 두려워한 탁월한 인디언 전사 중 한 명이었다. 1868년 미국 정부에 땅을 양도하는 제2차 포트 래러미 조약에 서명한 뒤 그는 부족을 이끌고 인디언 보호 구역에 들어가 살다가 삶을 마감하였다.

1870년 7월 자선 사업가인 쿠퍼는 자신이 설립한 학교에 레드 클라우드를 초청하여 원주민들의 입장을 듣고자 했다. 몸에 담요를 걸치고 강단에 올라간 레드 클라우드는 청중들로부터 열렬한 환영을 받았다. 한 문장을 마칠 때마다 박수갈채가 쏟아져 나올 정도였다고 한다. 이 자리에는 백인들뿐만 아니라 원주민 추장들도 참석하였다.

레드 클라우드는 무엇보다도 먼저 백인들이 인디언에 대하여 품고 있는 오해와 편견을 불식시키려 한다. 백인들은 그동안 토착 원주민들이 '살인자와 도둑'이라고 잘못 알고 있었던 것이다. 이러한 부정적인 평가는 백인들이 원주민의 생활 방식과 세계관을 잘못 알고 있었기 때문도 있지만, 자신들의 비행이나 만행을 합리화시키기 위하여 날조하여 유포시킨 것도 있다. 레드 클라우드의 말대로 백인들이 인디언들에 대하여 알고 있는 정보는 "하나같이 한쪽의 입장에서 본 것"에 지나지 않는다.

더구나 레드 클라우드는 이 연설에서 원주민의 땅을 착취하여 소유하려는 백인들의 탐욕을 경계한다. 백인들의 수가 얼마 되지 않았을 때, 인디언들은 그들에게 드넓은 북아메리카 대륙의 일부를 기꺼이 나누어 주었다. 그러나 백인들의 인구가 엄청나게 늘어나자 그들이 요구하는 땅을 줄 수 없는 단계에 이르렀다. 이제는 인디언들이 살아가기도 어렵게 되었다. 백인들에게 땅을 더 주고 싶어도 줄 땅이 없다고 말한다. 사정이 이러한데도 백인들은 인디언들이 차지하고 있던 얼마 안 되는 땅마저 모두 빼앗고 인디언을 보호 구역에 몰아넣었다. "당신들은 우리를 지금 섬처럼 아주 조그마한 땅에 몰아 놓고 있습니다."라고 한탄하는 것은 바로 그 때문이다.

레드 클라우드는 이 연설에서 마지막으로 부와 가난에 대하여 언급한다. 그는 위대한 정령이 자신들은 '가난하고 무식하게' 창조했다는 사실을 솔직하게 털어놓는다. 그가 이렇게 솔직히 고백할 수 있는 것은 가난하고 무식하다는 사실이 조금도 부끄러운 일이 아니기 때문이다. 백인들을 부유하고 똑똑하게 만든 반면 인디언들을 가난하고 무식하게 만든 것은 어디까지나 위대한 정령이다. 그리고 위대한 정령이 그렇게 창조한 데는 그럴 만한 의도가 있을 것이다.

레드 클라우드는 자신들이 원하는 것은 백인들처럼 물질적 부가 아니라 아이들을 올바르게 키우는 것이라고 밝힌다. 앞에서도 여러 번 밝혔듯이 인디언들이 후손에 대하여 생각하는 마음은 무척 남다르다. 어찌 보면 그들은 후손을 위하여 존재한다고 할 수도 있다. 훙크파파 수 족 인디언의 추장 시팅 불은 "우리 마음을 한데 모아 우리 아이들을 위하여 어떤 종류의 삶을 만들어 줄 수 있을지 생각해 보자."라고 하소연한 적이 있다.

부는 거추장스러운 장식품처럼 아무런 도움이 되지 않는다. "우리는 부를 저 세상까지 가지고 갈 수 없다."라는 문장은 청중 대부분이 기독교도들이라는 점을 생각하면 참으로 아이러니가 아닐 수 없다. 신약 성서 「마태복음」에는 "부자가 하느님 나라에 들어가는 것보다 낙타가 바늘귀로 지나가는 것이 더 쉽다."(19장 24절)라는 구절이 나온다. 레드 클라우드는 백인 청중들을 향하여 당신들 중에 천국에 들어갈 수 있는 사람이 과연 몇 명이나 될까 묻는 듯하다.

그렇다고 인디언들이 소유에 대한 권리를 전혀 인정하지 않은 것은 아니었다. 내가 소유권을 주장할 수 있는 물건과 다른 사람이 소유권을 주장할 수 있는 물건은 따로 있었다. 그래서 만약 남의 물건을 훔치다가 발각되면 도둑이라는 뜻의 '와마논'이라는 오욕이 평생 붙어 다니며 괴롭혔다. 노비가 도망가다 붙잡히면 이마에 낙인을 찍은 것과 비슷하다. 인디언 의료 치료사 이스트먼도 지적하듯이 물론 이러한 소유권에도 한 가지 예외가 있었다. 남의 음식을 훔치는 일이 바로 그것이다. 배가 몹시 고픈데 아무도 먹을 것을 주는 사람이 없으면 언제든지 남의 음식이라도 가져다 먹을 수 있었다.

레드 클라우드는 인디언들이 바라는 것은 자식들을 올바로 키우는 것과 함께 평화와 사랑뿐이라고 천명한다. 북아메리카 대륙에 살아온 인디언만큼 그토록 평화를 사랑한 부족도 아마 찾아보기 어려울 것이다. 호피 족 속담 중에 "분노를 참지 못하면 친구를 잃는다. 거짓말을 하면 네 자신을 잃는다."라는 것이 있다. 그들은 어린아이들에게 어렸을 적부터 분노보다는 인내의 미덕을, 전쟁보다는 평화의 미덕을 가르쳤다.

영혼이 갈증을 느낄 때

우리는 이 대지 모두가 어머니의 가슴이고, 그곳이 곧 학교며 교회라고 믿는다. 대지 위의 삼라만상이 책이고 스승이고 서로를 선한 세계로 인도하는 성직자들이다. 우리는 또 다른 교회를 원하지 않는다. 당신들이 우리를 무조건 죄인으로 몰아세우는 것이 답답할 뿐이다.

오랫동안 물을 마시지 못한 전사가 입술이 새파랗게 되고 제대로 걸음을 걷지 못하듯이, 홀로 자기 자신과 만나는 시간을 오랫동안 갖지 못한 사람은 그 영혼이 중심을 잃고 비틀거린다. 그래서 우리는 아이들을 키울 때 자주 대초원이나 삼림 속에 나가 홀로 있는 시간을 갖도록 한다. 최소한의 먹을 것을 가지고 한두 시간이나 하루 이틀이 아니라 적어도 열흘씩 사람들과 멀리 떨어진 장소로 가서 자신의 목소리에 귀를 기울인다.

백인들은 그것을 쓸데없는 시간 낭비라고 할지도 모르지만, 그것은 한 인간이 이 대지 위에서 살아가는 데 반드시 필요한 자기 확인 과정이다. 또한 그 과정에서 인간은 신 앞에서 겸허해진다. 이 세상에서 자연만큼 우리에게 겸허함을 가르쳐 주는 것은 없다. 자연만큼 순수의 빛을 심어 주는 것도 없다. (중략)

우리는 영혼의 갈증을 느낄 때면 평원이나 들판으로 걸어 나간다. 그곳에서 혼자만의 시간을 갖는다. 그러고는 홀연히 깨닫는다. 혼자만의 시간이란 이 세상에 없다는 사실을 말이다. 대지는 보이지 않는 혼들로 가득 차 있고, 부지런하게 움직이는 곤충들과 명랑한 햇빛이 내는 소리들로 가득 차 있기 때문에 어느 누구도 혼자가 아니다. 자신이 아무리 혼자뿐이라고 주장해도 혼자인 사람은 아무도 없다.

델라웨어 족 추장 운디드 하트의 연설이다. 이 연설에서 운디드 하트는 무엇보다도 먼저 문화 상대주의를 언급한다. 그는 백인들에게 기독교가 중심적인 종교라면 인디언들에게는 대자연이 곧 종교라고 말한다. 운디드 하트는 대자연이 곧 교회라고 잘라 말한다. 운디드 하트가 대지의 삼라만상을 '선한 세계로 인도하는 성직자들'로 간주하는 것은 바로 그 때문이다. 그래서 인디언들은 대지 말고 또 다른 교회가 필요 없다고 말한다.

소로는 숲 속에 들어가 대자연의 아름다움을 만끽하고 돌아와 『저널(*Journal*)』에 이렇게 적었다. "여름날 한낮이 다 가도록 한적한 늪에 깊이 잠겨 이끼와 월귤나무의 향기로운 냄새를 맡으며 각다귀와 모기의 노래 소리에 마음을 달래는 것을 사치라고 할 수 있을까." 소로는 계속하여 "초록색 신전에서 울려 퍼지는 모기떼의 저녁 노래를 듣는다."라고 적었다. 그에게 대자연이 살아 숨 쉬는 숲 속은 '초록색 신전'이다. 마을 한복판에 높이 세운 교회당만이 신전이 아니고 숲 속의 대자연도 얼마든지 신전이 될 수 있다는 말이다. 소로의 관점에서 오늘날 대도시 이곳저곳에 서 있는 대형 교회는 아마 '회색 신전' 처럼 보일 것이다.

"우리를 무조건 죄인으로 몰아세우는 것이 답답할 뿐이다."라는 구절에서 운디드 하트는 기독교의 배타성을 지적한다. 기독교를 믿는 백인들은 기독교를 믿지 않는 사람들을 모두 이교도로 간주할 뿐만 아니라 더 나아가 죄인으로 간주하기 일쑤다. 물론 유일 신앙을 받아들이는 기독교의 입장에서는 당연한 일일 것이다. 그러나 다른 종교를 믿는 사람들, 특히 범신론적인 인디언의 입장에서 좀처럼 이해가 가지 않을지도 모른다.

운디드 하트는 인디언들에게 대지의 삼라만상이 교회일뿐더러 학교라고 말한다. 대자연의 삼라만상이 곧 교과서며 교사라고 밝힌다. 이렇듯 인디언들은 넉넉한 어머니 대지의 품안에서 안겨 삶에서 배워야 하는 모든 가르침을 받는다. 이미 앞에서 인디언들은 어느 민족보다도 자녀 교육에 깊은 관심을 기울인다는 점을 언급하였다. 이 점에서는 유대 인들과 비슷하다고 말하기도 하였다. 그래서 대자연을 훌륭한 교육의 장(場)으로 여기는 인디언들은 아이들을 키울 때 자주 대초원이나 삼림 속에 홀로 나아가 자신만의 시간을 갖도록 배려한다.

예로부터 민족마다 다양한 통과 의례가 있었다. 지금도 혹독한 환경 속에서 살아가야 하는 아프리카나 남태평양의 원시 부족들은 통과 의례를 치른다. 할례를 하거나 문신을 새기는 것같이 신체를 학대하는 경우도 있지만 깊은 숲 속에 혼자 들어갔다가 마을로 돌아오게 하는 경우도 있다. 성인이 된다는 것은 그만큼 시련과 고통을 견뎌 내고 홀로 살아갈 수 있는 방법을 터득해야 한다는 것을 뜻한다. 인디언들은 자녀들이 단순히 고통과 시련을 견뎌 내는 외적 훈련뿐만 아니라 더 나아가 내면의 목소리에 귀를 기울이는 내적 훈련에 무게를 실었다. 하루 이틀도 아니고 적어도 열흘 동안이나 인디언 아이들은 최소한의 먹을 것을 가지고 사람들과 멀리 떨어진 들판이나 숲 속으로 들어가 명상의 시간을 갖는 것이다. 운디드 하트는 이러한 훈련을 두고 백인들이 '쓸데없는 시간 낭비'라고 할지 모르지만, 한 인간이 이 대지에서 살아가는 데 꼭 필요한 '자기 확인 과정'이라고 말한다. 이러한 과정을 겪으며 인간은 비로소 신 앞에서 겸허해질 수 있다고 했다. 그들은 자녀들에게 "어떤 것들은 너의 눈을 사로잡는다. 그러나 오직 네 마음을 사로잡는 것만을 추구하라."라고 가르쳤다.

들판이나 숲 속에 들어가는 것은 비단 아이들만이 아니라고도 말한다. 성인들도 '영혼의 갈증'을 느낄 때면 으레 대초원이나 숲 속으로 걸어 나간다고 밝힌다. 그곳에서 혼자만의 고독한 시간을 보내면서 삶과 자연에 대하여 관조하고 명상하며 영혼의 갈증을 해소한다. 그들은 이 세상에는 혼자만의 시간이란 없다는 사실, 어머니 대지는 눈에 보이지 않는 정령들로 가득 차 있다는 사실을 깨닫는다. 또한 인간은 결코 홀로 살아갈 수 없으며 광활한 우주에서 다른 피조물과 더불어 살아갈 수밖에 없다는 소중한 진리를 깨닫는 것이다.

12월

•

다른 세상의 달

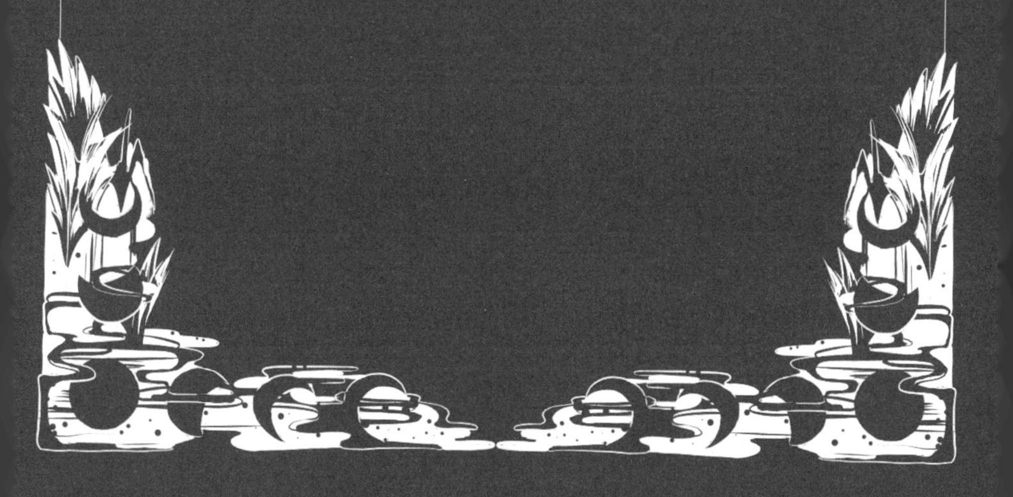

나는 이 순간부터
싸우지 않을 것입니다

하워드 장군에게 그의 마음을 잘 알겠다고 전해 주십시오. 그가 전에 나에게 말한 것을 나는 아직도 가슴 속에 간직하고 있습니다. 나는 이제 싸움에 지쳤습니다. 나의 추장들은 모두 죽었습니다. '거울'도 죽었고, 투훌훌수테도 죽었습니다. 노인들은 모두 죽었습니다. 가부(可否)를 판단하는 사람은 젊은이들입니다. 그런데 젊은이들을 이끄는 사람도 죽었습니다. 날씨는 추운데 우리에게는 담요 한 장 없습니다. 어린 아이들은 지금 추위에 떨면서 죽어 가고 있습니다. 내 부족 일부는 나지막한 산으로 도망쳤는데 그들에게는 담요도, 먹을 것도 없습니다. 그들이 지금 어디 있는지는 아무도 모릅니다. 아마 산속에서 추위에 떨다 죽어 가고 있을 것입니다. 나는 내 아이들을 찾을 시간이 필요합니다. 아이들을 얼마나 찾아내게 될지 알고 싶습니다. 어쩌면 죽은 시체들 가운데서 찾아내게 될지도 모릅니다. 추장 여러분, 내 말을 잘 들으십시오. 나는 지금 지쳐 있습니다. 내 마음은 병들었고 슬픔에 젖어 있습니다. 지금 태양이 서 있는 바로 이 장소로부터 나는 영원히 싸우지 않을 것입니다.

네즈퍼스(Nez-Perce) 족 또는 네즈페르세(Nez-Percé) 족 인디언의 마지막 추장 조지프의 항복 연설이다. '네즈퍼스'라는 말은 프랑스어로 '뚫은 코'라는 뜻이다. 1805년에 루이스와 클라크 원정대를 수행했던 프랑스 통역관이 잘못 갖다 붙인 것이 그대로 굳어져 이 부족의 이름이 되어 버렸다. 이 부족에게는 코를 뚫는 풍습이 없었다. 네즈퍼스 족은 자신들을 '진정한 사람'이라는 뜻의 '니미푸(Nee-Me-Poo)'라고 부른다. 조지프 추장의 원래 인디언 이름도 '힌무트투야라트케크트(Hin-mut-too-yah-lat-kekht)'로 '산속에서 울리는 천둥'이라는 뜻이다.

조지프 추장은 1871년에 네즈퍼스 족의 추장 자리에 올랐다. 그는 부족을 이끌고 로키 산맥을 넘어 캐나다로 이주하려고 시도한 것으로 유명하다. 이렇듯 조지프 추장은 필사적으로 인디언 보호 구역에 강제 수용되는 것을 막으려 하였다. 그러나 세 달 뒤 안타깝게도 그와 그의 부족은 보호 구역에 강제로 수용되는 운명을 맞았으며, 그는 그곳에서 삶을 마쳤다.

1840년대까지만 해도 네즈퍼스 족 인디언들은 백인들과 우호적인 관계를 유지하고 있었다. 그러나 1870년경 그들이 살고 있던 지역에서 금광이 발견되고 백인들과의 갈등이 시작되며 자주 충돌을 빚었고 미국 정부의 탄압에 시달렸다. 네즈퍼스 족은 금광을 찾는 백인 개척자들의 공격을 받자 조지프 추장은 결국 부족을 끌고 캐나다 국경 지대로 이동하였다. 그러나 그들은 불행하게도 캐나다 국경을 50여 킬로미터 남겨 놓고 몬태나 주의 베어포 산에서 미국 기병대에게 포위되었다. 그 과정에서 그들은 자신들을 보호 구역으로 몰아넣으려는 하워드 장군의 군대를 따돌리며 4000여 킬로미터나 도망쳤다. 무려 열세 번이나 미국 정부군과 교전하면서 그들을 패주시키거나 항복시켰다. 그러나 결국 하워드 장군과의 싸움에서 네즈퍼스 족은 거의 몰살당하다시피 하였다. 추위와 굶주림을 견디지 못하고 조지프 추장은 남아 있는 부족을 살리기 위하여 결국 미국 정부군에게 백기를 들었던 것이다.

그가 미국 정부군에 백기를 든 것은 계속 싸우다가는 네즈퍼스 족 모두가 몰살당할지도 모른다는 절박함 때문이었다. 노인들도 죽고 젊은이들도 죽었다. 죽었다고 언급된 '거울'은 그의 동생이고, '투훌훌수테'는 네즈퍼스 족의 제사장이었다. 부족 중에서 가까스로 살아남아서 산속으로 도망간 사람들도 추위와 굶주림으로 언제 죽게 될지 모른다. 그는 무엇보다도 어린아이들을 죽음에서 건져내야 한다고 생각한 듯하다. 어린아이들마저 죽으면 이제 네즈퍼스 족은 영원히 대가 끊기면서 북아메리카 대륙에서 영원히 사라지기 때문이다.

조지프 추장은 결국 1877년 10월 몬태나 주 이글크리크에서 미국 정부군을 지휘한 올리버 하워드(Oliver Otis Howard, 1830~1909년) 장군과 넬슨 마일스 장군에게 투항한다. 황금에 눈이 먼 골드러시 시대, 인디언 원주민의 피와 눈물로 얼룩진 비극의 역사가 담겨 있다. 진솔한 그의 메시지는 지금까지도 많은 사람들의 심금을 울린다. 항복하면서도 좀처럼 비굴한 모습을 찾아보기 어렵다. 그는 부족의 목숨을 건지기 위해 인디언 추장으로서의 자존심과 명예를 내려놓을 줄 아는 용기와 신념을 지녔기 때문이다.

경영학에서 지도자의 덕성을 말하면서 조지프 추장의 연설을 언급하기도 한다. 리더의 진정한 모습을 보여 주기 때문이다. 자존심이나 명예심을 내세워 무리한 선택을 하다가 공동체를 파멸로 이끄는 대신 물러설 때는 용기 있게 물러서는 미덕을 보여 준 참다운 의미의 지도였던 것이다.

명사 대신에 동사를

유럽 인들의 언어가 명사를 중심으로 이루어진 것과는 달리 아메리카 원주민들의 언어는 매우 복잡한 체계를 지닌 동사 중심으로 이루어져 있다. 한 예로 알곤퀸 족의 어떤 낱말들은 동사 변화가 무려 1000가지가 넘는다. 이 언어들은 끝없이 변화하고 흐르는 세상을 표현한 것이다. 사물들은 에너지가 끊임없이 흐르다가 일시적으로 모여 있는 것에 지나지 않는다. 그러므로 인디언들에게는 이름들도 고정되어 있지 않다. 동물들의 이름도 계절마다 다르다. 인간의 삶 역시 삶의 여러 과정을 거치면서 달라질 수밖에 없다.

오네이다 족 인디언의 의료 치료사 와나니체의 말이다. 일반적으로 인디언에게는 문자가 없다. 사실 문자가 전혀 없는 것이 아니고 세쿼야(Sequoyah)라는 혼혈인이 처음 만들었다고 전해지는 체로키 문자는 하나의 문자가 하나의 음절을 표현하는 85개의 음절 문자다. 체로키 족은 문자 언어를 무척 소중하게 생각하여 시민권의 필수 요소로 간주할 정도다. 이렇게 문자 언어가 없는 만큼 인디언들에게는 구어가 잘 발달되어 있다.

와나니체의 지적대로 명사 중심으로 이루어진 유럽의 언어와는 달리 인디언 언어는 동사 중심으로 이루어져 있다. 물론 영어를 비롯한 인도 유럽 어에서도 명사보다는 문장에서 동력의 구실을 하는 동사가 가장 핵심적인 역할을 한다. 그러나 인디언 언어와 비교해 보면 사정이 전혀 다르다고 할 수 있다. 동사가 차지하는 비중이 월등히 높을 뿐만 아니라 동사 변화도 무척 다양하기 때문이다.

알곤퀸 부족의 언어에 이렇게 동사 변화가 발달한 데는 이유가 있다. 그들은 현상 세계를 고정불변한 것으로 보지 않고 끊임없이 변화하는 것으로 파악하기 때문이다. 이와 관련하여 와나니체는 인디언의 언어들은 "끝없이 변화하고 흐르는 세상을 표현한 것"이라고 잘라 말한다. 한국어 문법 학자 중에도 '동사'라는 한자어 용어 대신에 '움직씨'라는 토착어 용어를 쓰자고 주장하는 사람이 있다.

와나니체는 "사물들은 에너지가 끊임없이 흐르다가 일시적으로 모여 있는 것에 지나지 않는다."라고 말한다. 그는 여기서 물질 순환과 에너지 흐름을 언급하고 있는 듯하다. 잘 알려진 것처럼 물질 순환이란 생물이 비생물 환경으로부터 물질을 받아들여 여러 대사 과정에 이용하는 것이다. 생물에 유입된 물질은 먹이 사슬을 따라 이동하다가 비생물 환경으로 돌아가 다시 생물에 이용된다. 이러한 과정을 통하여 물질은 순환하고 생태계가 유지되는 것이다.

생태계에서는 에너지가 한쪽 방향으로 흐른다. 지구에서 생물이 살아가기 위해서는 에너지가 필요하며, 이러한 에너지의 원천은 바로 태양 에너지다. 태양의 복사 에너지가 생태계에 유입되면 식물이 그 중 일부를 흡수하여 광합성에 이용한다. 일을 하면 에너지는 열이 되어 생물의 몸을 벗어나 주변 환경으로 전달된다.

이번에는 "인디언들에게는 이름들도 고정되어 있지 않다. 동물들의 이름도 계절마다 다르다."라는 부분을 보자. 지구촌의 어떤 주민보다도 인디언들의 이름은 아주 독특하여 오랫동안 기억에 남는다. 뒷날 백인들의 이름을 따라 지을 때까지만 해도 그들에게는 독특한 작명 방법이 있어 흔히 신체적 특징이나 그와 관련한 별명에서 이름을 취해 오거나, 구체적인 행동이나 사물을 기술하는 방식으로 이름을 지었다.

남북 전쟁과 서부 개척 시대를 배경으로 한 「늑대와 춤을(Dances with Wolves)」(1990년)은 미국 육군 중위 덴버가 파견 근무지인 서부에서 라코타 족의 일원이 되는 과정을 감동적으로 그린다. 이 영화에는 '주먹 쥐고 일어서'라든지, '머리에 부는 바람'이라든지, '열 마리 곰' 같은 인물이 등장한다.

인디언 이름 중에는 '빗속을 걷다', '나비 부인에게 쫓기는 남자', '봄이여 안녕', '꽃 위에 앉아 있는 나비' 또는 '어디로 갈지 몰라', '아직 끝내지 못한 일' 같은 이름도 있다. 심지어 '너 잘 만났다', '시끄럽게 걷는 사람'이라는 이름도 있다. 가지고 있던 말이 갑자기 미쳐 버린 사람은 '크레이지 호스(미친 말)'라는 이름을 얻는다. 힘이 워낙 세어 육중한 황소를 땅바닥에 앉혀 버린 사람은 '시팅 불(황소를 앉힌 사나이)'이라는 이름을 얻는다. 바람이 몹시 불던 날 태어나던 아이의 이름은 '선 오브 더 윈드(바람의 아들)'이 되고, 지빠귀가 울던 날 태어난 아이의 이름은 '스러시 싱스(지빠귀가 노래해)'가 된다. 대자연에 대한 그리움이나 애틋함이 그러한 이름 속에 고스란히 배어 있다.

인디언 추장이나 지도자 이름 중에도 우리의 눈길을 끄는 것들이 많다. 추장 '레드 호크(붉은 매)', 세네카 족 추장 '콘 플랜터(옥수수를 심는 사람), 체로키 족 추장 '스펙클드 스네이크(점박이 뱀)', 오글라라 수 족 추장 '레드 클라우드(붉은 구름)', 폰카(Ponca) 족 추장 '스탠딩 베어(서 있는 곰)' 등 헤아릴 수 없을 정도다.

인디언의 이름에서 특기할 만한 것은 힘이 센 동물들이 자주 등장한다는 점이다. 그 이름마저도 고정된 것이 아니라 삶에서 겪는 사건이나 이룩한 업적 등에 따라 수시로 바뀌었다. 살면서 큰 사건을 겪은 사람의 경우에는 그 사건이 그대로 이름이 되기도 하였다. 무엇보다도 인디언들의 이름에는 성이 없었다. 가족 공동체를 소중하게 생각하면서도 가족의 좁은 울타리를 뛰어넘어 좀 더 넓은 세계를 염두에 두었기 때문이다. 우주에 살고 있는 모든 생명, 무생물까지도 같은 혈족이었고 친척이었다. 그들은 대자연에 존재하는 모든 피조물을 확대 가족의 일원으로 여겼던 것이다.

인디언들의 이름은 해독하기 힘든 추상 명사나 예수 그리스도의 열두 제자 이름이 아니라, 삶의 실제 경험에서 우러나온 구체적이고 감각적인 어휘로 이루어졌다. 인디언들이 얼마나 추상적이고 인공적인 것을 배제하고 구체적이고 자연적인인 것에 무게를 실었는지 알 수 있는 대목이다.

계절의 이름이나, 강이나 들판, 산의 이름에서도 인디언 특유의 사고 방식과 세계관을 엿볼 수 있다. 그들은 새벽 안개에 곧잘 파묻혀 밭인지 들판인지 구별을 할 수 없는 밭에는 '안개 밭'이나 '안개를 만든 밭'이라는 이름을 붙였다. 쓸쓸한 듯 외롭게 흐르는 작은 강은 '자살하고 싶은 샛강'이라고 불렀다. 젊은이들이 가끔 찾아가 장밋빛 환상에 젖어 있는 언덕은 '꿈꾸는 언덕'으로 불렀던 것이다.

마음속에 살고 있는 늑대 두 마리

체로키 족의 인디언 노인이 손자를 무릎에 앉히고 이렇게 말하였다.

"사람들의 마음속에는 늘 늑대 두 마리가 살고 있단다. 그중 한 마리는 악마 같아서 마음이 부정적인 생각으로 가득 차 있지. 분노, 슬픔, 후회, 열등감, 거짓 등 말이다. 세상의 온갖 나쁜 것들을 모두 품고 있단다. 그런데 다른 한 놈은 착한 놈이라서 기쁨, 평화, 친절, 진실, 사랑 등 세상의 온갖 선한 것들을 모두 품고 있단다. 그 두 마리는 언제나 으르렁 거리면서 지금 이 순간에도 끊임없이 싸우고 있는 중이란다."

이 이야기를 듣고 있던 손자가 곰곰이 생각하다가 이렇게 물었다.

"할아버지, 그러면 그 두 마리 늑대 중에 어느 쪽이 이기는 거예요?"

그러자 할아버지는 미소를 지으며 손자에게 이렇게 대답하였다.

"네가 먹이를 주는 놈이 이긴단다."

영국의 식민 지배 과정에서 백인의 문화를 대폭 수용한 체로키 족은 미국 정부의 원주민 교육 정책의 시범 케이스였다. 19세기 후반 오클라호마 주의 원주민 보호 구역으로 강제 이주를 당하기 전까지 이른바 '문명화된 다섯 부족' 중 하나였다. 인디언 중에서 유일하게 문자를 지닌 그들은 다른 부족과 비교하여 전설과 설화를 훨씬 많이 남길 수 있었다.

체로키 족 혈통을 지닌 사람 중에는 예술 방면에 두각을 드러낸 사람들이 많다. 엘비스 프레슬리(Elvis Presley, 1935~1977년)는 체로키 족을 비롯하여 웨일스, 잉글랜드, 스코틀랜드, 네덜란드, 프랑스, 아일랜드, 독일, 유대 등 다양한 혈통을 이어받았다. 제임스 브라운(James Brown, 1933~2006년), 제임스 마셜 '지미' 헨드릭스(James Marshall 'Jimi' Hendrix, 1942~1970년), 티나 터너(Tina Turner, 1939년~) 등도 예외가 아니다. 할리우드에서 활약하는 배우 중에는 킴 베이싱어(Kim basinger, 1953년~), 캐머런 디아즈(Cameron Diaz, 1972년~), 케빈 코스트너(Kevin Costner, 1955년~) 등도 체로키 족 인디언의 혈통을 이어받고 있다. 배우 겸 영화 감독인 쿠엔틴 타란티노(Quentin Tarantino, 1963년~)도 마찬가지다.

사람들의 마음속에 선과 악의 늑대 두 마리가 살고 있다는 체로키 족 노인 말은 어찌 보면 그렇게 내세울 것이 없을지도 모른다. 선과 악의 갈등과 대립은 인류의 역사와 더불어 있어 왔고, 어느 문화권에서나 쉽게 찾아볼 수 있기 때문이다. 그러나 눈길을 끄는 것은 손자의 물음에 대한 할아버지의 대답이다. '먹이를 주는 놈'이 무엇을 가리키는지는 분명하다. 우리가 어린 시절부터 사회화 과정을 통하여 끊임없이 갈고 닦는 대상이다. 마음속에서 늘 갈등을 일으키고 있는 선과 악 중에서 어느 쪽을 선택하느냐 하는 것은 전적으로 우리에게 달려 있다.

손자로부터 똑같은 질문을 받으면 아마 보통 "당연히 착한 놈이 이기지."라고 대답할 것이다. 그저 그렇게 대답해 주는 것으로 그치지 않고 반드시 착한 쪽을 선택해야 한다고 거듭 되풀이하여 말할 것이다. 그러나 체로키 족 노인은 그렇게 말하지 않는다. 어느 한쪽이 옳다고 강요하는 대신 손자가 스스로 알아서 깨달을 수 있도록 길을 열어 줄 뿐이다. 자기 발견을 중시하는 그들의 교육 방법은 어떤 문명인들의 교육 방법보다 소중하다.

대자연에서 배우게 하라

백인들의 기준에 따르면 책을 통하여 배우지 않는 것은 전혀 배움이 아니다. 그들에게는 책이 곧 배움의 상징이며, 어떤 교과서를 배웠느냐고 늘 서로에게 묻고는 한다. 라코타 족 사람들은 인간과 동물의 동작, 몸짓, 자세, 움직이는 모습 등을 보고 배웠다. 처음에 백인 교사들이 우리를 가르치러 왔을 때 그들은 책을 읽을 줄은 알았지만 도무지 환경에 적응할 줄은 몰랐다. 나를 가르칠 때 아버지는 어머니가 한 것과 비슷한 방식을 사용하셨다. 아버지는 결코 "너는 이것을 해야만 한다.", "그것을 하지 않으면 안 돼."라고 하지 않으셨다. 아버지는 직접 어떤 일을 하면서 종종 내게 "아들아, 너도 어른이 되면 이 일을 하게 될 거다." 라고 말하셨다. 그래서 아버지가 어떤 일을 시작하면 가까이서 나는 매우 주의 깊게 지켜보았다.

우리 인디언들은 상징과 이미지의 세계 속에서 살았으며, 그곳에서

> 는 영적인 것과 일상생활이 하나였다. 백인들에게는 상징이 오직 책에 쓰인 말일 뿐이다. 우리에게 상징은 자연의 일부분이며 우리의 일부분이다. 땅, 해, 바람, 비, 돌멩이, 나무, 짐승, 개미와 메뚜기까지 우리와 모두 하나였다. 우리는 그것들을 머리가 아니라 가슴으로 이해하였다. 그러므로 그것들의 의미를 가르쳐 줄 또 다른 상징이 우리에게는 필요하지 않았다.

라코타 수 족 치료사요 영적 지도자인 레임 디어(절름발이 사슴)의 말이다. 그는 '존 파이어'라는 영어 이름으로도 알려져 있다. 그의 할아버지도, 아버지도 '레임 디어'라는 같은 이름을 사용하여 헷갈릴 때가 적지 않다. 존 파이어 레임 디어(John Fire Lame Deer, 1903~1976년)는 로즈버드 인디언 보호 구역에서 태어났다. 그는 미국 정부의 인디언국에서 운영하는 학교에서 교육을 받았다.

레임 디어는 백인들의 교육 방식과 원주민의 교육 방식 사이에는 큰 차이가 있다고 지적한다. 백인들이 주로 교과서를 통하여 어린이들을 가르친다면, 인디언들은 책보다는 대자연에서 직접 배우도록 한다. 학교가 아니라 대자연 자체가 소중한 교육의 장(場)이다. 개미나 메뚜기 같은 벌레에서 들소 같은 짐승의 동작이나 표정 하나하나, 싱그러운 바람에 나부끼는 나뭇잎 하나하나, 바람과 비, 길가에 나뒹구는 돌멩이마저도 없어서는 안 될 소중한 교육 자료다.

인디언의 삶의 방식에서 많은 영향을 받은 소로는 「가을의 빛깔

(Autumnal Tints)」에서 아이들을 자연에서 좀 더 많이 가르침을 받도록 하라고 권한다. "당신은 아이들이 단풍나무 그늘 아래서 뛰놀며 자랄 때 그것이 그 아이들에게 어떤 좋은 영향을 끼치는지 생각해 본 적이 있는가?"라고 묻는다. 그러면서 "수업을 빼먹고 놀러 다니는 아이들마저 문 밖에 나서면 이 단풍나무 선생님에게 붙들려 가르침을 받는다."라고 말한다.

인디언들은 자식들에게 말로 가르치지 않고 몸소 일을 하면서 아이들이 그것을 보고 배우도록 했다. 레임 디어는 자신의 아버지가 어떤 일을 시작하면 주의 깊게 가까이서 그것을 지켜보았다고 말한다. 체로키 족 인디언 할아버지와 손자가 두 마리 늑대를 두고 나눈 이야기와 마찬가지로 인디언 교육 방식을 엿볼 수 있다.

1월은 마음 깊은 곳에 머무는 달

1월

마음 깊은 곳에 머무는 달(아리카라 족)

너무 추워서 견딜 수 없는 달(수 족, 샤이엔 족)

눈이 천막 안으로 휘몰아치는 달(오마하 족)

노인들 수염이 헝클어지는 달(크리 족)

북풍한설 몰아치는 달(파사마쿼디 족)

눈 때문에 나뭇가지가 뚝뚝 부러지는 달(주니 족)

얼음이 얼어 반짝거리는 달(테와 푸에블로 족)

천막 안에서도 얼음이 어는 달(라코타 수 족)

땅바닥이 어는 달(유트 족)

호수 물이 어는 달(클라마트 족)

바람 세게 부는 달(체로키 족)

해에게 눈을 녹일 힘이 없는 달(알곤퀸 족)

위대한 정령의 달(오지브와 족, 치페와 족)

바람 속 영혼처럼 눈이 흩날리는 달(북부 아라파호 족)

즐거움 넘치는 달(호피 족)

짐승들이 살 빠지는 달(피마 족)

늑대들과 함께 달리는 달(오글라라 라코타 족)

인사하는 달(아베나키 족)

2월

물고기가 뛰노는 달(위네바고 족)

너구리의 달(수 족)

바람 부는 달(무스코카 족)

홀로 걷는 달(체로키 족)

기러기 돌아오는 달(오마하 족)

삼나무에 꽃바람 부는 달(태와 푸에블로 족)

삼나무에 먼지바람 날리는 달(태와 푸에블로 족)

새순이 돋는 달(키오와 족)

강에 얼음이 풀리는 달(알곤퀸 족)

먹을 것이 없어 뼈를 갉아먹는 달(동부 체로키 족)

몸과 마음을 정결하게 하는 달(호피 족)

새순이 돋는 달(아니시나베 족)

햇빛에 서리가 반짝이는 달(북부 아라파호 족)

오랫동안 메마른 달(아시니보인 족)

사람이 늙어 가는 달(크리 족)

더디게 가는 달(모호크 족)

가문비나무 끝이 부러지는 달(파사마쿼디 족)

나무들 헐벗고 풀들은 눈에 띄지 않는 달(피마 족)

토끼가 새끼 배는 달(포타와토미 족)

오솔길에 눈 없는 달(주니 족)

춤추는 달(클라마트 족)

나뭇가지가 땅바닥에 떨어지는 달(아베나키 족)

3월

마음을 움직이게 하는 달(체로키 족)

연못에 물이 고이는 달(풍카 족)

암소가 송아지를 낳는 달(수 족)

개구리의 달(오마하 족)

한결같은 것이 아무것도 없는 달(아라파호 족)

물고기 잡는 달(알곤퀸 족)

새잎이 돋아나는 달(테와 푸에블로 족)

눈 다래끼 나는 달(아시니보인 족)

독수리의 달(크리 족)

강풍이 죽은 나뭇가지를 쓸어가고 새순이 돋는 달(동부 체로키 족)

바람이 속삭이는 달(호피 족)

훨씬 더디게 가는 달(모호크 족)

하루해가 길어지는 달(위시람 족)

작은 모래바람이 부는 달(주니 족)

물고기 잡는 달(클라마트 족)

큰 사슴 사냥하는 달(아베나키 족)

4월

삶의 기쁨을 느끼게 해 주는 달(블랙 피트 족)

머리맡에 씨앗을 두고 자는 달(체로키 족)

옥수수를 심는 달(알곤킨 족)

거위가 알을 낳는 달(샤이엔 족)

얼음이 풀리는 달(히타치 족)

강에서 얼음이 풀리는 달(북부 아라파호 족)

옥수수 심는 달(위네바고 족)

더 이상 눈을 볼 수 없는 달(아파치 족)

만물이 소생하는 달(동부 체로키 족)

곧 더워지는 달(키오와 족)

큰 봄의 달(무스코카 족)

강한 달(피마 족)

나뭇잎이 인사하는 달(오글라라 라코타 족)

큰 모래 바람 부는 달(주니 족)

네 번째 손가락 달(클라마트 족)

실탕 만드는 달(아베나키 족)

5월

말이 털갈이를 하는 달(수 족)

들꽃이 시드는 달(오세이지 족)

뽕나무 오디 따먹는 달(크리크 족)

옥수수 김매 주는 달(위네바고 족)

말이 살찌는 달(샤이엔 족)

오래전에 죽은 사람을 생각하는 달(아라파호 족)

여자들이 옥수수 김매는 달(알곤퀸 족)

조랑말이 털갈이를 하는 달(북부 아라파호 족)

게을러지는 달(아시니보인 족)

구멍을 파고 씨앗 심는 달(동부 체로키 족)

기다리는 달(호피 족)

거위가 북쪽으로 날아가는 달(카이와 족)

나뭇잎이 커지는 달(모호크 족, 아파치 족)

이름 없는 달(주니 족)

씨앗과 물고기와 거위의 달(벨리 마이두 족)

밭갈이하는 달(아베나키 족)

6월

옥수수에 수염이 나는 달(위네바고 족)

더위가 시작되는 달(풍카 족, 북부 아라파호 족)

나뭇잎이 짙어지는 달(테와 푸에블로 족)

황소가 짝짓기하는 달(오마하 족)

말없이 거미를 바라보는 달(체로키 족)

옥수수 밭에 흙 돋우는 달(알곤퀸 족)

산딸기가 익어 가는 달(아니시나베 족)

옥수수 모양이 뚜렷해지는 달(동부 체로키 족)

곡식이 익어 가는 달(모호크 족)

잎사귀가 다 자란 달(아시니보인 족)

거북이의 달(포타와토미 족)

물고기가 쉽게 상하는 달(위시람 족)

전환점에 선 달(주니 족)

수다 떠는 달(푸트힐 마이두 족)

괭이질하는 달(아베나키 족)

7월

사슴이 뿔을 가는 달(카이와 족)

천막 안에 앉아 있을 수 없는 달(유트 족)

옥수수 튀기는 달(위네바고 족, 동부 체로키 족)

들소가 울부짖는 달(오마하 족)

산딸기가 익어 가는 달(수 족)

옥수수 익어 가는 달(체로키 족)

열매가 빛을 저장하는 달(크리크 족, 아파치 족)

콩을 먹을 수 있는 달(알곤퀸 족)

말의 달(아파치 족)

한여름의 달(풍카 족)

연어가 떼 지어 강으로 올라오는 달(위시람 족)

열매 무게로 나뭇가지가 부러지는 달(주니 족)

풀 베는 달(아베나키 족)

8월

옥수수가 은빛 물결을 이루는 달(풍카 족)

모든 일을 잊게 하는 달(쇼니 족)

노란 꽃잎의 달(오세이지 족)

기러기가 깃털을 가는 달(수 족, 북부 아라파호 족)

버찌가 검게 익는 달(아시니보인 족)

열매를 따서 말리는 달(체로키 족)

새끼 오리가 날기 시작하는 달(크리 족)

만물이 익어 가는 달(크리크 족)

즐거움이 넘치는 달(호피 족)

나뭇잎이 생기를 잃어 가는 달(카이와 족)

기분 좋은 달(모호크 족)

많이 거두어들이는 달(무스코카 족)

엄지손가락 달(클라마트 족)

산딸기 말리는 달(클라마트 족)

깃털이 흩날리는 달(파사마쿼다 족)

9월

검정나비의 달(체로키 족)

사슴이 땅을 파는 달(오마하 족)

풀이 마르는 달(수 족, 샤이엔 족)

옥수수 거두는 달(테와 푸에블로 족, 주니 족)

쌀밥 먹는 달(아니시나베 족)

열매들이 마지막으로 맺히는 달(동부 체로키 족)

익지 않은 밤을 따는 달(크리크 족)

더 많이 거두는 달(호피 족)

나뭇잎이 떨어지기 시작하는 달(카이와 족)

아주 기분 좋은 달(모호크 족)

가을이 시작되는 달(파사마쿼다 족)

도토리묵을 해 먹는 달(푸트힐 마이두 족)

춤추는 달(클라마트 족)

소 먹일 풀을 베는 달(유트 족)

10월

시냇물이 얼어붙는 달(샤이엔 족)

추워서 견딜 수 없는 달(카이와 족)

양식을 갈무리하는 달(풍카 족, 아파치 족)

바람이 세게 부는 달(주니 족)

첫서리가 내리는 달(포타와토미 족)

나뭇잎이 떨어지는 달(수 족, 치매와 족, 클라마트 족)

풀잎과 땅 위에 흰서리 내리는 달(알곤퀸 족)

새들이 남쪽으로 날아가는 달(크리 족)

긴 머리카락의 달(호피 족)

내가 올 때까지 기다리라고 말하는 달(카이와 족)

가난해지기 시작하는 달(모호크 족)

큰 밤 따는 달(크리크 족)

배 타고 여행하는 달(위시람 족)

어린 나무가 어는 달(마운틴 마이두 족)

산이 불타는 달(후이춘 족)

11월

만물을 거두어들이는 달(테와 푸에블로 족)

물이 나뭇잎으로 검게 되는 달(크리크 족)

산책하기에 알맞은 달(체로키 족)

강물이 어는 달(히타치 족)

작은 곰의 달(위네바고 족)

기러기 날아가는 달(키오와 족)

모든 것이 사라지는 것은 아닌 달(아라파호 족)

12월

나뭇가지가 뚝뚝 부러지는 달(수 족)

다른 세상의 달(체로키 족)

침묵하는 달(크리크 족)

무소유의 달(퐁카 족)

큰 곰의 달(위네바고 족)

늑대가 달리는 달(샤이엔 족)

인디언들의 세계는 온통 이름으로 가득 차 있다. 문자를 사용하지 않아, 기록된 자료들을 좀처럼 찾아볼 수가 없다. 그나마 그들에 대하여 알 수 있는 것은 입에서 입으로 전해 오던 것을 초기 유럽 이주자들이 기록한 문서를 통해서다. 인디언들은 유럽 인들처럼 문자는 없었지만 이 세상에 존재하는 모든 것에 가장 잘 어울리는 아름다운 이름을 붙여 주었다. 이 점에서 인디언들이야말로 가장 시적이고 문학적 상상력이 풍부한 부족이라고 해도 좋다.

인디언들의 문학적 상상력이 가장 찬찬하게 빛을 내뿜는 것은 1년 열두 달의 이름을 붙일 때다. 물론 태양에 따라 열두 달을 정하지는 않았다. 달의 주기를 중심으로 줄잡아 28일을 한 달로 정했기 때문에 양력보다는 음력에 가깝다. 어떤 부족은 1년을 열세 달로 나누기도 하였고, 어떤 부족은 스물네 달로 나누기도 하였다. 그러나 인디언들은 계절의 변화에서 가장 특이할 만한 현상이나 주위 풍경의 변화 또는 이러한 변화를 겪는 내면 풍경 등을 주제로 삼아 달의 이름을 붙였다. 물론 우리도 음력에서는 정월, 춘삼월, 동짓달, 섣달 등 부르는 이름이 따로 있지만 아라비아 숫자로 이름을 붙인 방식은 그리 문학적이라고는 할 수 없다.

한편 영미 문화권의 경우 1월은 문을 뜻하는 라틴 어(Janua)와 머리 앞쪽과 뒤쪽에 눈이 달린 출입문의 수호신 야누스(Janus)에서 비롯하였다. 2월은 이 달에 로마 인들이 몸과 마음을 정결하게 하는 의식(februs)을 거행했기 때문에 생겨났다. 3월은 겨울이 끝나고 날씨가 풀리면서 전쟁이 신 마르스(Mars)가 비로소 기지개를 펴는 달이기 때문에 붙인 이름이다. 그러나 영어 달 이름도 9월부터는 역시 일본이나 한국처럼 밋밋하게 라틴 어 숫자 7, 8, 9, 10의 나열에 지나지 않는다. 1년을 열 달로 구분했던 초기 로마 달력에서는 3월이 맨 첫 달이었기

때문에 열두 달로 늘리면서 9월이 '일곱 번째 달,' 10월이 '여덟 번째 달' 하는 식으로 숫자로 붙여 나갔다.

인디언들은 상상력을 한껏 발휘하여 기발한 이름으로 달 이름을 정하였다. 아리카라 족들은 1월을 '마음 깊은 곳에 머무는 달'이라고 불렀다. 찬바람이 휘몰아치는 한겨울의 한가운데 서 있는 1월이야말로 차분하게 마음을 가다듬고 삶의 관조하는 달이 아닌가. 생각할수록 멋진 이름이 아닐 수 없다. 체로키 족이 2월을 '홀로 걷는 달'로 부르는 것도 무척 흥미롭다. 1월이 명상과 자기 성찰의 달이라면 2월은 홀로 걸으면서 지나간 삶을 반추하고 다가올 미래에 대하여 꿈꾸는 달이기 때문에 붙인 이름일 것이다.

아라파호 족이 3월을 '한결같은 것은 아무것도 없는 달'이라고 이름 지은 것도 예사롭지 않다. 이 세상에 한결같은 것이 아무것도 없다는 것은 곧 모든 것이 변화 과정을 겪는다는 뜻이다. 싱그러운 새봄이 다가오자 겨울이 쫓겨 가듯이 물러가는 3월, 이때가 되면 세상 만물은 기지개를 펴기 시작한다. 4월은 왕성한 생명력을 자랑하는 달이다. 4월이 미국 태생의 영국 시인 T. S. 엘리엇에게는 '잔인한 달'일지 몰라도 인디언들에게는 '삶의 기쁨'을 만끽할 수 있는 달이요, '만물이 소생하는' 달이다. 알곤퀸 족이나 위네바고 족에게는 옥수를 심는 달인가 하면, 샤이엔 족에게는 '거위가 알을 낳는' 달이기도 하다.

'계절의 여왕'으로 융숭한 대접을 받는 5월은 인디언들에게도 중요한 달이다. 지난 달 심은 옥수수가 자라 김을 매 주는 달이요, 알을 낳은 거위가 이제는 북쪽으로 날아가는 달이다. 말 같은 짐승이 털갈이를 하는 달도 5월이다. 6월은 옥수수 열매가 자라면서 수염이 나고 알맹이가 굵어지는 달이다. 이렇게 봄에 씨를 뿌린 곡식이 무르익어 가는 6월은 인디언들에게 농한기와 다름없다. 그래서 푸트힐 마이두 족은 6월을 두고 '수다 떠는' 달이라고 하는 것이 아닐까. 유트 족들은 7월을 '천막 안에 앉아 있을 수 없는 달'이라고 부른다. 날씨가 더운 탓도 있겠지만 한여름의 풍성한 대자연이 보내는 유혹의 손길을 물리치기 어렵기 때문일 것이다.

8월은 '옥수수가 은빛 물결을 이루는' 달이라는 표현에서 엿볼 수 있듯 풍요의 달이다. 아시니보인 족에게는 '버찌가 익어 가는' 달이요, 체로키 족에게는 '열매를 따서 말리는' 달이다. 9월은 가을이 시작하는 달로 추수하기에 적당한 달이다. 한편 무성하던 풀이 마르는 달인가 하면, 나뭇잎이 하나 둘 땅에 떨어지기 시작하는 달이기도 하다.

북아메리카 대륙에는 겨울이 일찍 찾아온다. 그래서 인디언들에게 10월은 시냇물이 얼어붙고 바람에 세차게 불기 시작하는 달이다. 첫서리가 내리는 달도 10월이요, 풀잎과 땅 위에 흰서리가 내리는 달도 10월이다. 11월은 강물이 꽁꽁 얼어붙고 기러기가 겨울을 나기 위해 따스한 지방으로 날아가는 달이다. 그런데도 아라파호 족에게는 '모든 것이 사라지는 것은 아닌' 달이다. 그들은 눈보라가 휘몰아치는 한겨울에도 새봄에 대한 희망의 끈을 좀처럼 놓지 않는다. 12월을 두고 크리크 족들이 '침묵하는 달'이라고 부르는가 하면, 풍카 족들은 '무소유의 달'이라고 부른다. 을씨년스러운 12월에서 말보다는 침묵, 소유보다는 무소유의 미덕을 배웠던 것이다. 자연의 변화에 대하여 차가운 머리로 반응한 것이 아니라 뜨거운 가슴으로 반응하였기에 달 이름을 보면 인디언들의 삶의 방식과 세계관을 느낄 수 있다.

참고 문헌

Bierhorst, John, ed. *From Four Masterworks of American Indian Literature*. Trans. Washington Matthews. Tuscon: University of Arizona Press, 1974.

Blaisdell, Bob, ed. *Great Speeches by Native Americans*. Mineola: Dover, 2000.

DeLoria, Vine, Jr., ed. *We Talk, You Listen: New Tribes, New Turf*. Lincoln: University of Nebraska Press, 2007.

Nerburn, Kent, ed. *The Wisdom of the Native Americans*. Novato: New World Library, 1999.

Neihardt, John G., ed. *Black Elk Speaks: Being the Life Story of a Holy Man of the Oglala Sioux*. Lincoln: University of Nebraska Press, 2005.

Roberts, Elizabeth, and Elias Amidon, eds. *Earth Prayers From Around the World*.

Turner, Frederick W., ed. *The Portable North American Indian Reader*. New York: Viking Press, 1977.

찾아보기

인디언의 속삭임

1판 1쇄 펴냄 2016년 9월 9일
1판 4쇄 펴냄 2024년 8월 13일

지은이 김욱동
펴낸이 박상준
펴낸곳 세미콜론

출판등록 1997. 3. 24.(제16-1444호)
(06027) 서울특별시 강남구 도산대로1길 62
대표전화 515-2000 팩시밀리 515-2007
편집부 517-4263 팩시밀리 514-2329

ISBN 978-89-8371-797-9 03840

세미콜론은 이미지 시대를 열어 가는 (주)사이언스북스의 브랜드입니다.
www.semicolon.co.kr